자물쇠
잠긴 남자

Original Japanese title: KAGINO KAKATTA OTOKO

ⓒ 2015 by Arisu Arisugawa

All rights reserved.

Original Japanese edition published by Gentosha Inc.

Korean translation rights arranged with Gentosha Inc.

through The English Agency (Japan) Ltd. and Danny Hong Agency, Korea.

Korean translation copyright ⓒ 2019 by Elixir, an Imprint of Munhakdongne Publishing Group

이 도서의 국립중앙도서관 출판예정도서목록(CIP)은 서지정보유통지원시스템 홈페이지(http://seoji.nl.go.
kr)와 국가자료공동목록시스템(http://www.nl.go.kr/kolisnet)에서 이용하실 수 있습니다.
(CIP제어번호 : CIP2019008929)

아리스가와 아리스
장편소설

김선영 옮김

자물쇠 잠긴 남자

鍵の掛かった男

상

엘릭시르

차례

나카노시마 지도

오사카 역

덴마 경찰서
(임시 청사)

기타신치

와타나베바시 역

다미노바시

와타나베바시   오에바시   스이쇼바시   호코나가시바시

다마에바시

니시키바시   요도야바시   나니와바시

게이한
나카노시마선

히고바시   센단노키바시

노지마가와 강

나카노시마 역

지쿠젠바시

히고바시 역   요도야바시 역

긴세이 호텔

토사보리가와 강

조안바시

우쓰보
공원

❶ 중앙공회당	❽ 나카노시마 미쓰이 빌딩
❷ 나카노시마 도서관	❾ 간사이 전력
❸ 오사카 시청	❿ 국제회의장
❹ 리가 로열 호텔	⓫ 국립국제미술관
❺ 일본은행 오사카 지점	⓬ 동양도자미술관
❻ 아사히 신문사	⓭ 나카노시마 다이 빌딩
❼ 오사카 나카노시마 겐사키 공원 장미원	⓮ 아사히 방송

제1장

어느 섬사람의 죽음

1

사회자가 호명하자 은색 양복을 입은 인물이 단상으로 올라갔다. 저 사람이 오늘밤 주인공인가. 나는 사람들 어깨 너머로 흘깃거렸다. 양복은 아마 새로 맞췄을 테고, 머리카락은 이발소에서 막 다듬고 온 것 같았다.

남자는 온통 주목을 끌며 허리를 곧게 펴고 영광스러운 무대 중앙으로 걸어가 금병풍 앞에서 정면을 돌아보았다. 호텔 직원이 마이크 높이를 조절하는 사이 주머니에서 곱게 접은 메모지를 꺼내 펼치는데, 긴장한 탓인지 손끝이 바르르 떨렸다.

"이렇게 화려한 자리에 서게 될 줄은 꿈에도 몰라서, 심장이 펄떡펄떡 뜁니다."

마흔 살 나고야 시청 직원, 외우기 어려운 필명을 가진 신인상 수상자는 그런 식으로 연설을 시작했다. 거기까지는 풋풋했지만 자기 작품을 선택해준 심사위원들에 대한 답례는 실로 달변이었고, 오늘까지 자기의 도전을 따뜻하게 지켜봐준 아내와 딸(그렇게 보이는 모녀 일행이 무대 바로 앞에 있다), 부모, 친구들에 대한 감사의 말도 막힘이 없었다. 대학 시절부터 소설가를 꿈꾸었고, 이십 년이라는 힘겨운 세월을 거쳐 오늘의 환희에 이르는 경위를 말할 때는 당당하기까지 했다. 회장을 가득 메운 삼백 명 가까운 참석자들의 마음을 사로잡는 인상 깊은 수상 소감으로 분위기도 무르익었다.

몇 년 전 일을 떠올렸다. 어느 신인상에 가작으로 입선해 마침내 작가로 데뷔한 나는 수상식에 초대는 받았지만 단상에 오르지 못하고 무대 밑 의자에 앉아 있었다. 그래도 충분히 뿌듯했지만 수상자로서 일생일대의 서툰 연설을 해보고 싶었다.

그때는 심사위원의 강평이 길게 이어졌는데, 가작을 수상한 나에 대해서는 간단한 언급밖에 없었기 때문에 도중에 지루해져서 샹들리에를 멍하니 바라보고 있었다. 실눈을 뜨자 무지개색이 빛무리 속에서 반짝이는 게 꿈만 같아서 내가 어디에 있는지도 잊어버리고 정신없이 바라보았다. 비로소 작가로 출발할 수 있다. 앞길이 트였다. 그런 고양감에 살짝 넋을 놓고 있었던 것이다.

대학 시절부터 알고 지낸 친구는 가작으로 데뷔라니 그런점도 너답다고 했다. 내가 그렇게 겸허한 사람은 아니지만 그의 눈에는 그렇게 비쳤던 모양이다. 일종의 아름다운 오해라할 수 있겠다. 입이 험한 남자지만 그때 한 말은 야유가 아니었다.

가벼운 농담으로 회장의 분위기를 띄우고, 당당하게 앞으로의 포부를 밝히고, 알맞은 길이로 연설을 마친 오늘밤 수상자에게 사람들은 대단히 훌륭하다고 평가하듯 커다란 박수를보냈다. 이어지는 식순은 건배였다. 실물은 처음 보는, 문단의 한 유명 작가가 와인잔을 한 손에 들고 마이크 앞에 섰다. 삼 분가량 마음껏 기분 좋게 시사 소재로 잡담을 하고 나서수상자에게 축복과 격려를 전하나 싶더니, 불쑥 "건배!" 하고큰 소리로 외쳤다. 이상한 타이밍이었지만 매번 그런지 또 저런다, 라고 말하는 듯한 웃음이 쏟아졌다. 수상식은 순조롭게끝났고 파티가 시작되었다.

나는 일단 오르되브르를 접시에 가득 담아 와서 말상대도없이 혼자서 묵묵히 먹었다. 공복이라 식사에 전념할 수 있는것은 좋았지만 아무래도 뻘쭘했다. 이래 봬도 나 역시 작가고 순문학 분야의 파티는 아니니 아는 편집자도 간간이 보였지만 다들 다른 작가와 환담을 나누고 있어 짧은 안부 인사밖에 나누지 못했다. 천 년 전 궁정에 스탠딩 파티가 있었다면 분명 그 고명한 여성 에세이스트가 재미있는 일화들을 잔뜩 썼을 것이다. 지금의 나처럼, 그런 자리에서 말상대가 없어서 요리만 먹어치우는 사람은 '참으로 적적하구나'라고 평했으리라.

적적함을 달래며 벽 쪽에 차려진 요리 앞을 돌아 초밥과 로스트비프를 음미하고 있는데 대각선 뒤쪽에서 귀에 익은 목소리가 날아들었다.

"어라, 아리스가와 씨."

돌아보니 이 세상에서 가장 친하게 지내는 편집자의 얼굴이 있었다. 나, 아리스가와 아리스가 데뷔 이래로 줄곧 신세를 지고 있는 하쿠유샤의 가타기리 미쓰오다. 눈을 희번덕거리는 건 평소의 버릇으로, 어색한 연기로 놀란 마음을 과장스럽게 호소하는 것은 아니다.

"뭐예요, 오신 줄 몰랐는데. 이 수상 파티에 참석하다니 어쩐 일이에요? 이것참, 빨리 못 알아보고 실례했습니다."

내가 얼굴을 내미는 건 나를 데뷔시켜준 상을 포함해 미스터리와 관련된 몇몇 파티에 국한된다. 아무리 진수성찬이라도 오사카에서 가기에는 교통비가 비싸서 손해다.

"실례는요. 사람이 이렇게 많으면 끝날 때까지 서로 못 알아보는 경우도 있을 텐데요. 가타기리 씨를 만나서 다행입니다. 어울려줄 사람이 없어서 난처하던 참이었어요."

한 살 아래 담당 편집자는 알고도 남는다는 듯이 끄덕거렸다.

"오늘밤은 아리스가와 씨하고 면식 있는 작가분들이 거의 오지 않았으니까요. 엔터테인먼트 쪽 상이긴 하지만요. 그만큼 낯선 작가들이 많이 보이죠? 늘 그렇지만 이 수상 파티는 참가자가 굉장히 호화롭습니다. 해가 바뀌고 처음 맞는 대형 수상식이니까요. 그런데 아리스가와 씨는 무슨 바람이 불어서 분야가 다른 이 파티에 오신 겁니까?"

텔레비전이나 신문, 잡지에서 얼굴을 봤던 인기 작가가 여기저기 있는 게, 확실히 호화스럽다. 뻘쭘해질 줄 알면서도 내가 참가한 데는 이유가 있다. 처음부터 설명하기로 했다.

"한 열흘 전에 메이호쇼보의 도이 씨에게 전화를 받았습니다."

그 말밖에 하지 않았는데 가타기리는 즉각 반응했다.

"메이호쇼보의 도이 씨라고 하면, 도이 사키에 씨 말이군요."

지금까지 딱 두 번, 내게 단문을 의뢰한 출판사다. 신작을 부탁하려나 기대했더니 완전히 헛짚었다. "조만간 도쿄에 오실 예정은 있으신가요?"라고 묻길래 "예. 지금 구상하는 소설에 어울리는 무대를 찾아 답사를 하고 싶어서 당일치기로 다녀올까 하던 차였습니다"라고 대답하자······.

"가게우라 나미코 선생님께서 아리스가와 선생님을 뵙고 의논드리고 싶은 일이 있다고 하십니다. 갑작스러운 부탁이라 정말 죄송하지만 도쿄에 오시면 잠시 시간을 내주실 수 없을까요?'라는 겁니다."

"허, 의외네요. 가게우라 선생님하고 아는 사이였어요?"

나는 얼굴 높이로 손을 들어 손사래를 쳤다.

"전혀요. 만일 같은 파티에서 어쩌다 한자리에 있어도 그런 대가에게 제가 먼저 인사하기는 어렵죠. 참고로 도이 씨하고도 전화나 메일로 연락한 게 전부고 만나본 적은 없습니다."

"말씀도 나눠보지 않은 가게우라 선생님이 아리스가와 씨에게 무슨 일로 의논을 하시겠다는 걸까요?"

나도 물었지만 도이 사키에는 말을 흐리며 가르쳐주지 않았다. 심각하거나 민감한 용건인 모양인데, 가게우라 나미코가 내게 그런 일로 의논을 할 이유가 전혀 짐작 가지 않았다.

어리둥절해하는 사이 도이는 내게 다음과 같은 부탁을 했다. 답사인지 취재인지 모르지만 용건이 저녁 전에 끝날 것 같으면 도쿄에는 1월 30일에 오지 않겠나, 그날 오후 6시에 세이요샤 주최 파티가 있는데 가게우라 나미코가 참석할 예정이다, 이쪽 사정에 맞춰서 미안하지만 그 회장에서 만날 수 있다면 고맙겠다. 파티 석상에서 끝날 만큼 간단한 이야기는 아니라, 거듭 죄송하지만 호텔은 이쪽에서 잡을 테니 그날 밤은 도쿄에서 묵어주길 바란다. 듣고 보니 어려운 일도 아니라 승낙했다.

가게우라 나미코는 세이요샤와 인연이 깊고, 최근까지 세이요샤가 주최하는 이 신인상의 심사위원을 역임했다. 그런 인연은 물론이고 많은 사람들과 올해 첫인사를 한자리에서 나눌 수 있기 때문에 이 파티에는 매년 참가한다는 것이었다.

"그런 사정이. 그래서 가게우라 선생님과 도이 씨는요? 보이질 않는데요."

가타기리가 사방을 두리번거렸다.

"파티가 시작되기 전에 휴대전화로 연락을 받았어요. 책임교정을 마치고 인쇄소에 맡긴 소설 원고에서 문제를 발견해서 선생님께서 급히 수정하고 계시다고요. 그래서 집에서 늦게 출발하니 여기에는 7시 반쯤 도착할 거라더군요."

수상식은 6시에 시작했는데 어느덧 7시 20분이 되었다. 슬슬 도착할 때가 된 것 같아 활짝 열린 출입구 쪽이 신경쓰여

흘깃 시선을 던졌다. 아직은 올 기미가 없다.

"그런데 저녁때까지 어디를 취재하셨어요? 미리 말씀해주셨으면 같이 다녔을 텐데, 서먹하시긴."

말만으로도 고맙다. 가타기리를 부를까 고민했지만 머릿속에 떠오른 아이디어가 쓸 만한 소재가 될지 확신이 없어 자제했던 것이다. 유리카모메 열차를 타고 해안 지구를 오간 게 전부라 가타기리에게 안내를 부탁할 필요도 없었고 현실성 없는 아이디어로 판명 나고 말았다. 결국 가게우라 나미코의 이야기를 듣기 위해 도쿄까지 온 꼴이 될 참이다.

"하지만 아무리 생각해도 가게우라 씨가 무슨 의논을 하고 싶다는 건지 모르겠네. 가타기리 씨, 혹시 알아요?"

"당사자인 아리스가와 씨도 모르는데 제가 어떻게 알겠어요? 미스터리 작가니까 추리해보면 어때요?"

가타기리가 반성을 촉구한 것도 아닌데 나는 자연히 가슴에 손을 얹었다. 오사카에서 나고 자라 오사카에 거주. 교토의 사립대학을 졸업하고 바로 인쇄 회사에 취직해 하쿠유샤가 주최하는 골든애로상에 가작 입선해 데뷔. 전업 작가가 된 후에도 고전 스타일의 본격 미스터리를 쓰고 있다. 이것이 내 프로필의 전부로, 내세울 만큼 특이한 경험도 능력도 없다. 인기, 실력, 경력, 삼 박자를 고루 갖춘 작가가 이런 남자에게

군이 무슨 의논을 하려는지 수수께끼다.

가게우라 나미코는 《주간 메이호》에 오사카 여름 전투가 클라이맥스인 역사소설을 연재하고 있었다. 작년 가을에 완결했으니 지금은 한창 단행본으로 엮는 작업을 하고 있을 때다. 그것과 연관이 있을까 짐작해보지만 생각할 가치도 없다. 확인해야 할 의문점이 생겨도 가게우라 정도의 작가라면 조사할 방법이 얼마든지 있을 테고, 역사나 역사소설은 내 전문 분야가 아니다.

"서툰 추리를 펼치지 않아도 곧 답을 알게 될 겁니다. 7시 반이니 이제 슬슬……."

고개를 돌려 출입구를 보는데 때마침 문예 잡지에서 사진으로 종종 보았던 가게우라 나미코가 긴 머리에 안경을 쓴 여성을 대동하고 도착한 참이었다. 거물 작가의 등장을 알아본 주위 사람들이 좌우로 갈라져 길을 터주었다. 세이요샤의 중역으로 보이는 사람이 재빨리 다가가 정중한 인사로 맞이했다.

가게우라에게 인사를 하려고 여러 편집자들이 사람들 틈바구니를 비집고 서둘러 이동했다. 가만히 있어도 편집자가 몰려드는 인기 작가의 위력이 뚜렷이 보이니 재미있다. 나야 그 가게우라의 약속 상대이기는 하지만 편집자들의 올해 첫인사라는 의식이 끝날 때까지 멀찍이 떨어져 지켜보기로 했다.

그러자 긴 머리에 안경을 쓴 여성이 나를 알아보고 종종걸음으로 다가와 깊숙이 고개를 숙였다. 나이는 나보다 몇 살 위, 서른 후반쯤 되어 보였다. 실루엣이 아름다운 하운즈투스 체크무늬 정장 차림으로 하얀 얼굴에 선이 날카로운 안경이 잘 어울렸다. 도이 사키에였다.

"어려운 부탁을 드려서 죄송합니다. 다짜고짜 무례한 전화를 드려 결례가 많았습니다. 뵙는 건 처음이지요."

목소리는 가늘지만 시원스러운 말투다. 명함을 교환하자 그녀는 부득이한 지각을 사과하며 오늘 답사에 대해 성과는 있었는지 물었다. 조금은 있었다고 치자.

"기다리시게 해놓고 죄송하지만 선생님이 저런 상황이라, 파티가 끝나야 차분히 이야기를 나눌 수 있을 것 같습니다. 그때까지 음식이라도 좀 드시죠."

가게우라 나미코 앞에는 편집자들이 똬리를 틀고 있었다. 눈치 빠른 사람이 옆에서 음료수를 내밀었지만 오르되브르 접시는 괜찮다고 거절당했다. 뭘 먹을 상황이 아니리라.

사진을 보고 상상했던 것보다 큰 여성이었다. 굽 높이를 빼도 1미터 70센티미터 가까이 되어 보였다. 6할쯤 하얗게 센 머리카락은 염색하지 않고 꼬아서 어깨까지 가볍게 늘어뜨렸다. 콧대가 높은 뚜렷한 이목구비와 헤어스타일이 조화를 이

루면서 여유 있는 행동과 어우러져 화려한 느낌을 주었다. 대화 상대가 차례로 바뀔 때마다 상대의 눈을 똑바로 쳐다보고 또렷한 목소리로 군더더기 없이 응대한다. 광택이 흐르는 푸르스름한(그래도 작가인데 터쿼이즈블루라고 써야 할까?) 새틴 소재의 롱드레스 위에 검은 숄을 두르고, 큼직한 진주 목걸이로 목 주변을 장식했다. 앞이 뾰족한 검은 하이힐은 물결 모양으로 굽이치는 은색 라인이 세련되었다. 브랜드를 알아볼 재주는 없지만 몸에 두른 모든 것이 고급품이라는 사실은 틀림없다. 관록과 위엄을 두르고 스스로 주위를 위압하는 것도 아니다. 가게우라 나미코의 첫인상을 한마디로 평가한다면, 그것은 바로 강렬한 존재감이었다.

내 옆에서는 가타기리와 도이가 인사를 나누며 "올해도 성황이네요", "작년보다 사람이 늘어난 것 같아요"라는 말을 주고받았다. 고령의 작가와 내빈은 의자와 테이블이 있는 옆쪽 라운지로 이동했지만, 넓은 회장은 사람들로 여전히 바글바글했다. 가게우라 나미코가 있는 부근은 그중에서도 특별한 빛을 발하고 있었다.

그런 화려한 기운을 뿜어내는 작가가 고개를 들었다가 나와 눈이 마주치자 "잠깐 실례할게요"라고 이야기를 중단하고 이쪽으로 다가왔다. 강한 시선을 똑바로 받으니 긴장하지 않을 수 없었다.

"아리스가와 아리스 씨죠? 처음 뵙겠어요, 가게우라 나미코입니다. 뻔뻔한 부탁에도 응해주셔서 고맙습니다. 더군다나 지각까지. 죄송해요. 일에서 실수를 한 게 첫 번째 이유지만, 이 나이가 되어서도 여자는 외출하려면 준비에 시간이 걸린답니다."

능청스럽지 않은, 성의가 느껴지는 말이었다. 이 나이가 되어서도, 라고 유머까지 슬쩍 곁들였다.

"아닙니다, 개의치 마세요. 훌륭한 음식을 맛보고 있었습니다."

혀를 깨물지 않고 무사히 첫마디를 마칠 수 있었다. '참으로 적적한' 남자의 사소한 불쾌함은 싹 날아가버렸다.

"소란스러운 곳에서 서서 할 만한 이야기는 아닙니다. 최상층 라운지를 예약해두었으니 나중에 따로 시간을 내주실 수 있을까요? 그래요. 그럼 파티가 끝나고. 아아, 난 신경쓸 필요 없으니 도이 씨는 아리스가와 씨 곁에 있어요."

그렇게 말하더니 줄이 늘어선 쪽으로 침착하게 돌아갔다. 가타기리가 도이에게 넌지시 물었다.

"가게우라 선생님께서 아리스가와 씨한테 의논할 일이라니, 무슨 용건인가요?"

전자는 선생님인데 나는 씨라고 부르는 건 지극히 당연한 일이다. 가타기리와 나의 친분의 발로이기도 하다.

"천연덕스러운 얼굴로 대놓고 물으시는군요." 도이가 생긋 웃었다. "안타깝지만 가게우라 선생님이 의논하실 문제라, 제가 내용을 말씀드릴 수는 없습니다. 불쾌하게 여기지 마세요."

"비신사적인 염탐은 하지 않겠습니다. 조금 속물적인 관심으로 물어보고 말았습니다만. 그나저나…… 무슨 내용일까요. 가게우라 선생님과 아리스가와 씨라니, 아무 접점도 없었잖아요? 아리스가와 씨의 특성이라고 하면 기껏해야 오사카의 미스터리 작가라는 점밖에 모르실 텐데. 혹시 그중 어느 쪽과 연관이 있나?"

혼잣말 같지만 마지막은 질문이었다.

"예, 뭐, 둘 다 상관이 있는 모양이에요. 그리고 또 한 가지."

"또 한 가지 특성이라니요?"

"비밀이에요."

출판업계는 그리 넓지 않고, 소설업계로 한정하면 훨씬 좁기 때문에 각 출판사의 편집자는 '대기업으로 따지면 부서가 다른 수준'이라고 말하는 사람도 있다. 도이와 가타기리도 같은 회사 선후배가 이야기를 나누는 것처럼 보이지만 이따금 견제구가 날아다녔다.

"혹시, 혹시나." 가타기리가 가부키 배우처럼 눈을 희번덕거렸다. "혹시나, 설마, 주간지에서 대작 연재가 끝난 지 얼마 되지도 않았는데, 가게우라 선생님께서 《소설 메이호》 같은 데에서 미스터리에 도전하시는 건 아니겠죠? 그래서 아리스가와 씨한테 조언을…… 그럴 리 없나."

말하는 사이 이상하다는 걸 눈치챈 모양이다. 미스터리 작가에게 조언을 구한다 해도 아직 신인에 가깝고 알지도 못하는 나보다 적임자인 작가가 도쿄에는 잔뜩 있다.

"선생님께서 미스터리를 쓰실 예정은 없습니다. 그것만은 확실하게 말씀드릴게요. 저희 회사에서 새 연재를 할 예정도 올해 안에는 없으니 안심하세요. 그보다 빨리 신간을 내달라고 열심히 부탁드리던 참이었으니까요."

"아아, 연재가 끝난 그 작품 말씀인가요? 신작을 수정하는 데 시간이 걸리는 모양이군요. 마무리가 꼼꼼한 가게우라 선생님은 늘 그러시지만."

"정성을 쏟아주시는 건 정말 고마운 일이지요. 그것도 어찌어찌 마쳤고 삼월 말 출간에 맞춰서 이번에는 저희가 힘을 낼 차례예요. 오늘도 그 교정쇄 때문에 정신이 없어서. 아리스가와 씨, 뭐 좀 가져다 드릴까요?"

"아니요, 벌써 많이 먹었습니다. 도이 씨야말로 뭐라도 좀 드시지요."

그렇게 권해도 '그럼'이라고 말하는 법은 없다. 그녀나 가타기리뿐만 아니라 어느 편집자도 이런 자리에서는 음식에 일절 입을 대지 않는 것이 업계의 관습이라는 것을 작가가 되고 나서 알았다. 나 같은 사람은 그것만으로도 힘들겠다는 생각을 하고 만다.

말이 나온 신작은 오사카 성 함락과 함께 유명을 달리한 요도노카타의 생애를 그린 작품이다. 지극히 심플한 『요도도노淀殿』라는 제목이었다. 가게우라 나미코는 가혹한 운명에 맞서 싸운 여성을 주인공으로 내세우는 경우가 많아, 이전에도 히구치 이치요♦나 잔다르크 같은 인물들을 소재로 다루었다. 전자는 국문학상 새로운 발견을 거두었고, 후자는 프랑스어판이 현지에서도 절찬을 받았다는 평판이다. 이번 만남에 앞서 그 두 권을 급히 읽어보았는데 둘 다 뛰어난 스토리텔링과 테마에 대한 깊은 고찰에 감복할 따름이었다. 높은 인기와 평판은 빈말이 아니었다. 작가로서의 역량 차이를 통감하고 침

♦ 1872-1896, 일본 근대문학의 대표 작가로 근대소설 여명기에 여성 작가로서 분투했으나 25세의 젊은 나이에 폐결핵으로 요절했다.

대 속에서 "갈 길이 머네"라고 중얼거리고 말았다.

가게우라는 세이요샤 사장과 함께 이번 수상자 곁으로 다가가 화기애애하게 이야기를 나누고 있었다. 축복과 격려, 그리고 약간의 조언이리라. 수상자는 직립 부동 자세로 굳어서 경청하고 있다. 앞으로 그가 작가로서 어떤 인생을 보내든, 틀림없이 좋은 추억이 될 것이다.

"발행일은 삼월 말로 정해진 거지요?"

내가 물었다.

"예. 여름 전투로 오사카 성이 함락된 게 음력 5월 7일이라, 그 시기에 맞춰 요도도노 붐을 일으키고 싶어요. 의미 있는 해에 맞춰서 책을 낼 수 있도록 연재를 부탁드리기도 했고요."

올해는 1615년 오사카 여름 전투로부터 꼭 사백 년째 되는 해로, 오사카에서는 다양한 기념 행사를 계획하고 있다는 모양이다. 가게우라 나미코 정도 되는 작가라면 그런 화제에 편승해 책을 팔 필요는 없지만 시의적절한 출판이기는 하다. 출판사로서는 그 신간이 연초에 서점에 깔리는 게 이상적이었으리라. 꾸준한 인기를 끌 건 당연하니 사소한 문제이기는 하지만.

배가 부르다고 해서 그런지 도이는 요리 대신 디저트와 커피를 가져다주었다. 가타기리와 자기 몫으로는 커피만. 한참 이야기하는 사이 시곗바늘이 8시를 지나, 수상식은 사장 인사말과 함께 끝을 맺었다. 처음보다는 약간 줄었지만 여전히 북적거리던 참석자들도 썰물이 빠지듯 퇴장했다. 가게우라는 긴자로 가서 뒤풀이를 하자는 권유를 완곡하게 거절하고 있었다.

"그럼 가타기리 씨, 소중한 아리스가와 선생님은 저희가 모셔 갈게요. 결례가 없도록 조심하겠습니다."

도이가 진지한 얼굴로 말했다. 가타기리는 내일부터 홋카이도 출장이라 내가 오사카로 돌아가기 전에 점심 식사를 함께하지 못하는 것을 아쉬워하면서도 "또 연락하겠습니다" 하고 손을 흔들며 가게우라 곁으로 향하는 나를 배웅해주었다. 연락할 테니까 무슨 의논이었는지 알려주세요, 라는 뉘앙스가 담겨 있었던 것 같다.

"가게우라 선생님도 알고 보면 다정하신 분이라 무서운 얘기는 아니니 걱정 마세요."

도이가 귀띔을 해주었다. 일부러 말하는 것을 보니 내 얼굴이 불안해 보였나 보다. 원래 배짱 있는 남자로 보이지는 않는 타입이다. 알고 보면 다정하다는 말은 까칠한 면도 없진 않지만 개의치 말라는 충고로 해석할 수도 있다. 그래도 훗날 만한 이유가 전혀 짐작 가지 않으니 걱정할 필요는 없다. 나는 어디까지나 의논을 들어주는 입장이다.

"겨우 이야기를 나눌 수 있겠군요." 가게우라는 질린 기색으로 말했다. "위쪽 라운지로 올라가서 한숨 좀 돌리지요. 저는 속을 좀 채워야겠으니 아리스가와 씨도 괜찮다면 뭐든 편히 드셔요."

이 '~셔요'라는 말은 간사이에서 전혀 들을 수 없는 건 아니지만 좀처럼 듣기 어려운 표현이다. 그녀는 뼛속까지 도쿄 사람이라 오히려 에도◆ 사람으로 불리는 것을 즐긴다고 한다. 나고 자란 곳도 몬젠나카 정. 지금은 미나토 구에 있는 타워맨션에 살지만 소박한 삶의 터전에 대한 강한 애착을 인터뷰에서 드러내기도 했다.

컨시어지 데스크에서 코트와 가방을 찾아 회장을 뒤로하는 가게우라에게 "선생님, 고생하셨습니다" 하고 편집자들이 우르르 고개를 숙였다. 내가 옆에 붙어 있다는 사실을 기이하게 여기는 사람도 있으리라. '어째서 아리스가와 아리스가'라고 생각하면 다행이고 '저놈은 누구야'라고 생각해도 이상하지 않다.

◆ 도쿄의 옛 이름.

엘리베이터를 타고 최상층까지 올라가자 도이가 앞장서서 라운지 카운터에서 예약 정보를 말했다. 우리는 흐르는 물처럼 매끄럽게 안쪽 테이블에 자리를 잡았다.

"옆자리도 잡아뒀으니 짐은 그쪽에 두세요."

도이가 말했다. 소파가 큼직하고 넓어서 짐을 두겠다고 테이블을 두 개나 잡을 필요는 없어 보이니 아마도 남의 귀에 들어가지 않도록 배려한 것 같았다. 옆 테이블만 비면 우리를 중심으로 반경 십 미터 이내에 아무도 접근할 수 없다. 창밖으로 보이는 야경을 희생하더라도 이편이 좋은 것 같았다.

가게우라는 사양하는 나를 안쪽 자리에 앉히더니 클럽하우스 샌드위치와 품명을 지정해 화이트와인 한 잔을 부탁했다. 나와 도이는 무알콜 음료를 주문했다. 주문한 메뉴가 전부 나오자 가게우라의 권유로 다 함께 샌드위치를 먹으며 최근 날씨를 화제로 잡담을 나누었다. 음식을 어느 정도 먹어치운 다음 본론으로 들어갈 모양이다.

"추리소설…… 요즘은 미스터리라고 하는 게 일반적인가요? 그쪽 분들은 뵐 기회가 별로 없어요. 소설의 세계도 점점 편협해지고 있어서 그런 걸까요. 제 행동반경이 좁은 탓도 있겠지만."

가게우라는 종이 냅킨으로 입가를 닦으며 말했다. 입에서 쏟아내듯 툭툭 말을 걸어온다. 이게 고전적인 에도 사람의 화술인지도 모른다.

테이블을 사이에 두고 이렇게 마주앉아 있으니 어째선지 그녀의 얼굴이 그립게 느껴졌다. 그 이유를 몰래 추측하기 시작했다.

"옛날에는 소설가라고 하면 아쿠타가와 류노스케처럼 신경질적인 이미지가 있었는데 요즘은 상황이 많이 바뀌었어요. 특히 미스터리나 SF 같은 장르소설을 쓰는 사람은 소위 말하는 오타쿠 같은 분이 많을 줄 알았는데, 아리스가와 씨는 그렇지만도 않군요. 뭐랄까……. 어머나, 뭐라고 말해도 결례가 될 것 같아요. 마땅한 표현이 떠오르지 않네. 글쟁이가 이래서야."

가게우라 나미코 정도 되는 작가를 난처하게 만드는 나는 그녀의 눈에 어떻게 비치고 있는 걸까? 소설가로 보이지 않는다면 무엇으로 보이기에?

"만나본 적도 없는 중년 여자가 뜬금없이 '의논할 게 있다'고 해서 당황하셨겠죠."

가게우라가 자세를 가다듬기에 나도 반사적으로 자리에서 고쳐 앉았다.

"한 번만 더 사과드릴게요. 죄송해요. 바쁘실 텐데, 친절하게 만나주신 것에 감사드립니다. 제 부탁을 들어주신다면 더욱 고마울 테지만."

압력을 가할 생각은 전혀 없겠지만 눈에 힘이 있다. 반 이상 하얗게 센 머리카락과 어울리지 않게 새까만 눈썹 밑에서, 그 눈은 생생하게 빛나고 있었다.

"도움이 될지는 모르겠지만…… 무슨 용건이십니까?"

이제 곧 수수께끼가 풀린다.

"아리스가와 씨가 조사해줬으면 하는 일이 있어요. 범죄와 관계된 일입니다."

나 같은 사람은 시간이 남아도는 줄 아는 걸까? 미스터리 작가에게 현실의 사건을 해결해달라고 한들 감당할 수 없다. 그 정도로 상식이 없을 리는 없겠지. 그런 생각을 하고 있는데 가게우라가 이렇게 말했다.

"아리스가와 씨는 범죄학자 히무라 선생님과 친하시다고요."

꿈에도 예상하지 못했다. 여기서 그 이름이 튀어나올 줄은.

2

에이토 대학 사회학부 부교수, 히무라 히데오. 서른넷.

히무라하고는 대학교 때부터 알고 지냈다. 간단히 말해 학

구열 넘치는 히무라가 법학부 강의를 들으러 왔다가 우연히 내 옆자리에 앉은 게 계기였다. 그가 대학원에 진학하고 내가 작가를 꿈꾸는 회사원이 되었다가, 모교의 부교수와 미스터리 작가가 된 지금에 이르기까지 교우는 끊긴 적이 없다. 선택한 길은 완전히 다르지만 둘 다 범죄 관련 일에 종사한다는 점은 같다고 할 수도 있다.

"히무라를 아십니까?"

가게우라는 고개를 저었다.

"소문만 들었습니다. 단순한 범죄사회학자가 아니라 대단히 유능한 탐정이라더군요. 어느 신문기자에게 들었어요. 지금은 도쿄의 문예부에 있는 분인데, 작년 여름까지 오사카 사회부에서 경찰 관련 기사를 담당해서 히무라 선생님을 알게 되었다고 하더군요."

"유능한 탐정이라고요?"

"예. 경찰에게 수사 협력 의뢰를 받아 움직이신다지요? 그리고 경찰보다 빨리 사건의 진상에 도달한다고요. 그런 소설이나 영화의 영웅 같은 선생님이 현실에 존재하다니 생각도 못 했어요. 그 사실이 공표되지 않는 건 히무라 선생님의 강력한 의향으로, 경찰이 언론에 함구령을 내렸다는 점에도 놀랐습니다. 정보화사회가 되어도 세상에서 일어나는 일이 전부 텔레비전이나 인터넷에 나오는 건 아닌가 봐요."

신문기자 중에는 수사 진척 상황을 캐기 위해 히무라에게 접근했던 사람도 없지는 않다. 하지만 범죄학자가 완강하게 거절하다 보니 접근해봤자 경찰의 미움만 살 뿐이라 이제는 노터치다. 극히 일부 예외가 있어 나를 통해 그의 견해를 알아내려는 기자도 없지는 않지만.

민간인을 수사에 가담시킨다는 사실을 경찰이 숨기고 싶어 해도 저널리스트가 보도를 자제할 의무는 없다. 진실을 그대로 공표하는 것도 중요할 테고, 글로 쓰면 독자에게 인기를 끌 매력적인 소재이기도 하다. 그렇지만 그러지 않는 건 아마도 당국의 눈치 때문만은 아닐 것이다. 내 입장에서는 상상에 맡길 수밖에 없지만 기자들은 픽션 세계의 명탐정 같은 히무라를 방해하기 싫은 게 아닐까? 그가 잡음에 시달리지 않고 온전하게 능력을 발휘하는 모습을 지켜보는 것. 천재라기보다, 한 사람의 명인이 장인의 기술을 쓰는 순간을 방해하고 싶지 않다. 완벽하지는 않더라도 히무라의 비밀은 그런 의식 속에서 지켜지고 있다는 생각이 든다.

"아리스가와 씨는 히무라 선생님과 함께 행동하며 사건 수사를 하신다고 들었습니다. 창작에 참고하기 위한 것인가요?"

가게우라가 물었다. 확실하게 부정하지 않으면 안 된다.

"제가 쓰는 건 순수한 픽션으로, 현실 사건을 소재로 쓰는 일은 없습니다. 히무라의 필드워크에 동행하는 건 순전히 그를 도우려는 목적입니다."

가게우라는 필드워크라는 표현을 흥미로워했다.

"범죄 수사를 히무라 선생님은 그렇게 칭하시나요. 그렇군요, 사회학 현장 조사인 건 틀림없으니까요."

나는 그만 흥에 겨워 쓸데없는 소리를 지껄였다.

"그런 연구 수법을 쓰는 학자는 달리 없을 터라, 저는 히무라를 '임상범죄학자'라고 부릅니다."

"참신한 표현이네요. 아리스가와 씨는 그런 자극적이고 흥미로운 친구를 가까이서 관찰하면서 자기 작품에 참고로 삼지는 않는 거군요. 금욕적이고 훌륭한 태도입니다. 진심이에요."

도이도 고개를 끄덕였다. 철저한 창작물을 쓰는 것이 본격 미스터리 작가니 굳이 칭찬받을 일은 아니다. 머리로 짜낸 소설에 적의를 드러내는 작가라면 그런 태도는 소극적이라느니 태만하다느니, 자기를 희생해가며 현실에서 진실을 찾아내 창작으로 회귀해야 한다느니, 화려한 잔소리를 퍼부었을 것이다.

"의논드리고 싶은 건 이런 내용입니다. 아리스가와 씨와 히무라 선생님께서 어느 사건을 조사해주셨으면 합니다. 어째서 경찰에 부탁하지 않는지 의아하게 여기시겠지요. 실망했기 때문입니다. 저는 경찰을 못 믿겠습니다."

경찰이 미덥지 못하다니 무슨 뜻일까? 누가 누명이라도 썼나?

"1월 13일 화요일 밤, 오사카 나카노시마의 호텔에서 남자 손님 한 분이 돌아가셨습니다. 이름은 니시다 미노루 씨, 향년 69세. 침대 난간에 끈을 매고 반대편 끝에 고리를 만들어 목을 맨 상태로 발견되었습니다. 오사카에서는 뉴스에 나왔는데 혹시 기억하시나요?"

"아니요, 공교롭게도 기억이 안 나는군요. 어느 호텔입니까?"

나카노시마라면 거기 아니면 거긴가, 하고 생각하며 물었는데 둘 다 아니었다.

"긴세이 호텔입니다."

어디선가 들은 기억이…… 그래, 기억났다. 나카노시마 한편에 있는 소위 말하는 프티 호텔로, 부근을 어슬렁거리다가 본 적이 있다. 이런 곳에 이런 호텔이 있었나 싶은 복고풍 외관으로, 호텔 레스토랑의 프랑스 요리는 값비싸지만 맛있다는 평판을 어디서 들었는데 숙박도 식사도 해보지는 않았다.

"아시나요?"

"예. 아담하고 오래된 호텔이죠. 이용한 적은 없지만 그 앞을 지나간 적은 있습니다."

"눈에 띄지 않는 곳에 숨어 있어서 오사카에 살아도 모르는 분이 있다더군요. 저는 좋아하는 호텔이에요. 오사카 출신 편집자가 가르쳐줘서 예전부터 은신할 때 이용하고 있답니다. 『요도도노』 취재 때문에 오사카에 갔을 때는 한 달쯤 머물렀어요. ……다른 와인을 마실까? 이번에는 레드로."

주문을 하는 동안 대화가 끊겼다. 약 이 주 전에 긴세이 호텔에서 나시다 미노루라는 남자가 목을 매달고 죽었는데, 그게 어쨌다는 말일까?

"나시다 씨가 사망했을 때 저도 긴세이 호텔에 머물고 있었어요. 깜짝 놀랐죠. 나시다 씨는 단순히 같은 날 호텔에 숙박한 낯선 타인이 아니라 지난 사 년 동안 알고 지낸 지인이었습니다."

가게우라의 표정은 침통했다. 친구가 아니라 지인이라고 말하는 점이 미묘했지만 생각만 해도 애통하다는 분위기였다.

"우연히 같은 호텔에 머물고 있을 때 지인이 돌아가신 거군요."

내가 그렇게 말하자 가게우라는 "아니요"라고 부정했다.

"그게 아닙니다. 나시다 씨는 언제 가든 그곳에 있었습니다. 사 년 전 처음 만난 장소도 그 호텔이었습니다."

그제야 도이가 끼어들었다.

"나시다 씨는 긴세이 호텔에 장기 투숙하고 계셨습니다."

그 말을 들으니 이해가 갔지만 사 년은 너무 길다.

"평소엔 이렇지 않은데 당황해서 이야기 순서가 엉망이네요. 처음부터 순서대로 말씀드리겠습니다."

가게우라는 두 잔째 와인을 한 모금 머금고 주름진 목을 꼴깍 움직이더니 와인잔을 손에 든 채로 말했다.

"저는 1월 10일부터 긴세이 호텔에 묵고 있었습니다. 『요도도노』 교정지를 끌어안고 두문불출했죠. 도이 씨가 '20일에는 인쇄소에 넘기고 싶다'고 다그쳤거든요. 정말 필사적으로 막바지 작업을 하고 있었죠."

도이가 "죄송합니다" 하고 고개를 숙였다.

"뭐, 다 지난 일이니까. 나시다 씨는 호텔 장기 투숙객이라기보다는 '주민'이나 '주인' 같았어요. 벌써 이래저래 오 년이나 같은 방에서 지내고 있었거든요. 아까도 말씀드렸다시피 저는 오사카에서는 늘 긴세이 호텔에 묵어요. 집중해서 집필하기 위한 작업실로 쓰거나, 간사이 쪽을 취재할 때 거점으로 삼거나, 혹은 홀로 느긋하게 휴식을 취하기 위한 별장 대신 썼지요. 나시다 씨를 처음 만난 건 사 년 전 봄입니다. 라운지에서 차를 마시는 동안 어쩌다 몇 마디 나누게 되었고, 그러다가 그쪽에 묵을 때는 종종 함께 식사를 하고 잡담을 나누는 사이가 되었습니다. 대화는 즐거웠고, 온화하고 사려 깊은 좋은 분이었어요."

다시 와인을 입에 머금고 와인잔을 테이블에 내려놓았다.

"그런 나시다 씨가 아무런 징조도 없이 목을 매고 죽어버렸습니다. 발견된 건 14일 아침이었어요. 마치 기계처럼 똑같은 시간에 아침 식사를 하는데, 레스토랑에 내려오지 않아 이상하게 여긴 호텔 직원이 살피러 갔더니……."

침대 난간에 커튼을 묶는 줄, 태슬을 매고 거기에 목을 매달았다고 한다. 목에 줄을 감아 엎드린 자세로 액사한 것이다.

"제 설명으로 어떤 상황이었는지 아시겠어요?"

"예. 몸이 허공에 뜨지 않는 액사縊死. 법의학에서 말하는 비정형 액사지요?"

원색적이고 속된 말로 표현하자면 변형 목매달기.

"저는 법의학자도, 미스터리 작가도 아니고 범죄 수사에 관여한 적도 없으니 전문용어는 모르지만 이해해주신 모양이군요. 어쨌거나 나시다 씨는 그런 모습으로 발견되었습니다. 발견한 사람이 황급히 줄을 풀었지만 이미 늦었어요. 나시다 씨가 돌아가신 지 몇 시간이나 지났던 거지요. 경찰이 찾아와

자물쇠 잠긴 남자

검시를 했고, 그후에 부검을 한 결과 자살이라는 판정이 나왔
는데……."

가게우라가 말을 끊더니 몸을 슬그머니 내밀었다.

"저는 그 결론을 받아들일 수 없습니다. 절대 승복할 수 없
어요."

원죄冤罪 사건이 아니라 그런 식의 경찰에 대한 불신이었
나. 일단 나는 짚고 넘어가야 할 점을 질문했다.

"자살로 생각할 수 없다는 말씀이군요. 가게우라 선생님이
그렇게 생각하시는 근거는 뭔가요?"

가게우라는 집게손가락을 똑바로 세워 지휘봉처럼 흔들며
말했다.

"법의학적인 근거는 없습니다. 당연하죠. 저는 일반인이니
까요. 가장 큰 이유는 직감입니다. 직감이란 초자연적이고 신
비한 게 아니라 사실은 흐릿한 근거의 거대한 집합체예요. 두
서없이 말해보자면 유서가 없었습니다. 하지만 변사를 감정
한 경찰에 따르면 자살하는 사람에게 그런 경우는 흔한 일이
라는 겁니다. 좋아요. 나시다 씨가 세상을 뜨기 몇 시간 전,
저는 그 사람이 평소와 다름없었다는 걸 알고 있지만 그 역시
흔한 일일지 모르지요. 하지만 가장 중요한 점은 나시다 씨가
스스로 목숨을 끊을 이유입니다. 저는 그런 이유가 없었다고

생각하는데, 경찰은 원인이 있다고 경솔하게 단언했어요. 노쇠한 나시다 씨가 고독을 견디지 못하고 스스로 죽음을 선택했다는 겁니다. 대체 경찰이 나시다 씨를 얼마나 안다고 그럴까요? 물론 아무것도 모르겠지요. 시신을 대면할 때까지 나시다 미노루라는 인물이 이 세상에 존재했다는 사실조차 몰랐으니까요. 그런데 제 이의를 일축하고 충분히 검증도 하지 않고 자살로 단정지어버렸으니 기가 막힐 노릇이에요. 방금 전에는 실망이라는 표현을 썼지만, 절망이라는 말이 적절할지도 모르겠군요. 우리가 고작 그런 수준의 경찰에게 지금까지 사회의 안녕과 질서를 맡겼다고 생각하니 통탄스러울 따름입니다."

열띤 호소에 휘말려 고개를 끄덕이고 말았지만 가게우라의 말이 옳다고 인정한 건 아니다. 고인에 대한 정이 두터운 나머지 단순히 자살이라는 슬픈 현실을 받아들이지 못하는 것 아닌가 의심하고 말았다.

"그래서 아리스가와 씨에게 의논하는 겁니다. 이 일을 히무라 선생님께 전해서 두 분의 힘으로 나시다 씨의 죽음이 자살이 아니라는 사실을 증명해주실 수 없을까요? 어려운 부탁이라는 건 잘 압니다."

바로 대답이 나오지 않았다. 가게우라가 거듭 호소했다.

"누군지도 모르고 아무 인연도 없는 나시다 씨가 어떻게 죽었는지 진상을 조사해달라니 귀찮기만 하다고 생각하시겠지요. 민폐라는 건 알고 있습니다. 그래도 아리스가와 씨와 히무라 선생님께 매달리고 싶습니다. 부디 진실을 밝혀서 올바른 정의를 실현해주세요. 이대로는 나시다 씨가 눈을 감지 못합니다."

꽤나 무거운 짐이다. 진지한 부탁을 거절하기 어렵다고 해서 안일하게 맡을 수는 없다. 판단의 재료가 될 만한 정보가 더 필요했다.

"가게우라 선생님 말고도 같은 생각을 가진 분이 계십니까?"

"같은 작가 사이인데 선생님이라는 말은 그만두죠. 편하게 부르세요."

경력이 이렇게나 차이 나면 나도 모르게 선생님이라고 부르게 되지만 그만두자. 가게우라가 질문에 대답했다.

"저처럼 굳게 확신하는지는 모르겠지만 나시다 씨를 잘 아는 몇몇 분들이 경찰이 내린 결론을 의심하고 있습니다. 지배인의 부인이 그 필두예요. 경찰은 저희의 의혹을 무시하려 합니다. 아니, 이미 무시하고 완결된 사건으로 끝내버린 거나 마찬가지예요. 하지만 나시다 씨가 돌아가신 지 이 주밖에 지나지 않은 지금이라면 아직 늦지 않았습니다. 경찰이 놓친 증거가 아직 남아 있을 테니 그것만 찾아낼 수 있다면 잘못된 결론은 수정할 수 있어요."

말이야 쉽지. 미스터리를 너무 많이 보신 것 아닙니까, 하고 통렬하게 빈정거릴 뻔했다.

"마음은 이해합니다. 하지만 경찰에 계속 호소하는 게 좋아 보이는데……."

그런 말로 물러날 기색을 비쳤더니 가게우라의 표정이 순식간에 험악해졌다. 기분이 상한 것이다.

"물론 지금까지 그래왔어요. 사건이 발생한 뒤로 지금까지, 줄곧. 오사카 부府 경찰은 제 말에 귀를 기울여주지 않습니다. 답답해서 다른 방법을 고민한 거예요. 그리고 당신과 히무라 선생님 이야기를 떠올리고 매달려보기로 한 겁니다."

매달린다고 해도 곤란하다. 나를 구워삶을 생각인가? 히무라에 대해 어지간히 믿음직한 소문을 들었나 보다.

"한 가지 여쭤도 되겠습니까?"

마음에 걸리는 점이 있었다. 피해 갈 수 없는 문제다.

"그럼요." 가게우라가 손바닥을 펼쳐 보이며 말했다.

"가게우라 씨 말씀대로 나시다 씨의 죽음이 자살이 아니라면 사고사 또는 살인이라는 뜻이 됩니다. 둘 중 어느 게 진상이라고 생각하십니까?"

가게우라가 옆에 두었던 가방을 집기에 사건 관련 물품이라도 보여주나 싶었는데 가방에서 튀어나온 건 건 담배였다.

"반년이나 금연했는데 도저히 못 참겠군요. 미련을 못 버리고 남은 걸 들고 다닌 게 실수죠. 의지가 나약하다고 비웃지 말아줘요, 도이 씨."

편집자는 선향 연기를 밀어내듯 오른손을 작게 흔들었다. 그럴 일은 절대 없습니다, 라는 사인이다. 선배 작가는 버지니아 슬림 담뱃갑을 뜯어 맛있어죽겠다는 듯이 한 모금 빨아들였다.

"태슬을 난간에 매고 어떤 이유에서 그 끝에 묶은 고리에 머리를 들이밀었다가 실수로 몸이 앞으로 기울어 목이 졸렸다, 거의 있을 수 없는 사고지요. 자살도 아니라면 타살이라고 생각할 수밖에 없습니다."

"누군가 나시다 씨를 살해했다고 보시는 거군요?"

"그렇습니다."

좋다. 그렇다면 이것도 물어봐야 한다.

"여기서만 하는 얘기니 솔직한 생각을 들려주십시오. 누가 나시다 씨를 살해했는지 짐작 가는 사람이 있습니까?"

"그건……." 하얀 연기와 함께 답이 흘러나왔다. "없습니다."

"전혀 없습니까?"

"네. 거짓말이 아니에요. 정말로 없어요. 그 사람은 남에게 원한을 살 성격이 아니었고, 식물처럼 조용히 살았으니까요. 그 사람을 조사해보면 아리스가와 씨도 자연히 아실 거예요."

그런 인물이 어째서 살해당했는지 수수께끼지만 그 점은 일단 보류해두자.

"만약 자살이 아니라는 걸 증명해낸다면 나시다 씨의 죽음은 살인 사건이 되고 범인이 누군가 하는 문제가 생깁니다. 그 해결은 경찰에 맡기면 되겠습니까?"

"상관없습니다. 살인 사건이라는 걸 알면 경찰은 기능을 회복해 범인을 찾아주겠지요. 납세자 입장에서 경찰이 제대로 일해주면 그걸로 족합니다. 뭐 불만이라도?"

불만을 품을 장면은 아니었는데 그런 말을 해서 조금 놀랐다.

"아니요, 불만은 없습니다. 다만 묘한 느낌이 들었을 뿐입니다. 히무라는 언제나 범인을 찾기 시작할 때 수사에 가담하니까요. 자살로 처리되려는 사안이 타살임을 증명하는 것부터 시작하는 게 과연 히무라에게 필드워크가 될지……."

집필할 때 내가 쓰는 글이 왠지 이상하다고 느낄 때가 있다. 시야가 좁아져서 제대로 된 문장을 쓰고 있다고 생각하지만 전체적으로 엉성해져 스스로 길을 잃었다고 자각하는 순간. 그와 비슷한 상태였다. 귀찮은 의뢰를 거절하고 싶은데 받아들일 이유를 스스로 쌓아가고 있는 기분이다.

"되지 않겠어요?" 가게우라가 말했다. "훨씬 훌륭한 필드워크지요. 히무라 선생님은 수많은 살인 사건을 맡아서 범인을 밝혀냈지요? 그 수사의 대부분은 시체나 범행 현장 분석으로 시작되겠지요. 이번에는 시작 지점이 앞당겨졌을 뿐이에요. 아시겠어요, 아리스가와 씨? 나시다 씨의 죽음이 타살이라면, 경찰의 실수로 눈앞에서 완전범죄가 성립될지도 모릅니다. 용감히 그 앞을 막아서고 간교한 범인의 정체를 밝혀내는 것. 그 가면을 벗겨내고 진짜 얼굴을 보는 게 바로 최고의 필드워크 아닐까요?"

나는 언어의 힘을 믿는 소설가이자 본격 미스터리를 사랑하는 논리의 사도이다. 가게우라 나미코의 언어와 논리에 무릎이 꺾일 것만 같았다. 이 자리에 히무라 히데오가 있고 '경찰의 실수로 눈앞에서 완전범죄가 성립될지도 모릅니다'라는 말을 듣는다면 어떻게 행동할까? '알겠습니다' 하고 수사를 받아들일 것 같다.

"당신도 좀 거들어요."

가게우라가 손가락에 낀 담배로 도이를 가리켰다. 편집자는 안경 속 간절한 눈빛으로 나를 보며 말했다.

"돌아가신 나시다 씨는 저도 잘 압니다. 가게우라 선생님처럼 사람을 정확하게 보는 안목은 없지만 자살할 분은 아니었고, 그런 사정이 있었을 것 같지도 않습니다. 진실이 무엇인지 조사해주실 수 없을까요? 이런 일이 있다고 히무라 선생님께 한번 말씀드려보세요. 업무에 지장 없는 범위에서 아리스가와 씨도 도와주신다면 감사하고요."

가게우라가 담배를 재떨이에 비벼 끄며 말했다.

"뻔뻔한 부탁이니 제 쌈짓돈으로 필요 경비와 실례가 되지 않을 만큼의 사례는 할 생각입니다."

확실하게 짚고 넘어가야 한다.

"히무라도 저도, 필드워크로 사례는 받지 않습니다."

3

두 사람과 헤어져 호텔방에 들어가니 10시 반이었다. 일단 1인용 소파에 몸을 내맡기고 깊은 한숨을 토했다.

긴 하루였다. 정오가 되기 전에 도쿄에 도착해 머릿속으로 그리고 있는 소설의 무대가 될 만한 장소를 찾아 해안 지구를 뱅글뱅글 돌고, 전철을 몇 번이나 타고 내렸다. 6시부터 시작되는 수상식과 파티에 늦지 않게 답사를 마무리짓고 황거皇居 해자 언저리에 있는 이곳 호텔에 체크인. 짐을 방에 옮겨달라

자물쇠 잠긴 남자

고 부탁하고 바로 회장으로 향해 시끌벅적한 분위기 속에서 아련한 고독을 맛보다가 친한 담당 편집자를 만나고, 초면인 도이를 만나고, 가게우라 나미코를 배알하고, 심각한 상담을 해줬다. 하루가 어찌나 다사다난했는지 신오사카 역에서 신칸센에 올라탄 게 어제 일처럼 느껴졌다.

그나저나…….

실내를 둘러보고 저도 모르게 표정이 누그러졌다. 이렇게 사치스러운 방에 묵기는 처음이다. 어쨌거나 임페리얼 플로어의 스위트룸인 것이다. 이 명문 호텔에는 하룻밤에 백만 엔이 넘는 VIP룸처럼 훨씬 더 호화찬란한 방이 있지만, 여기도 톱클래스의 방이리라. 침실과 거실을 겸한 공간이 삼십 평은 족히 되어서 어디 저택에 초대받은 기분이다. 인테리어는 고급스럽고 차분하게 꾸며졌다. 그만 옷장 안에 이불을 깔아도 잘 수 있을 것 같다는 생각을 하고 말았다. 침실의 침대는 킹 사이즈로 정사각형에 가까웠다. 욕실과 화장실, 세면대는 두 개씩이나 되어서 어디를 쓸지 망설여졌고, 편의용품도 이렇게 잘 갖춘 곳은 처음 본다. 참고로 내일 아침에는 두 종류의 신문을 넣어준다고 한다. 전동 개폐식 커튼을 열자 철도 고가 너머로 긴자의 야경이 나타났다.

"아깝다."

무심코 중얼거렸다. 가게우라의 쌈짓돈인지, 메이호쇼보가 경비로 부담했는지 모르겠지만 이만한 방을 준비해주다니 과분하다. '이럴 것까지는 없는데'라는 뜻으로도 아까웠다. 이런 방에 묵을 수 있다면 조금 더 오래 머물고 싶었다는 의미로도 아깝다. 한 번 더 말하지만 어쨌거나 임페리얼 플로어의 스위트룸인 것이다. 이곳 하루 숙박비로 평소 내가 이용하는 비즈니스호텔의 싱글룸에 열흘 가까이 묵을 수 있을 것 같다.

도이는 미니바도 자유롭게 쓰고 룸서비스도 이용하라고 했지만 아무래도 불편했다. 정말 필요하면 호의에 기대겠지만 지금은 필요 없었다. 목이 말라 미네랄워터를 잘 닦아놓은 유리컵에 따라 마셨다.

내가 가게우라의 의뢰를 받아들이리라 예상하고 이렇게 호사스러운 대접을 하는 걸까? 아니면 승낙을 망설일 경우 압박을 가하려는 책략일까? 어느 쪽인지는 모르겠다. 단순히 시간을 내준 데 대한 감사 표시일지도 모른다.

"고마워요, 아리스가와 씨."

엘리베이터 앞에서 가게우라는 마지막으로 그렇게 말했다. 수사를 약속한 건 아니라고 말하고 싶었는데 우물거리고 만 것이 후회스러웠다. 도이도 "고맙습니다"라며 내게 고개를 숙였으니 의뢰를 수락한 꼴이다. 상대가 거물 작가라고는 해

자물쇠 잠긴 남자

도 특별히 은혜를 입은 것도 아니고 초면인 사람이다. 이 나이가 되어서도 여전히 의사 표현 하나 제대로 하지 못하는 게 한심했다.

아니지, 거절하기로 결정난 것도 아니잖아?

자기변명은 아니지만 상담 내용은 내 관심을 끌었다. 호텔에 장기 체류하던 남자가 자살을 위장한 방법으로 살해당했을지도 모른다고 한다. 대체 누가 무슨 이유로 남자를 죽였을까? 남자의 정체를 포함해 사건의 배경이 신경쓰인다.

"두 가지 수수께끼가 저를 괴롭힙니다."

가게우라의 목소리가 되살아났다. 뇌리에서 출발해 이 널찍한 방 구석구석까지 퍼져나가는 것 같았다.

"하나는 나시다 씨의 죽음이 타살이라면 누가 그런 끔찍한 짓을 했을까 하는 점. 또 하나는 나시다 씨는 어떤 사람이었을까 하는 점입니다. 저와 그 사람은 지금까지 만난 시간을 합하면 꼬박 하루 이상은 이야기를 나누었을 거예요. 태반은 대수롭지 않은 잡담이었지만 그만큼 이야기해보면 어떤 인생을 살아왔는지 윤곽이 보이는 법입니다. 그런데 그 사람은 두터운 안개에 싸인 것처럼, 어떤 사람인지 짐작도 할 수 없었어요. 불행한 최후를 맞이한 나시다 씨를 애도하기 위해 어떤 사람이었는지 조사해서 제게 알려주실 수는 없을까요? 살인 사건 해결은 히무라 선생님께 기대하겠지만, 나시다 씨의 인생에 얽힌 수수께끼는 아리스가와 씨가 풀어주시길 바라고 있습니다."

나는 말했다.

"아마 그 두 가지 수수께끼는 밀접한 관계가 있을 겁니다. 결국 둘 다 히무라의 영역일지도 모릅니다."

그러자 가게우라가 설득하는 말투로 나섰다.

"범죄 수사를 하는 과정에서 피해자의 신변을 조사해야 할 테니 그렇게 될지도 모르지요. 하지만 아리스가와 씨, 저는 당신이 나시다 씨의 수수께끼를 풀어주었으면 해요. 이건 부탁이 아니라 소망 같은 거예요. 이유는 당신이 소설가니까. 저는 추리소설이나 본격 미스터리가 어떤 건지 잘 모르지만, 소설이라는 점은 똑같잖아요? 소설가인 당신이 고독한 한 남성이 숨겨왔던 수수께끼의 답을 찾아내, 가능하다면 창작의 밑거름으로 써주면 좋겠다는 생각도 하고 있어요."

뭐라 말하려는 나를 그녀가 가로막으며 말을 이었다.

"그런 생각을 하면서 당신과 만나려 했던 건 아닙니다. 만나 뵙고, 이야기를 나누는 사이 머리에 떠오른 거예요. 엉뚱한 참견이죠. 저는 소설을 쓰는 사람이 좋아서 세이요샤 신인상도 도왔어요. 전부 좋아해요. 문호든, 신예 작가든, 아마추

자물쇠 잠긴 남자

어든. 모방할 기량도 없는데 그걸 감추려고 독창성을 추구하다가 자의식만 철철 흘러넘치는 서툰 소설을 쓰면서 착각 속에서 사는 사람에게도 정이 갑니다."

착각 속에서 사는 사람이라는 말에 놀라고 있자니 가게우라가 하얀 이를 드러내며 웃었다.

"당신, 사람이 싫지요?"

그 한마디도 자극적이었다. 가슴에 비수가 들어오는 기분이었다.

"글쎄요. ……그런 면이 있을지도 모릅니다."

"누군가를 처음 볼 때는 만나기 전에, 그분에게 저서가 있으면 시간이 허락하는 한 읽어보려고 노력한답니다. 당신 작품은 세 개를 읽었어요."

패배다. 나는 두 권밖에 못 읽었다.

어느 작품을 읽었는지 제목을 읊고 가게우라가 말했다.

"살가운 얼굴을 하고 있지만 이 작가는 사람이라는 존재를 싫어하는구나 싶었어요. 곳곳에 벽이 있어서 '넘어올 수 있는 자만 내 세계를 지나가라'고 시치미를 떼고 있죠. 하지만 당연히 사람을 싫어하고 미워하기만 해서는 소설을 쓸 수 없어요. 소설이라는 번거로운 수단에 매달리지 않고 배를 몰아 바닷가로 나가거나 광석을 어루만지며 일생을 보내겠지요. 도저히 좋아할 수 없는 인간 집단에서 물러나, 사람을 좋아하고 싶어 발버둥치면서 소설을 만들어내고, 그걸 읽어주길 바라며 인간 집단 속으로 돌아가지요. 당신이 그렇죠?"

맞는 말 같았다. 나중에 생각해보니 사람을 싫어한다거나 벽이 있다는 건 정도의 차이는 있어도 대부분의 작가에게 맞아떨어지는 말이지만.

"나시다 씨의 수수께끼를, 그런 아리스가와 씨에게 맡기고 싶습니다."

가게우라의 말을 되새기면서 마시는 냉수는 맛있었다.

역시 가게우라 나미코. 말 한마디로 사람을 홀릴 줄 안다.

— 경찰의 실수로 눈앞에서 완전범죄가 성립될지도 모릅니다.

이건 히무라의 심금을 울려 그를 수사에 끌어낼 만한 말이다.

— 나시다 씨의 수수께끼를, 그런 아리스가와 씨에게 맡기고 싶습니다.

나는 이 말에 흔들렸다. 물론 가게우라의 의뢰를 받아들이겠다고 확답하지는 않았지만, 가게우라와 도이는 수락한 것으로 받아들인 모양이다.

"일단은…… 어쩐다?"

일부러 소리 내어 말해보았다.

자물쇠 잠긴 남자

히무라에게 말해보고 반응을 살필까? 오사카 부 경찰이라면 전화로 연락할 수 있는 형사도 몇 명은 있고, 나 혼자서도 할 수 있는 일이 조금은 있을 것 같다.

긴세이 호텔에서 오 년이나 살았다는 나시다 미노루는 어떤 기분이었을까? 상상만으로도 너무 쓸쓸했다.

일 때문에 도쿄에 가거나 혼자서 훌쩍 여행을 갈 때도 있으니 호텔에 묵을 기회는 적지 않다. 그때그때 상황에 맞게, 체류 시간이 짧아 잠만 잘 때는 저렴한 곳에서 묵는 한편, 기분 전환을 하고 싶을 때는 눈 딱 감고 좋은 방을 잡을 때도 있다. 단골 숙소는 만들지 않는 타입이다. 호텔을 좋아하느냐고 묻는다면 선뜻 대답은 못 하겠다.

오늘 나는 손님이니 아무 일도 하지 않고 가만히 있으면 된다, 쌓인 업무며 집안일도 여기 있는 동안은 하지 않아도 된다는 생각에 마음이 푹 놓이기도 한다. 일찌감치 저녁 식사를 마치고 방으로 돌아와 침대에 드러누워 텔레비전으로 프로야구 중계를 보는 것은 더할 나위 없는 복이다. 하지만 호텔에서 지내는 밤이 이유 없이 괴로울 때도 있다. 매일 이런 식으로 살다가 나이를 먹고 결국 죽을 뿐인가, 하고 우울해져서 잠이 오지 않는다. 다음 작품의 아이디어를 짜내는 사이 눈이 말똥말똥해져서 아침을 맞이하는 것도 힘든 노릇이다. 원인은 호텔과의 궁합이 아니라 오로지 내 정신 상태 때문이다.

오늘밤은 피곤하니 푹 잘 수 있겠지. 가게우라에게 들은 이야기가 아직 머릿속에서 소용돌이치고 있지만 그 정도는 졸음이 밀어내주리라.

"나시다 씨는 언제까지 긴세이 호텔에 머물 예정이었습니까?"

그렇게 묻자 가게우라가 눈길을 살짝 떨어뜨렸다.

"본인도 '언제까지려나' 하고 웃곤 했습니다. '호텔 분들께는 민폐밖에 안 되겠지만 아예 목숨이 다할 때까지 눌러앉을까?'라고 말씀한 적도 있어요. '이 섬에서 죽는 것도 나쁘지 않지'라고 했죠."

"섬?"

"나카노시마의 호텔에서 사는 것을 나시다 씨는 '섬 생활'이라고 불렀습니다. 본인은 '섬사람'이고요. 그곳은 두 개의 강 사이에 낀 모래톱이니 섬으로 볼 수도 있겠지요."

나카노시마 지역의 정보를 모은 《월간 섬사람》이라는 무료 잡지가 있다. 분명 나카노시마를 도시 한복판의 섬이라고 부르는 것은 멋진 느낌이었다.

이 섬에서 죽는 것도 나쁘지 않다.

나시다 미노루가 정말로 그렇게 생각했다면 희망은 이루어졌다. 행복한 최후는 아니었지만.

그나저나 다시 봐도…….

나 혼자 이렇게 호사스러운 방을 쓰다니 아깝기 그지없다. 이곳은 부유한 가족이 묵는 곳이 아닌가? 그런 식으로 생각하는 내 가난한 근성이 조금 싫었다.

하다못해 비슷한 수준의 연인이 있다면 좋았을 텐데. 이런 방에 들어온다면 내 연인, 혹은 아내는 '와아!' 하고 환성을 지르리라. 그러면 나는 당신을 위해 오늘은 조금 노력했어 어쩌고 하겠지. 출판사에서 예약해주었다는 설정이라도 상관없다. 내가 작가로 존경받고 있다는 사실이 전해질 테니. 그리고 욕실도 이렇게 깔끔하네, 샴푸가 아유라 제품이야, 라고 하는 그녀의 들뜬 목소리에 미소를 짓는 것이다. 우리 사이에 아이가 있어 가족이 함께 왔다면 귀여운 아들이나 딸이 신나서 침대에서 폴짝거리거나 방안을 뛰어다니는 모습을 보며 다정하게 타이르겠지.

어리석은 상상을 하고 있자니 방이 점점 넓게 느껴졌다. 이대로 가다가는 체육관만큼 넓어질 것 같다.

유리컵에 물을 새로 따라 마시는데 이미 미적지근했다. 시계를 보니 자정이 가깝다. 시간이 이렇게 흘렀을 줄은 몰랐다.

적당히 졸음이 밀려왔다. 이때를 놓치면 또 잠을 못 잘 것 같으니 빨리 침대에 들어가는 게 낫다. 킹사이즈의 커다란 침대를 최대한 이용하려고 일부러 대각선으로 누웠다. 지금 할 수 있는 일은 그 정도뿐이다.

잠옷으로 갈아입고 불을 끄고 담요를 덮었다. 이런 방은 어둠에도 윤기가 감돌아 아름답게 느껴진다.

잠에 빠지기 전, 한 가지 수수께끼가 풀렸다. 처음 만난 가게우라 나미코의 얼굴을 보고 왠지 그립다고 생각한 이유다. 이목구비가 뚜렷한 그녀의 얼굴은 빛의 각도에 따라 서양인처럼 보이는 순간이 있었다. 그중에서도 영국 여성의 얼굴을 닮았다. 위대한 선인, 애거사 크리스티, 도로시 L. 세이어스, 마저리 앨링엄, 퍼트리샤 모이스, 엘리스 피터스, P.D. 제임스, 루스 렌들……

어느 한 작가를 꼭 빼닮은 건 아니지만 그 나라가 낳은 여성 미스터리 작가의 자화상을 연상하고 그리움을 느꼈던 거구나, 하고 생각했을 즈음 의식이 어둠에 녹아들며 하루가 끝났다.

4

호텔에서 눈을 떴다.

8시에 일어나 샤워를 하고 욕조에 몸도 푹 담가 흡족한 기분으로 조식 뷔페를 먹었다. 너무 많이 먹은 바람에 점심은 건너뛰는 게 나을지도 모르겠다.

11시 넘어 체크아웃을 하고 택시로 도쿄 역으로 가서 표를 사기 전에 전화를 한 통 걸었다. 호출음이 다섯 번 울렸을 때 히무라가 전화를 받았다.

"네가 점심 전에 전화하다니 어쩐 일로. 급한 용건이야?"

"지금 도쿄 역인데 오사카로 돌아가려는 참이야."

"그래서?" 무뚝뚝하기는.

"긴히 할 이야기가 있는데 가는 길에 교토에서 내리면 만날 수 있어?"

"바쁜데. 오늘이 며칠인지나 알아?"

전혀 생각도 못 했다. 1월 31일이면 우리 모교의 입학시험이 코앞인가. 이 시기에 부교수가 이래저래 바쁘다는 사실을 깜빡했다.

"입시 준비 때문에 정신없을 시기라는 건 잘 알지만" 거짓말을 하고 "자유 시간을 뺄 수 있으면 한 시간만 내줘. 삼십 분이라도 괜찮아. 네가 괜찮은 시간에 지정한 곳으로 갈게. 아까도 말했다시피 지금 도쿄니까 교토에 도착하는 건 빨라야 2시지만."

잠깐의 침묵은 아마도 빠르게 스케줄을 확인한 것이리라.

"시험 문제도 이미 작성해뒀고, 사실 여유가 없는 건 아니야. 4시라도 괜찮으면 교토 역 근처로 가지."

장소는 전에도 몇 번 가보았던 호텔 카페 라운지. 흡연이 가능한 곳이다.

"고마워, 그때 보자. 히무라 선생님이 어떤 문제를 작성했는지 궁금하네."

"그런 데 관심 갖지 마. 유출되면 목이 날아가."

무사히 약속을 잡았으니 삼십 분 후에 출발하는 노조미 열차 지정석 차표를 구입하고 구내 서점에서 문고본을 사서 플랫폼으로 올라갔다. 귀갓길의 파트너로 고른 것은 고켄 천황◆을 주인공으로 한 가게우라 나미코의 저서였다.

창 측 E석에 앉아 호텔에서 가져온 미네랄워터 페트병을 창가에 올려놓고 책을 펼쳤지만 작가의 얼굴과 육성이 생생하게 떠올라 눈이 활자 위에서 미끄러졌다. 독서는 포기했다. 어느새 열차는 플랫폼을 떠나 방금 전까지 머물렀던 호텔이 차창을 지나가고 있었다.

책 표지 날개에 작가의 얼굴 사진이 실려 있었다. 십 년쯤

◆ 일본의 46대 천황으로 역사상 여섯 번째 여성 천황, 48대 쇼토쿠 천황으로 다시 즉위했다.

자물쇠 잠긴 남자

전에 찍은 사진인지 지금보다 젊었다. 이 소설 자체가 거의 십 년 전에 쓴 작품이니 발행 당시에는 이게 최신 사진이었으리라. 등받이가 높은 의자에 깊이 몸을 묻고 비스듬하게 위를 바라보는 모습은 위풍당당했다.

가게우라 나미코가 어째서 나시다 미노루라는 인물에게 그토록 관심을 보이는지 기이했다. 그 점에 대해서는 미리 설명해주었지만 아직 석연치 않다.

—저와 나시다 씨의 관계는 그저 만나면 담소를 즐기는 지인이었습니다. 친구라고 부르기에는 너무 가벼운 인연이죠. 제가 특별히 호의를 품고 있었던 것도 아니니 모쪼록 오해는 하지 마세요. 제게는 소중한 남편과 자식, 손주까지 있으니까요.

호의가 아니라 어디까지나 관심이라고 했다.

—소설가의 습성인지, 제가 속물이라 그런지, 베일을 걷어내고 그 사람의 비밀을 알아내고 싶은 겁니다. 나시다 씨의 목숨을 앗아간 범인을 알아내려는 건 정의의 실현을 바라기 때문이지만 죽음의 진상을 알면 나시다 씨의 실체도 드러나겠지요. 그걸 알고 싶어요. 가능하다면 직접 조사하고 싶지만 사건을 수사할 능력도 없고, 스케줄이 빠듯해서 오사카에 오래 붙어 있을 시간이 없습니다. 그래서 당신에게…….

탐정과 한 세트인 소설가가 낙점된 것이다.

가게우라는 고백하듯 이런 이야기도 했다.

—실은 나시다 씨를 모델로 한 소설을 써보고 싶다고 생각한 적이 있어요. 그 사람은 글로 써보고 싶은 소재예요. 어떤 인생을 보냈는지 알게 된다면 쓸 수 없을지도 모르지만.

신칸센 좌석에 앉아 요모조모 생각해봐도 제자리걸음에 가깝다. 이 문제는 일단 머리에서 밀어내기로 했다.

파티 회장에서 말 상대를 찾지 못하거나 위엄 있는 선배 작가에게 별난 부탁을 받기는 했지만 나를 가볍게 여긴 사람은 하나도 없었고, 오히려 과분할 정도로 호화로운 방을 잡아주기까지 했다. 언제나 그랬듯 도쿄는 내게 상냥했지만, 지쳤다. 지금 멀어져가는 거대한 도시는 이상하게 나를 지치게 만든다. 말이나 음식의 맛 차이에 스트레스를 받는 것도 아니고 사교술에 큰 차이가 있는 것도 아닌데. 기준이 다른 걸지도 모른다. 오사카는 사람도 사물도 백 점 만점으로 따지는데 도쿄에서는 천 점 만점으로 체크하는 느낌이다. 도시 규모가 다르면 필연적으로 기준도 달라질 수 있고, 어쩌면 전부 내 착각일지도 모르지만.

멍하니 풍경을 바라보거나 문고본을 들춰보는 사이 나고야를 지나고, 세키가하라를 지나 오사카 산 터널을 지나 교토에 도착했다. 십오 분 뒤면 신오사카구나, 하고 느긋하게 생각하다가 하마터면 교토를 지나칠 뻔했다.

4시까지 여유가 있었지만 히무라가 지정한 하치조 출구 쪽 호텔 카페 라운지에 가서 먼저 커피를 마셨다. 가게 안 좌석은 팔 할쯤 차서 적당히 북적거렸다. 커다란 창문 저편으로 도로를 사이에 두고 역이 보였다.

자살이니 타살이니 하는 단어가 오가는 이야기가 주변에 들리지 않도록 구석 테이블에 자리를 잡았는데, 조금 떨어진 자리의 대화가 귀에 들어온다. 이야기하는 젊은 남자의 목소리가 또렷한 탓이다. "지진 피해가", "복구는" 하는 이야기로 보아 동일본 대지진 이야긴가 했더니 한신·아와지 대지진이었다. 올해로 마침 이십 년이 지나 1월 17일에 추도 행사가 열렸던 게 기억났다. 새벽까지 책상 앞에 앉아 원고를 쓰는 나는 지진이 있었던 오전 5시 46분에 일손을 멈추고 묵념을 했다.

몇 년째가 무슨 상관이냐고 할 수도 있지만, 역시 감회가 다르다. 소중한 사람을, 그때 있었던 일을 기억하자, 잊지 말자, 그런 계기는 있는 편이 좋다. 2015년은 한신·아와지 대지진으로부터 이십 년째 되는 해이자, 어젯밤도 가게우라와 이야기하다가 나온 말대로 오사카 여름 전투로부터 사백 년째 되는 해다. 그리고 이틀 차이로 영면한 에도가와 란포와

다니자키 준이치로가 사후 오십 년을 맞이하는 해라는 사실
도 문득 떠올랐다.

친구는 3시 45분에 도착했다.

"일찍 왔네. 기다리게 했군."

빈 의자에 코트를 내려놓고 자리에 앉자마자 "그래서?" 하
고 묻는다. 어떤 용건인지 전화로는 한마디도 묻지 않더니 궁
금했던 모양이다.

오늘의 부교수는 한겨울에 하등 쓸모없는 시원함을 연출하
는 하얀 재킷에 차콜그레이 셔츠, 검은 코듀로이 바지. 이대
로 고급 호텔 디너에 가도 괜찮을 듯하지만 얇은 넥타이를 평
소처럼 느슨하게 매고 있는 건 글쎄. 지금 디너에 갈 건 아니
니 상관없지만.

나는 손바닥으로 턱을 쓰다듬는 시늉을 했다. 수염 자랐
어, 라고 말없이 지적한 것이다. 히무라는 자기 턱을 만져보
고 작은 실수를 깨달은 듯했다.

"면도를 깜빡한 거지, 바쁘다는 걸 티 내려고 그런 게 아니
야."

얄미워서 말하지 않았지만 제법 잘 어울린다. 이 선생은 여
성을 싫어하는 경향이 있는데, 정작 여학생에게 인기가 있는
모양이다. 추측건대 그녀들은 지성 밑에 숨은 야성적인 면을

감지했을 테니, 히무라가 다박수염을 기르고 교단에 서면 한 층 호평을 얻을 것 같다.

"귀한 시간을 내줬으니 서론은 생략할게."

가게우라 나미코에게 부탁받은 내용을 설명하는 사이, 히무라는 거의 끼어들지 않고, 빛을 받는 각도에 따라서 새치가 눈에 띄는 머리를 천천히 긁적거리기도 하면서 카멜 두 대를 재로 만들었다. 번거로운 부탁을 하고 있는데 표정에서는 아무것도 읽을 수 없었다.

"……그런 사정이야."

짧은 침묵이 있었다.

"받아들였군?"

히무라는 담뱃갑에서 세 대째 담배를 꺼냈지만 입에 물지는 않았다.

"'예, 하겠습니다' 하고 대답한 건 아니야. 네게 타진해보겠다고 했을 뿐이지. '히무라라면 해줄 겁니다' 하고 무턱대고 수락하진 않았어."

"그거 다행이군."

가게우라 나미코가 실망하는 얼굴이 뇌리에 떠올랐다.

"식지가 안 움직이나……."

"꼭 그런 건 아니야."

히무라는 오른손을 내밀어 새끼손가락을 살살 흔들었다.

"식지라는 게, 이거지?"

이 남자도 가끔은 애교 있는 구석을 보여준다. 그런 빈틈이 있어 친구 관계를 유지할 수 있는 건지도 모른다.

"아니, 집게손가락이야. 영어, 프랑스어, 독일어를 할 줄 아는 너도 중국어식 한자어는 어려운가 보네."

고사성어로 알고 있을 뿐, 나는 중국어에는 까막눈이다. ◆

"가게우라 나미코가 쓴 소설을 읽은 적은 없지만 언변이 좋군. '경찰의 실수로 눈앞에서 완전범죄가 성립될지도 모릅니다'라고 하다니."

역시 그건 먹혔나.

"그런 말을 듣고도 살인범을 놔주는 건 네 신조에 어긋나잖아. 벌을 받게 하려면 일단 나시다 미노루의 죽음이 정말 자살인지 조사해봐야지."

"의욕적인데?"

"맞아. 나도 의외지만."

점점 결심이 섰다. 정의감보다 작가의 호기심으로.

"홀로 살다가 아무도 지켜보지 않는 데서 죽어간 섬사람의

◆ 중국 정나라 자송(子宋)이 식지가 움직이면 진기한 음식을 맛볼 일이 생겼다고 하는 일화에서 어떤 일에 흥미나 야심을 품는 것을 '식지동(食指動)'이라 한다.

수수께끼를 풀고 싶어."

나시다가 섬사람을 자칭했다는 사실을 보충 설명했다.

"어느 섬사람의 죽음이라."

히무라는 턱수염을 천천히 어루만지며 중얼거렸다. 시대극의 가난한 사무라이 같은 동작이다.

"입학시험은 문제 제출로 끝나는 게 아니라 채점하고 수험생의 합격 여부를 결정해야 해." 당연한 소리를. "시험이 끝날 때까지 나는 꼼짝도 못 해. 시기가 안 좋아."

"사건 수사에 임하는 건 빠를수록 좋겠지만 에이토 대학 시험 기간이 지난 후라고 늦는 건 아니야. 여유로워진 뒤에 뛰어드는 건 어때?"

"내 개인적인 사정은 무시한다 쳐도 신학기 준비라는 게 있다는 걸 기억해줘."

그런 식으로 견제하면서도 바로 태도를 바꿨다.

"뭐, 자유 시간에는 가능하지만."

"어느 쪽이야. 할 거야, 말 거야?"

범죄학자는 다리를 꼬더니 담배를 오른쪽 무릎에 톡톡 두드리다가 겨우 입술로 가져갔다.

"시간이 부족한 건 어쩔 수 없어. 일단 아리스가와 선생이 단독으로 수사를 시작해줘. 나시다 미노루의 죽음은 틀림없이 자살이었다는 사실이 판명될지도 모르지. 타살이라면 넌 더 본격적으로 수사를 속행해. 자유로워지면 나도 합류할게. 이거면 이의 없겠지?"

그 이상을 바라면 욕심이다. 단독으로 수사를 시작하는 게 불안하기는 하지만 히무라에게 응석만 부릴 수는 없다.

"알겠어, 그러자. 네 제안을 그대로 가게우라 씨한테 전해도 되겠지?"

"상관없어. 내가 합류하길 기다리지 말고 해결해도 돼."

멍청하게도 그런 이상적인 형태가 있다는 생각을 미처 못했다. 나는 조금 더 나를 믿는 게 좋을 것 같다.

"시비를 거는 건 아닌데……." 단서를 달고 물었다. "강의나 시험, 교수회 같은 온갖 제약에서 해방되고 싶다고 생각할 때는 없어?"

"대책 없는 소리를 하네. 일을 내던지면 생계를 꾸릴 수단이 사라지잖아."

"직업을 바꾸면 되지. 대학을 그만두고 프로 탐정이 되고 싶었던 적은 없어? 그러면 언제든지 범죄하고 싸울 수 있잖아."

친구는 자기가 내뱉은 연기에 눈살을 찌푸렸다.

"독립해서 히무라 탐정 사무소 간판을 걸라고? 비현실적인 아이디어로군. 네가 쓰거나 읽는 소설과 현실 사이에는 큰 격

차가 있어. 아무도 사무소에 찾아오지 않아 퇴직금은 금세 바닥나고 반년도 안 지나서 바짝 말라 미라가 되겠지."

"개업도 하지 않았는데 가게우라 선생님이 콕 집어서 의뢰했잖아."

"그런 건 해프닝이야."

진심으로 전직을 부추긴 건 아니라서 히무라도 웃으며 응했다. 하지만 전혀 의미 없는 농담으로 한 소리도 아니었다.

"나도 말라비틀어진 미라가 될 위험을 무릅쓰고 글을 쓰고 있지만 남에게 권하진 못하겠어. 그렇지만……."

"아리스, 아직 할말이 남았어?"

가까운 자리에 있던 서양인처럼 보이는 중년 여성이 어리둥절한 표정으로 우리를 돌아보았다. 이름이 앨리스일지도 모른다. ◆

"대학에 속해 있는 게 부담이 될 때도 많잖아. 지금 스타일이 네게 최선이라고 생각해?"

"최선인지 아닌지는 알 수 없어. 하지만 다른 방법을 선택하고 싶은데 참고 있는 것도 아니야. 굳이 말하자면 유익하다고 할 수 있겠지."

◆ '아리스'는 '앨리스(Alice)'의 일본식 발음이다.

"지금 포지션에도 이점이 있어?"

"있지. 안정적인 생활이 보장되고, 사회적으로 인정받기 쉬운데다가 나를 적당히 속박해주니까."

"속박의 이점이라니, 그런 게 있어?"

"있지 않을까."

히무라가 이 이야기는 그만 접자는 분위기를 발산하기 시작해 더이상 추궁하지 않기로 했다. 나와 그의 교우가 오래 지속되는 것은 상대를 다그치지 않는 내 성격 덕분일지도 모른다. 인간관계라는 건 거리를 얼마나 잘 두느냐로 잘 풀리기도, 망가지기도 하는 법이다.

속박한다기보다 현실에 붙들어준다고 말하는 게 적절하다고 생각했다. 히무라는 프리랜서가 되어 스스로를 들판에 풀어놓으면 일종의 폭주를 일으킬지도 모른다고 우려하는 게 아닐까?

히무라는 사냥꾼처럼 범죄자의 냄새를 추적해 법의 처벌을 받게 하려는 동기에 대해 과거에 사람을 죽이고 싶다고 간절히 바란 적이 있기 때문이라고 말하는 한편, 언제 누구에게 어떤 살의를 품었는지는 침묵을 고수하고 있다. 처음 그 말을 들은 것은 대학교 때로, 어떤 심각한 사정이 있었는지는 모르지만 거기까지는 처음 만나는 사람에게 태연히 말할 때도 있

자물쇠 잠긴 남자

다. 하지만 그다음은 털어놓지 않는다. 사람을 죽이고 싶다고 간절히 바란 적이 있는 남자라는 인식을 주면서도 구체적인 이야기는 철저히 숨긴다. 이해할 수 없는 태도이기는 하지만 그의 일그러진 정신이 거기서 일종의 균형점을 찾아냈다고밖에 생각할 수 없다.

십사 년이나 알고 지낸 친구지만 어딘가 연약한 구석도 있고, 여전히 이해하기 어려운 점이 많다. 그게 재미있기도 하지만. 그런 소리를 가게우라에게 무심코 흘렸더니 "점점 더 관심이 가는군요" 하고 눈을 빛냈다.

"넌 시간적 여유가 있어?"

히무라가 단독으로 수사를 시작할 조수를 걱정해주었다.

"한창 신작 장편을 구상하고 있는데 급한 마감은 없어. 네 필드워크를 참고로 일단 혼자 움직여보지 뭐. 다만……."

"후나비키 씨에게 미리 연락해두지." 나도 잘 아는 오사카 부府 경찰 수사1과 경감이다. "긴세이 호텔에서 숙박객이 변사한 건이 어떻게 처리되고 있는지, 혹은 이미 처리되었는지 알려달라고. 내일 오전 중에 네가 직접 전화해봐."

"면목이 없네."

"황송해서 몸 둘 바를 모르겠지?"

귀하의 세심한 배려에 소생 심히 흡족하오이다.

시간을 너무 빼앗은 게 아닌가 걱정했는데 히무라가 커피 리필을 주문하기에 나도 새 커피를 시켰다.

"그런데 좀 궁금한 게 있는데."

"뭐가?"

"나시다 미노루의 죽음은 자살일까 타살일까, 아니면 사고사일까? 삼자택일. 건너 들은 정보라 짐작하기 어렵겠지만 네 직감으로는 뭐가 정답일 것 같아?"

입을 비죽거리더니 범죄학자가 툭 말을 던졌다.

"자살이려나."

그 카드를 고르다니.

"직감이란 건 초자연적이고 신비한 것처럼 보이지만 사실은 흐릿한 근거의 거대한 집합체야. 네가 자살설로 기운 이유는 뭐야?"

가게우라의 표현을 빌려 거듭 물었다.

"직감이 명령하는 대로 대답했는데 이상한 소리로 근거를 추궁하는군. 고인에 대한 정보가 너무 적고 현장을 보지도 못했으니 프로 수사원의 견해를 굳이 번복할 이유가 없어."

"그게 다야?"

창밖에서는 해가 저물어가고 있다. 기온이 제법 떨어졌는지 새빨간 코트를 입은 아가씨가 하얀 입김을 토하며 어깨를 움츠리고 지나갔다.

"이유를 하나만 들라면 직감으로 타살설을 주장하는 가게우라 선생의 반대편을 택한 거야. 나는 그 사람이 어떤 인물인지 모르고, 아까도 말했다시피 어떤 소설을 쓰는지 읽어본 적도 없으니 다른 뜻은 없어. 고인이 자살할 만한 사람이 아니었다는 건 왜곡된 믿음처럼 느껴져. 자살로 믿고 싶지 않다, 자살했다고 생각할 바에야 누군가에게 살해당했다고 믿는 게 낫다고 생각하는 것 아닐까? 말하자면 무의식적인 희망이지."

나는 팔짱을 꼈다.

"그런 마음이 작용했을 가능성은 있지만 가게우라 씨의 마음속을 읽을 수는 없으니까."

"그 사람은 살해당했다는 왜곡된 믿음은 감상적이지만 동시에 어딘가 낭만적이야. 고독의 끝에서, 극한의 외로움 속에서 힘없이 죽은 게 아니라 마지막에 살인자라는 극적인 존재가 습격했다는 해석이니까. 요컨대 나는 소설가다운 공상에 빠져 있는 것 아닌가 하고 의심하는 거야."

"소설가 나부랭이를 앞에 두고 신랄한 분석이네. 나는 감상적이지도, 낭만적이지도 않은 수사를 하겠어. 알아낸 정보는 전화로 알릴게."

"수시로 보고할 필요 없어. 새로운 발견을 했을 때 요점만 전해주면 돼."

가능하다면 히무라가 입시 채점을 하는 사이에 이미 해결했다고 말해주고 싶다.

히무라와 헤어진 나는 JR 신쾌속 열차를 타고 오사카 역으로 향했다. 점심을 안 먹었더니 마침 적당히 허기가 져서 지하상가에서 이른 저녁을 먹고 지하철로 유히가오카에 있는 맨션으로 돌아왔다. 한숨 돌리고 컴퓨터를 켜니 수신함에 도이 사키에가 보낸 메일이 있었다.

어젯밤에 대한 정중한 감사 인사였는데 "아리스가와 선생님의 후의에 가게우라 나미코 선생님께서 대단히 기뻐하셨습니다"라는 내용이었다. "조사를 통해 어떤 결과가 나오더라도 만족하실 겁니다"라는 글도 있었다. 가게우라가 인기 있는 대선배라서 어떻다는 게 아니라, 내가 최소한 도움은 될 것 같다.

긴세이 호텔 지배인에게 미리 말해두겠다는 내용은 어젯밤에도 헤어질 때 들었는데, 그 점에 대해서도 적혀 있었다. "가게우라 선생님의 뜻을 받들어 아리스가와 선생님이 이야기를 들으러 가신다는 사실은 지배인 내외도 이미 알고 있습

자물쇠 잠긴 남자

니다. 나시다 씨가 묵으셨던 방도, 유품들도 보실 수 있습니다. 만족하실 때까지 조사해주세요." 극진한 배려다. 가게우라도 히무라도 레일을 깔아주니 이거 힘내야겠다.

후나비키 경감이 어떤 배려를 해줄지는 모르겠지만 긴세이 호텔은 되도록 빨리 찾아가는 게 낫겠다. 되도록 빨리, 그렇다면 내일이다.

5

눈앞의 입술이 두툼한 남자가 곤봉처럼 굵은 목소리로 짤막하게 말했다.

"자살입니다."

불쾌해 보이지는 않았지만 아마 유쾌한 기분도 아니리라. 자기가 맡은 수사에 누가 토를 달고 있으니까.

"한 점의 의혹도 없는 결론인가요?"

"예에."

내가 조심스레 묻자 즉답했다. 귀찮다는 듯 늘어진 대답이다.

"가게우라 나미코라는 작가 선생은 저희 업무 처리가 상당히 못 미더운 모양이군요. 유감입니다. 저희는 제대로 설명해드렸는데."

남자, 수사1계 시게오카 경사는 집게손가락으로 두툼한 아랫입술을 튕겼다.

오사카로 돌아온 이튿날.

후나비키 경감의 소개로 나시다 미노루의 죽음을 조사한 수사원을 만날 수 있었다. 업무 시간에 짬을 내 만나준 것이 이 남자, 덴마 경찰서 형사과 소속 시게오카 경사다. 마흔쯤 되어 보이는데 피부가 거칠어 그렇게 보일 뿐이지 더 젊을지도 모른다.

그의 사정에 맞춰 기타하마의 빌딩 안에 있는 카페에서 이야기를 듣기로 했다. 음악이 적당한 크기로 흘러나오는 덕분에 히무라와 만났던 카페 라운지와 마찬가지로 살벌한 이야기를 하기에도 좋다. 난방 상태가 좋지 않은 게 아쉬웠는데 시게오카는 추위를 타는 체질인지 가게 안에서도 코트를 벗으려 하지 않았다.

한 시간 이상은 낼 수 없다고 단서를 달았지만 그만한 시간을 할애해준다면 충분하다. 시게오카는 다른 상해 사건 관계자에게 이야기를 듣기 위해 기타하마 언저리를 돌고 있었는데 오후 1시 반부터 2시 반 사이의 시간대가 쏙 비어 내 부탁에 응해준 것이다.

굳이 설명하자면 주오 구 기타하마의 관할서는 히가시 경찰서다. 덴마 경찰서 직원인 시게오카의 수사는 경계를 넘어선 것인데, 나카노시마에서 다리 하나 건너면 기타하마니 일상적으로 흔한 일이리라.

"가게우라 씨 외에도 자살을 의심하는 사람이 있다는 말도 들었습니다만."

"예에. 지배인의 부인도 수긍하지 못하는 기색이었습니다. 살인 사건이 되면 호텔에 피해가 클 텐데. 어째서……."

시게오카는 그렇게 중얼거리다가 자살설에 불리한 얘기라 그런지 입을 다물었다. 헛기침을 하더니 다시 입을 열었다.

"법의학적으로 자살로 판정해도 모순은 없습니다. 가게우라 씨는 유서가 없다는 점을 문제시하고 있는 모양이지만 그런 일은 흔합니다. 히무라 선생님의 파트너인 아리스가와 씨도 아시지요?"

히무라와 내가 수사에 참가하는 건 언제나 후나비키 경감의 수사반이 담당하는 사건이지만, 오사카 부 경찰 본부 형사부 전체가 우리의 존재를 안다. 오사카 부 여기저기서 일어나는 사건에 관여하는 사이 관할서에서도 소문이 다 퍼지고 말았다.

"애초에 나시다 미노루 씨를 살해할 동기를 가진 사람이 없습니다. 호텔에 머물던 손님에 지나지 않으니까요."

"금품을 도난당한 흔적도 없는 거군요?"

"없습니다. 오히려." 시게오카가 피식 웃었다. "엄청난 금액이 기재된 예금통장하고 인감이 현장에 남아 있었습니다."

가게우라가 말해주지 않은 사실이다.

"예? 그랬습니까?"

"책상 맨 위 서랍만 잠글 수 있는데, 그 안에 있었습니다. 서랍과 방 열쇠가 달린 키홀더는 책상 위에 있었고, 바로 옆에는 지갑이 방치되어 있었어요. 살인이라면 범인은 통장도 인감도 지갑도 몽땅 훔쳐갈 수 있었는데 전부 그대로 있었습니다."

"금품을 가져가지 않은 건 원한이 동기라 그런 걸지도 모릅니다."

"잠깐만요, 아리스가와 씨. 그 통장 잔액을 알려드리지요. 이억 이천이백만 엔입니다. 뒷자리는 오천오백이십이 엔이었나. 숫자로 하면 222005522. 엄청 외우기 쉽죠."

"그렇게나······."

나는 이번 수사를 위해 구입한 노트에 금액을 메모했다.

경사는 어때, 놀랐지, 하는 표정으로 코코아를 마셨다. 예, 놀라고말고요. 하지만 그게 현장에 남아 있었다고 해서 자살로 확정되는 건 아니다.

"나시다 씨는 부자였군요. 하지만 살인범이 통장이나 인감에 손을 대지 않은 건 별로 이상하지 않습니다. 은행에서 인출하려다가는 바로 범인으로 들통날 테니까요."

"뭐, 그렇긴 하죠. 참고로 통장에 부자연스러운 인출금은 없었고, 고인의 검소한 생활이 확인됐을 뿐입니다."

"통장 기록에도 사건이 의심되는 요소는 없었다고 말씀하고 싶으신 거군요. 그 말씀을 들어도 타살설에 마음이 기우네요. 예금 잔고가 이억 엔이 넘는데 자살하다니 이해할 수 없습니다."

"돈이 차고 넘쳐서 괜히 더 고독해진 것 아니겠습니까? 금전적으로 풍족했던 만큼 오히려 허무해진 거겠죠."

이건 또 웬 문학적 견해란 말인가. 잔고가 바닥을 드러내서 자살했다면 이해하기 쉬운데.

"이억 엔이 넘는 예금은 예상을 넘어서는 금액이지만 호텔에 장기 투숙할 정도니 유복하다는 건 알고 있었습니다. 뭘로 그렇게 많은 돈을 모았을까요?"

"생전 본인 말에 따르면 여러 장사로 돈을 벌었다고 합니다. 주류 양판점이 대박이었다나. 호텔 지배인과 종업원이 들은 이야기입니다."

오 년이나 묵었으니 지배인이나 종업원과 유사 가족 같은 관계로 허물없는 이야기도 했으리라. 그런 대화 속에서 무심코 흘린 모양이다.

"잘나가던 장사를 접고 호텔에서 살기 시작한 계기가 뭘까요?"

"사건성 유무에 직접적인 관계가 없어 조사는 하지 않았습니다. 마음에 걸리면 호텔에 가서 물어보시면 어떻습니까? 그런 이야기도 잡담 속에 나왔겠지요."

사건성 유무를 조사하려면 고인의 과거를 철저히 조사해야지. 경찰이 수사를 제대로 했는지 의심스럽다.

"가족에게 알리려 해도 연락처를 몰라 호텔 측이 난처해하는 모양이던데, 연고자가 전혀 없는 사람이었습니까?"

"세상에 의지할 곳 하나 없다고 떠벌리고 다녔다는데 거짓말이 아니었는지, 정말로 없습니다. 조부모, 양친은 타계했고 형제자매도 없고요. 결혼한 적도 없고, 호적에 올린 자녀도 없습니다. 무척 적적한 호적이었습니다."

나시다 미노루는 1945년 6월 17일 생으로 고향도 본적지도 효고 현 니시와키 시. 최근 거주지는 나카노시마 긴세이 호텔이었지만 니시와키 시에서 주소지를 옮기지 않아 오사카에서는 선거 투표를 못 했을 것이다.

"선거에는 아무 관심도 없었을 겁니다. 세상을 등진 사람이니까."

이건 새로운 정보도 뭣도 아니지만 나시다 미노루의 수수께끼를 풀기 위한 키워드다. "세상을 등진 사람"이라고 노트에 적었다.

　"나시다 씨의 가족 구성을 알려주실 수 있습니까?"

　"들어서 뭐하시게요? 호적을 본다고 자살인지 아닌지 알 수 있는 것도 아닌데." 말은 그렇게 하면서도 알려주기는 했다. "아까 말씀드렸다시피 형제자매 없이 외동이었습니다. 양친은 삼십 년도 더 전에 사망했고요."

　열심히 메모했다.

　"나시다 미노루가 어떤 사람이었는지 알고 싶다면 호텔에서 사람들을 만나보세요. 지배인 내외나 일부 종업원에게는 가족의 일원 같은 존재였던 모양이니 여러 가지 이야기를 해줄 겁니다."

　말해주지 않아도 그럴 셈이었다. 시게오카와 이야기가 끝나면 그대로 긴세이 호텔로 갈 예정이다. 질문을 바꿔보자.

　"목을 맨 흔적 외에 시신에 외상은요?"

　"없습니다."

　타살이라면 보통 싸우거나 저항한 흔적이 남는다.

　"성인 남자가 과연 저항도 하지 않고 범인이 목을 조르도록 내버려뒀을까요? 어때요, 타살설이 불리해진 것 아닙니까?"

시게오카는 태연히 말했지만 내게는 이견이 있었다.

"꼭 그렇다고만 할 수는 없지 않을까요? 상황에 따라 다르 겠지요. 가령 범인이 권총이나 나이프를 들이대서 따를 수밖 에 없었다거나."

"협박을 받아서 얌전히 목을 매달았다? 누가 그러겠습니 까? 체격 차이가 큰 상대라 해도 어떻게든 저항하겠지요. 그 런 흔적이 전혀 없다는 건 이상한 일입니다."

현장에서 잔뼈가 굵은 형사에게 반론하기가 쉽지도 않고, 시게오카가 하는 말이 합리적이기는 하다.

"시신을 부검한 결과 밝혀진 사실은 없습니까? 가령 나시 다 씨가 질병을 앓고 있었다거나."

"그런 일도 없었습니다. 건강한 체질이었던 모양이에요. 예순아홉 고령인 것치고는 병원에 가는 일도 없었다고 호텔 관계자가 말했습니다."

"그 반대였다면 자살설에 설득력이 생겼겠네요."

시게오카가 또 손가락으로 아랫입술을 튕겼다. 아버지, 애 처럼 그러지 좀 마, 하고 가족들이 불평할 듯한 버릇이다.

"사람은 건강해도 죽음을 바랄 때가 있습니다. 나시다 미 노루 씨의 자살 동기는 마음의 병입니다. 육체가 아니라 마음 이 나락 같은 고독에 병들어 죽어버린 겁니다."

자물쇠 잠긴 남자

외모나 말투는 운동계인데 또 문학적인 소리를 한다. 그 견해가 마음에 드는 모양이다.

"참고삼아 여쭙겠는데 나시다 씨의 방은 잠겨 있었겠지요?"

이건 확인차 물은 것뿐이다.

"예에. 낡은 호텔이지만 문은 자동 잠금장치입니다. 잠겨 있었다고 자살로 판단한 건 아닙니다."

"예, 알고 있습니다. 돌아가신 건 몇 시쯤이었죠?"

시게오카는 수첩을 펼쳤다.

"사망 추정 시각은 13일 밤 11시에서 14일 새벽 2시 사이. 시신 발견은 14일 오전 9시 15분입니다. 매일 아침 8시 정각에 식사하러 내려오는 나시다 씨가 나타나지 않아, 급환으로 쓰러지기라도 했으면 큰일이라 지배인의 부인이 살피러 갔다가 태슬로 목을 매단 나시다 씨를 발견했습니다. 방에 들어갈 때는 당연히 호텔 마스터키를 사용했고요."

즉시 경찰에 연락했고, 시게오카를 비롯한 덴마 경찰서 경찰들이 달려와 수사를 시작했다.

"경찰 중에 타살을 의심한 분은 안 계셨습니까?"

이건 우문인 모양이다. 시게오카가 피식 웃었다.

"모두가 그 가능성을 의심했지요. 아리스가와 씨도 아시다시피 저희는 의심하는 게 일이니까요. 그런 자세로 수사를 했지만 타살을 시사하는 증거는 하나도 나오지 않았습니다."

"하지만…… 주제넘은 소리지만 자살로 단정할 증거도 없어 보입니다만."

"살인이라면 뭐든 증거가 있어야 마땅합니다. 그게 나오질 않아요. 사고사로 생각하는 것도 억지스러우니 자살로 판정하는 게 합리적입니다."

소거법이라고 부르기에는 너무 엉성하다. 단순히 살인이라는 증거를 아직 발견하지 못한 걸 수도 있지 않나.

테이블 밑에서 작은 소리가 났다. 뭔가 싶었더니 시게오카가 다리를 덜덜 떨고 있었다. 내 모자란 이해력에 짜증이 난 건지도 모른다. 다음 예정이 신경쓰이기 시작했는지 손목시계를 들여다보기도 했다.

그의 심정을 멋대로 헤아려보면 이런 걸지도 모른다. 자살 여부를 판정하는 것은 간단하지 않아. 어쩌면 살인일지도 모른다는 의혹을 남긴 채로 자살로 처리되는 경우도 없지는 않다고. 어쩔 수 없잖아. 실제로 어느 쪽인지 확실히 결정할 수 없는 사안이 몇 건에 한 건은 발생하는데다가, 진실이 뭔지 언제까지고 끙끙대며 고민할 처지도 못 돼. 그게 경찰의 현실이야.

현실은 언제나 슬프다. 수많은 살인이 살인으로 인식되지 않은 채 어둠 속에 묻히고, 수많은 범죄자가 당당하게 거리를 활보하고 있겠지. 세상의 모든 범죄를 완전히 폭로할 수는 없다. 그렇다고 포기하면 현실은 점점 더 슬픈 세상이 된다.

"이렇게 하기로 했습니다."

나는 결심했다.

"어쩌시려고요?"

"자살인지 타살인지 고민하다가는 꼼짝도 못하겠어요. 그러니 발상을 전환해 일단 나시다 미노루 씨의 죽음이 타살이었다고 추정하겠습니다."

"일단이라니……. 술집 주문도 아니고 일단 아무거나 고르다니 무책임하잖습니까. 수사는 장난이 아니란 말입니다."

"몹시 진지합니다. 이것도 하나의 수사 수법이라고 생각합니다. 살인 사건으로 상정하고 조사하다 보면 뭔가 보일지도 모릅니다."

경사가 울컥 역정을 냈다.

"잠깐만요. 그런 이상한 논리가 어디 있습니까? 아무 결론도 내리지 않고 예단을 배제하고 임하는 게 수사의 기본입니다."

"경찰이 그런 식으로 조사했는데 자살인지 타살인지 모호한 점이 남아 있는 것 같으니, 일부러 다른 방법을 써보겠다는 겁니다. 타살이길 바라는 건 아닙니다."

이렇게 말하면 반발을 살까 싶었는데 뜻밖에 시게오카의 태도가 바뀌었다.

"음, 그건 재미있을지도 모르겠군요. 수학에 그런 문제 풀이법이 있었죠. 적당한 예가 생각나지 않는데 그…… 뭔가를 일단 가정하고 그것과 모순되지 않는 답이 나오는지 검토해서……."

수학에는 자신이 없어 어떤 문제를 말하는지 모르겠지만 상관없다. 상대가 재미있다고 생각해준 것을 호기로 삼아 거듭 질문을 던졌다.

"타살이라면 범인이 있다는 뜻이 됩니다. 1월 13일 밤 11시부터 14일 새벽 2시 사이에 현장에 출입할 수 있었던 건 어떤 사람들입니까?"

"숙박객과 호텔 지배인 내외, 종업원이겠지요."

"외부 사람은 어떤가요?"

"불가능합니다."

"어째서요?"

"작은 호텔이라 사람 출입이 눈에 띕니다. 그렇지만 당일 밤, 호텔 안에서 수상한 인물을 보았다는 증언은 나오지 않았습니다."

"몰래 출입할 수는 없습니까?"

자물쇠 잠긴 남자

"어려울걸요. 참고로 현관은 밤 12시에 잠급니다."

"뒷문은?"

"그쪽은 낮에 용건이 있을 때 외에는 잠겨 있습니다. 당일 밤 몇 시에 잠갔는지, 그것까지는 물어보지 않았습니다."

"호텔이니 비상구가 있을 텐데……."

"5층 건물 각 층에서 비상계단으로 나갈 수 있지만, 이쪽도 평소에는 안쪽에서 잠겨 있습니다. 그날 밤 그곳으로 누가 출입한 흔적은 없습니다."

눈이 쌓였던 것도 아니니 범인이 출입해도 흔적은 남지 않았을 텐데.

"뒷문이나 비상계단 잠금장치는 안쪽에서 레버를 돌려 여닫는 타입인가요?"

"예에. 그게 전부 잠겨 있었습니다."

"레버를 돌리기만 해도 되면 내부에서 공범이 여닫아줄 수 있겠군요."

"외부인 범행인데 내부에 공범이 있었다는 말씀입니까? 까다롭게 생각하시네요."

"범인상을 다양하게 검토하는 것뿐입니다. 외부인의 범행일 가능성은 완전히 부정할 수 없을 것 같은데, 어떠신가요?"

"방범 시스템을 도입해 문이 열리고 닫힐 때마다 경비 회사에 반드시 기록이 남습니다. 그게 전혀 없어요."

지금 마시는 코코아에 확 고춧가루를 타버릴까. 그걸 먼저 말했어야지.

"범행 당시 호텔 내부에 있었던 사람들의 명단은 있습니까?"

작성해두었을 것이다. 시게오카는 말없이 가방 지퍼를 열고 접힌 종이를 꺼냈다.

"참고하세요. 가게우라 씨를 포함한 명단입니다."

이름만 나열되어 있었다. 주소와 전화번호가 없는데, 경찰의 친절에는 한도가 있다는 뜻인가.

"고맙습니다." 감사를 표하고 숄더백에 넣었다.

"아리스가와 씨는 그 명단에 살인범이 있다고 생각하십니까?"

시게오카는 가방을 가리키며 물었다.

"모르겠습니다. 외부에서 침입했을지도 모르니까요."

"외부범일 경우 강도는 아닐 테니 피해자에게 원한이 있는 인물이라는 뜻이 되겠군요. 그렇지 않다면 이상합니다."

"예, 가게우라 씨는 피해자가 남에게 원한을 살 사람이 아니었다고 말씀하셨지만요."

나시다 미노루의 죽음을 타살로 가정한 덕분에 이제 피해자라는 표현도 쓸 수 있다.

"가게우라 씨라는 분도 참 유별나군요. 나시다 씨는 자살할 사람이 아니라고 주장하면서 살해당할 만한 사람도 아니라고 하니." 시게오카가 오른손으로 허공을 갈랐다. "대체 어느 쪽이냐고 따지고 싶네요."

따지고 싶은 건 진실이 보이지 않기 때문이다. 대체 어느 쪽이냐는 말로는 끝나지 않는다.

"피해자가 어떤 인물이었는지는 생전의 고인을 아는 분들의 이야기를 들어보는 수밖에 없습니다. 이제부터 해보려고요."

"고생하시네요. 호텔에서 탐문하는 것만으로도 번거로울 텐데. 경찰이 조사한 뒤에 혼자 사건을 재조사하다니, 제가 아리스가와 씨 입장이었다면 막막할 겁니다."

"아마추어만의 방식으로 도전해보겠습니다. 상식 없는 행동이 좋게 작용해 나시다 씨의 죽음이 타살이라는 증거를 찾게 되면 바로 경찰에 알리겠습니다. 잘 부탁드립니다."

가볍게 고개를 숙이자 시게오카가 묘한 표정을 지었다. 굵은 손가락으로 코를 문지르더니 두 손으로 테이블을 짚었다.

"당신이 진지하다는 건 잘 알겠습니다. 부검으로 판명된 한 가지 사실을 알려드리지요. 숨길 생각은 없었습니다. 그걸 모르는 당신이 어디까지 타살설을 성립시키는지 들어보고 싶었을 뿐입니다. 히무라 선생님 파트너의 의견에 관심이 가서."

무슨 말을 하려는 건지 짐작이 가지 않는다.

"부검으로 판명된 사실이라 하심은?"

"타살설에 결정적으로 유리한 사실이랄 것까지는 아닌데." 그런 단서를 달더니 말을 이었다. "시신에서 바르비투르계 수면제가 검출되었습니다. 보통 약국에서 쉽게 살 수 없는 약입니다."

시게오카와 이야기할 시간이 얼마 남지 않았는데 중대한 사실이 튀어나왔다.

"나시다 씨는 수면제를 상용하셨습니까?"

"아니요."

"그건 이상하군요. 혹시 범인이 약을 먹인 게 아닐까요?"

"그렇게 생각할 수도 있겠지만 증거는 없습니다."

증거 운운할 문제는 아닐 텐데. 나시다가 영문 모를 수면제를 복용했다는 사실은 타살을 시사하는 근거 아닌가? 숨길 생각이 없었다면 가장 먼저 말했어야지.

"범인이 먹인 거겠죠. 수면제로 잠든 상태였다면 피해자가 그런 모습으로 목을 매단 것도 설명할 수 있습니다. 범인에게 권총이나 나이프로 협박당해 태슬 고리에 목을 집어넣은 게 아니에요. 범인이 완전히 의식을 잃고 아무 저항도 하지 못하는 피해자의 목을 매단 겁니다. 혼수상태라 도움을 청하는 비

자물쇠 잠긴 남자

명 한마디 지르지 못한 거예요.”

진상의 실마리가 보였다고 생각했는데, 시게오카가 제지했다.

“단정하려면 증거가 필요합니다. 현재는 그런 일이 있었을지도 모른다는 가능성뿐입니다.”

“승복하기 어려운데요. 범인이 먹인 게 아니라면 어째서 나시다 씨가 상용하지 않던 수면제가 시신에서 검출된 겁니까?”

“우연히 손에 넣은 약의 도움을 받아 자살했다고 생각할수도 있지요. 수면제로 아득해져가는 의식 속에서 태슬 고리에 스스로 머리를 집어넣었다거나.”

“어째서 그런 짓을?”

“죽음의 공포를 덜기 위해서죠. 각오한 일이라도 무섭지 않겠습니까.”

“알코올의 도움을 받아 자살한다는 이야기는 자주 듣지만…….”

“나시다 씨는 술을 전혀 드시지 않았다고 합니다.”

“그런가요? 주류 양판점으로 돈을 벌었다면서.”

“술을 팔아 돈을 벌었다 한들 이상할 건 없지요. 상품으로 다루는 거니 술을 잘 마시고 못 마시고는 상관이 없습니다.

사람을 죽여본 경험이 없어도 추리소설을 쓸 수 있는 거나 마찬가지지요. ……이상한 비유인가요."

죽음의 공포를 덜기 위해 수면제로 의식 레벨을 저하시킨 뒤에 목을 맨다. 그것도 있을 법한 일이라 무조건 부정할 수는 없다. 지금은 타살설에 연연하지 말고 냉정하게 검증해야 한다.

"나시다 씨가 먹은 약의 봉투나 용기는 현장에서 발견되었습니까?"

"아니요. 그렇게 추정되는 증거물은 찾지 못했습니다."

"자살한 사람이 자기 의지로 먹었다면 봉투나 용기가 남아 있지 않다는 게 부자연스럽군요. 숨길 필요도 없고 처분할 여유도 없었을 테니까요."

"약점을 찔렀다고 생각하십니까? 솔직히 말해 목구멍에 박힌 가시만큼 따끔하기는 합니다."

솔직히 말해주기는 했지만 시게오카의 자살설은 견고했다. 봉투나 용기는 원래 없었다고 생각하면 이상하지 않다는 것이다.

"약이란 건 당연히 포장이 되어 있을 텐데요."

"어쩌다 입수한 한 알을 이용한 걸지도 모릅니다. 누군가에게 받았거나 누군가에게서 빼앗았거나."

"누군가에게서 빼앗았다니 이해가 안 가는데요. 무슨 뜻입니까?"

"그건 말입니다."

나시다 미노루는 고민 상담 전화를 받는 봉사 활동을 했다고 한다. 일주일에 두 번, 어느 단체 사무소에 가서 어디 사는 누군지도 모르는 사람이 전화로 털어놓는 고민을 들어주었던 것이다.

"전화로 차분히 이야기를 들어주고 상담에 응하는 게 봉사자가 하는 일입니다. '사는 게 힘들다. 그만 죽고 싶다'거나 '지금 자살하려고 한다'는 심각한 전화도 많다지요. 봉사자와 상담자가 실제로 만나는 일은 기본적으로 없지만 가끔 상담자가 '만나서 이야기하고 싶다'고 하는 경우도 있다더군요. 나시다 씨는 정에 끌려 규칙을 어기고 자살할 뜻을 비치는 상담자와 만났을지도 모릅니다. 그리고 '자살은 그만둬라' 하고 타일러 상대가 가지고 있던 수면제를 빼앗은 거죠."

"그런 일이 있었습니까?"

"아니, 있었을지도 모른다는 가정입니다. 아리스가와 씨가 지적하기 전에 말씀드리겠습니다. 나시다 씨가 자살 희망자와 접촉했다는 증거도 증언도 없습니다. 그런 일이 있었다고 해도 비밀리에 만났을 테니 입증하기는 어렵겠지요."

"입증할 수 없는 가설인가요."

"하나의 가설입니다. 전혀 다른 입수 경로도 있을 수 있지요."

'어쩌다'라는 편리한 말을 쓰면 항복할 수밖에 없다. 그렇게 따지면 버스를 기다리면서 공원 벤치에서 쉬는데 어쩌다 말을 나눈 행인이 '잠이 잘 옵니다. 시험해보세요'라고 건네준 수면제였을 수도 있다.

"약을 복용할 때 물을 마신 흔적은 있었습니까?"

질문을 바꿔보았다.

"예에. 침실에 작은 원형 테이블이 있는데 그 위에 유리컵이. 피해자 지문이 묻어 있었습니다. 아아, 아니, 자살이니 피해자는 아니지요."

경사는 쓴웃음을 지었다. 이제 이야기할 재료가 떨어진 모양이다.

"수사 내용을 꼼꼼히 알려주셔서 고맙습니다. 이제부터는 제 나름대로 노력해보겠습니다."

"건투를 빕니다. 히무라 선생님은 무대 뒤에서 대기하고 있는 겁니까?"

시게오카가 탐색하는 듯한 눈으로 쳐다보았다.

"경우에 따라서는 수사에 참여할지도 모릅니다."

"한번 만나 뵙고 싶군요. 선생님하고는 계속 어긋나기만 해서 아직 만나본 적이 없거든요."

약속 시간이 끝나갈 즈음, 시게오카는 편안한 태도로 "궁금한 점이 있으면 연락하세요"라는 말도 해주었다. 자살설을 뒤엎을 수 있다면 한번 해보라는 마음도 있을 것이다.

가게 앞에서 인사를 나누고 경사는 다음 목적지로 가기 위해 사카이스지 간선도로를 따라 남쪽으로 걸어갔다.

제2장
그 고독

1

나는 시게오카와는 반대쪽인 기타하마 1가 교차점으로 갔다. 동남쪽 모퉁이는 오사카 증권거래소 빌딩이다. 2004년에 층을 얹기 위해 새로 지을 때, 상징이었던 정면의 둥그런 돔 부분은 해체해서 보존했다가 새 빌딩에 다시 이용했다. 최근에 흔히 쓰는 수법이다. 메이지유신 때 근대 오사카의 경제 기반을 세웠다고 일컬어지는 고다이 도모아쓰의 동상 옆을 지나 건널목을 지나면 바로 나니와바시 다리. 여기는 다리 시작점 네 군데에 세운 사자상이 상징물이다. 다리를 절반쯤 건너면, 거기가 바로 나카노시마다. 찌그러진 완두콩 모양의 '섬' 동쪽 끝자락에 가깝다.

요도가와 강을 지나 게마 갑문에서 갈라져 도심부로 남하하는, '구舊 요도가와'라고도 불리는 오카와 강은 오사카 성 북서쪽에서 흐름을 서쪽으로 바꾸어 덴마바시 다리를 지나 나카노시마에 가로막혀 도지마가와 강과 도사보리가와 강으로 갈라진다. 전체 길이는 약 삼 킬로미터의 모래톱으로, 지리적으로는 파리 시테 섬을 닮았다. 지도로 보면 나카노시마는 가늘고 긴 데 비해 시테 섬은 듬직하고 몽땅하지만.

긴세이 호텔은 동쪽에서 남서쪽으로 구불구불 뻗은 나카노시마의 서쪽 부근에 있다. 여기서 출발하면 이 킬로미터가 조금 못 되려나. 시간이 있으면 강을 따라 산책을 즐기는 것도 좋지만 지금은 그럴 때가 아니다. '섬 안'에는 동서 방향으로 지나는 게이한 나카노시마 전철이 있으니 그걸로 이동하자.

걸음을 늦추고 동쪽을 바라보았다. 다리 바로 밑에서 동쪽 끝자락까지 오사카 나카노시마 겐사키劍先 공원의 장미원이 있어 오월이 되면 수많은 시민들로 북적거리지만 이 계절에는 역시나 빛이 바래 한산했다. 이름 그대로 뾰족한 섬 끝에는 유리로 만든 오브제로 둘러싸인 분수가 있어 삼십 분마다 솟구치는 물이 제멋대로 아치를 그린다. 어느 세계적 건축가의 아이디어라나. 오브제를 나중에 추가한 덕분에 다소 봐줄 만은 하지만 아이들도 좋아하지 않는 장치다. 공원 가장자리에는 시베리아 출병 때도 출동한 군함 모가미의 돛대가 2009년까지 서 있었다. 모가미의 돛대가 이곳에 있어야 할 필연성에 대한 의문은 있었지만 나카노시마를 거대한 배에 비유해 풍자의 재료는 되었다는 것이 분수와 다른 점이다.

옆에 보이는 다리가 덴진바시, 강이 굽어 있어 잘 보이지 않지만 그 건너편에 걸려 있는 다리가 덴마바시. 강 왼쪽 기슭에 있는 테라스 같은 건축물은 헤이안에서 메이지 시대까지 교토에서 배가 발착했던 하치켄야하마 항구를 본뜬 것이다. 과거 오사카에서는 강 선착장도 항구라 불렀다. 멀리 내다보면 오사카 비즈니스파크의 초고층 빌딩이 막대그래프처럼 나란히 줄지어 키를 다투고 있다.

다리를 반쯤 건너 나카노시마에 '상륙'해 몸을 서쪽으로 돌리면 먼저 눈에 들어오는 것은 붉은 벽돌로 만든 중앙공회당이다. 오사카 시를 대표하는 건물의 하나로 밤에도 조명 장치 덕분에 아름답다. 그 그늘에 가린 게 중후하고 장려한 부립 나카노시마 도서관, 그 안쪽이 오사카 시청. 메인스트리트인 미도스지 도로를 사이에 두고 일본은행 오사카 지점. 또 그 건너편에는 아사히 신문사, 나카노시마 미쓰이 빌딩, 다이 빌딩, 간사이 전력 등 초고층 빌딩이 뻗어 있다. 강이 남서쪽으로 흐르듯 굽은 덕에 어느 빌딩도 서로 겹치지 않아, 그 모습은 마치 비스듬히 서서 포즈를 취하는 합창단 같다.

오사카가 어떤 도시인지 설명하려면 이 부근의 다리 위에서 안내하는 게 가장 좋은 방법 아닐까? 물에 둘러싸인 활기찬 도시 경관을 바라보면 근세 이래 이 도시가 향유해온 번영과 그 여운을 어느 정도 이해할 수 있으리라. 에도 시대에는 전국에서 부의 칠 할이 이곳에 모였다고 하는, 경제력의 원천인 각 지방의 구라야시키*가 밀집해 있었던 곳도 이 나카노시마와 그 맞은편 물가다.

근세에서 한참 거슬러 올라가 하치켄야하마 저편에 있는 교토나, 더 나아가 나라 지방과의 인연을 짚어볼 수도 있다. 아스카 시대에는 현재의 오사카 시 부근은 대부분 해수면 밑에 있어 지금은 우에마치 대지라 불리는 고지대만 육지였다. 그 어딘가에 있던 난바 나루터에서 수나 당나라를 향해 배가 출범했는데, 수심이 충분히 깊은 곳을 항로로 삼았을 테니 나카노시마를 남북으로 사이에 끼고 있는 도사보리가와 강과 도지마가와 강 근처를 지났다고 몽상해볼 수 있다. 오노 이모코나 구카이를 태운 견수사선遣隋使船, 견당사선遣唐使船이 나카노시마 옆을 통과한다. 이런 환상을 즐길 수 있게 된다면 홀

◆ 에도 시대 지방 영주들이 농작물이나 특산품을 판매하기 위해 현재의 도쿄인 에도나 오사카에 설치했던 창고 딸린 저택.

룽한 공상가이리라.

나니와바시 역으로 이어지는 계단을 내려가 전철을 기다렸다. 오사카 사람들에게 게이한 전철은 오래도록 도사보리가와 강 왼쪽 물가의 요도야바시 역과 교토를 연결해주는 수단이었지만, 2008년에 전 구간이 지하를 달리는 나카노시마선이 개통되었다. 동서로 달리는 철도가 없는 나카노시마의 공백 지대를 메우는 이 노선은 덴마바시 역에서 갈라져 나니와바시 역에서 나카노시마로 들어간다. 오에바시, 와타나베바시 역 등 교바시부터 시작되는 '다리'를 뜻하는 '바시橋'가 붙는 이름의 역을 지나 서쪽 종점에 이른다.

일단 타면 육 분 만에 나카노시마 역에 도착한다. 국제회의장(그랑큐브 오사카)에 인접한 리가 로열 호텔 오사카까지는 지하 통로로 연결되지만 당연히 긴세이 호텔로는 이어지지 않았다. 지상으로 나가보고 실수를 깨달았다.

"아차."

한 역 전인 와타나베바시 역에서 내리는 게 훨씬 가까웠다. 전철로 되돌아가기도 귀찮아 걷기로 했다.

나카노시마 동부는 공원으로 가꾸었고 중앙부는 시청을 비롯한 주요 시설이나 대기업 사무실이 즐비한데, 이 부근은 널찍한 공터였다. 잡초가 제멋대로 뻗어 있는 건 아니고 전부

주차장이었는데 아무래도 살풍경했다. 하지만 이대로 계속 방치하는 건 아니고 시립근대미술관이나 오십 층이 넘는 초고층 맨션을 건설할 예정이라, 언젠가는 전부 메워질 것이다.

이 부근도 에도 시대에는 각 지방 제후들의 오사카 거처가 즐비해, 사누키 다카마쓰 번藩 저택 부지였던 리가 로열 호텔 앞뜰에는 구라야시키 터라는 비석이 있다. 그 앞을 지나 도지마가와 강을 따라 동쪽으로.

다미노바시 다리 남단에서 오른쪽으로 꺾으면 바늘로 만든 거대한 잠자리 날개 같은 물체가 보인다. 지하에 펼쳐진 국립국제미술관의 오브제다. 옆에는 시립과학관. 똑바로 걸어가면 도지마가와 강 물줄기를 만난다. 이 부근에서 나카노시마의 폭은 이백 미터가 조금 넘는다. 도지마가와 강을 따라 조금 걸어가면 사 층짜리 건물 위에 펜트하우스처럼 5층 부분을 올린 긴세이 호텔이 보인다.

나는 정면에 서서 호텔 전체를 감상하듯 바라보았다. 외벽에 바른 밝은 갈색의 스크래치 타일과 큼직한 창문 주위에 자잘한 기하학 무늬를 넣은 아르데코 스타일이 어디로 보나 복고적이지 아니한가. 비나 겨우 피할 만한 차양이 현관 위로 튀어나와 있고, 그 화강암 차양에는 고풍스러운 서체로 2단에 걸쳐 "긴세이 호텔 GINSEI HOTEL since 1952"라고 새

자물쇠 잠긴 남자

겨져 있었다. 유리문에는 별 모양이 반복되는 디자인의 철제 장식이 달려 있고, 울퉁불퉁한 미드나이트블루 색조의 유리 일부만 은색인 것이 칭찬이 절로 나올 만큼 세련되었다. 문 옆에는 호텔 이름과 같은 서체로 "레스토랑 코멧"이라는 간판이 걸려 있었는데, 커다란 창문 너머로 그곳만 내부를 들여다볼 수 있었다.

장려하다고 평하기에는 모든 것이 아담했지만 길모퉁이에서 이런 세련된 건물을 구경할 수 있다는 사실이 내겐 호강이다. 사진으로 보면 중심지 일대는 허허벌판으로 타긴 했지만 도쿄만큼 철저한 공습을 받지는 않았던 오사카에는 쇼와 초기에 세운 디자인 감각이 넘치는 빌딩이 여기저기에 남아 있어, 건물을 찾아 돌아다니는 마니아도 적지 않다. 파사드 차양에 적힌 대로 긴세이 호텔은 제2차세계대전 후에 만들어진 건물로, 그러한 랜드마크에 비하면 장식 수준은 한 걸음 물러서야 할지도 모르지만 그 앞을 지나는 사람들의 발길을 붙들 만한 매력은 충분하고도 남았다.

그나저나 어쩌면 이리도 깜찍할까? 972실이나 되는 리가 로열 호텔에서 얼마 떨어지지 않은 곳이라 그런지 유독 작아 보인다. 하지만 호텔을 좋아하는 여성이 이런 곳에서 하룻밤 묵어보고 싶다고 생각하게 만들기에는 부족한 점도 있었다.

고풍스러운 기품이 있는 반면, 신선함은 어디에서도 느낄 수 없고 스타일이 중후한 만큼 밝은 느낌도 부족했다. 문이 굳게 닫혀 있어 안을 들여다볼 수 없으니 손님을 끄는 살가운 맛도 부족하다. 예약한 손님이라도 처음에는 '여기로 들어가도 되는 거겠지?' 하고 망설일 것 같다.

그렇기에 차분한 분위기가 더욱 잘 보존되어, 일단 안에서 그 안락함을 맛보면 은신처에 숨는 듯한 독특한 쾌감 또는 가게우라 나미코를 사로잡은 편안함을 느끼는 건지도 모른다. 죽은 나시다 미노루 역시…… 아니, 그건 모를 일이다. 아무리 쾌적한 호텔이라 해도 보통 오 년씩이나 머물면서 거기서 임종을 맞고 싶다고 생각할까? 아무래도 그에게는 뭔가 특별한 사정이 있었을 것 같다.

외관을 양껏 구경한 뒤에 회전문을 밀어서 열자 쳄발로 선율이 맞이해주었다. 바로크 음악이 듣기 좋은 음량으로 흐르고 있다.

안으로 들어가자 정면에 목제 카운터로 된 프런트. 건물 서쪽으로 약간 튀어나가 있는 레스토랑 코멧으로 이어지는 입구가 오른쪽에 있고, 왼쪽 벽 근처에는 키 작은 관엽 식물 너머로 테이블과 소파가 늘어선 라운지 시설. 모든 게 아담하다. 이런 타입의 호텔과는 인연이 적어 마치 연극 세트장처럼

자물쇠 잠긴 남자

느껴졌다. 보란듯 뽐내는 호화로움이 없다. 그래도 별이 빛나는 밤을 본뜬 색인지, 짙은 남색 카펫이 고급품이라는 사실은 열 걸음쯤 걸어본 감촉으로 알아차릴 수 있었고 기둥 위쪽에도 은근한 장식이 있는 것으로 보아 차츰 평범한 호텔은 아니라는 생각이 들었다.

"반갑습니다, 긴세이 호텔입니다."

프런트에 선 젊은 여성이 재빨리 말을 걸어주었다. 이목구비가 단정한 일본 인형 같은 얼굴로 재킷 이름표에 "미즈노"라고 적혀 있었다. 이름과 찾아온 이유를 밝히기 전에 프런트 안쪽에서 7 대 3으로 가르마를 탄 마른 남자가 나타났다. 호박색 재킷에 검은 넥타이가 이곳 유니폼인 모양이다.

"어서 오십시오. 어젯밤 전화하신 아리스가와 선생님이십니까?"

입가에는 영업용으로 느껴지지 않는 자연스러운 미소가 감돌고 있다. 이 호텔에서 기념할 만한 내 첫마디는…….

"예, 맞습니다."

2

"기다리고 있었습니다." 남자가 고개를 숙였다. "호텔 지배인 가쓰라기 다카시입니다."

보아하니 서른 전후. 오래된 호텔이라 생각했는데 지배인이 이렇게 젊을 줄 몰랐다. 경영 수완이 얼마나 좋은지 모르겠지만 피부가 하얗고 차분해 보이는 게 꼭 귀공자 같았다.

"나시다 미노루 씨 일을 조사하러 왔습니다. 폐가 되지 않도록 조심할 테니 협조 부탁드립니다."

무턱대고 영업에 뛰어든 신입사원보다 어설픈 부탁이었지만 젊은 지배인은 공손히 고개를 숙였다.

"저희야말로 잘 부탁드립니다. 저를 비롯해 종업원 모두 최대한 도와드릴 테니 뭐든 편히 말씀하십시오. 아리스가와 선생님께서 오신다는 말씀은 가게우라 선생님께 전화로 들었습니다."

직업상 글을 쓴다는 이유만으로 내 이름에 선생님을 붙여준 것이리라. 선생님이라고 하지 말고 아리스가와 씨라고 불러달라고 부탁하면 오히려 난처하게 만들 것 같고, 그런 말조차 건방지게 들려 입에 담기 어려웠다. 수정을 부탁할 기회를 엿보며 한동안 선생님 취급을 견뎌보자.

프런트 안쪽에서 지배인과 똑같은 재킷을 두른 여성이 나타났다. 검은 장발을 은색 리본으로 묶었는데 가슴의 이름표에는 지배인과 마찬가지로 "가쓰라기"라고 적혀 있었다.

"아내 미나에입니다. 어제 연락하신 아리스가와 선생님이 셔. 나시다 씨 일을 조사하러 오셨어."

남편의 말을 듣고 미나에는 깊숙이 고개를 숙였다. 마르고 청초한 느낌의 미인이다. 중요한 임무를 잊고 촉촉한 눈동자와 도톰한 눈 밑에 마음을 빼앗길 뻔했다.

"미나에라고 합니다. 부디 잘 부탁드리겠습니다. 가게우라 선생님께 말씀은 들었습니다. 나시다 님이 어떻게 돌아가셨는지 아리스가와 선생님께서 철저하게 추리해주실 테니 최대한 협조하라고요."

철저하게 추리해준다니. 그 선생님도 묘한 표현을 쓰는구나 싶어 우스웠다.

"경찰은 나시다 님께서 본인의 뜻으로 그런 행동을 하셨다고 생각하지만……." 미나에가 말했다. "저희 생각은 다릅니다. 선생님의 뛰어난 통찰력으로 부디 진실을 밝혀주세요. 그렇지 않으면 나시다 님이 너무 안됐어요."

"노력해보겠습니다." 그렇게 대답할 수밖에 없었다. 헛된 약속은 못 하는 성격이다.

"사무실에서 말씀드리지요. 이쪽으로 오십시오."

가쓰라기 다카시의 안내로 프런트 안쪽으로 들어갔다. 사무용 책상이 두 개 놓인 사무실 한쪽이 손님맞이 공간이었다.

평소 여기서 업자들과 이야기를 나누겠지. 지배인과 맞은편에 앉자 미나에가 향긋한 홍차를 가져와 남편 옆에 앉았다.

"여기 오기 전에 덴마 경찰서 시게오카 경사를 만나 대강 이야기를 들었습니다. 역시 경찰은 자살로 결론지으려는 것 같습니다."

내가 말을 꺼내자 다카시가 "그렇습니까" 하고 유감스럽다는 듯이 말했다. 미나에는 잠자코 있지 않았다.

"경찰은 아무리 말해도 이해를 못 하는군요. 나시다 님께는 자살할 기미가 전혀 없었어요. 어떤 마음으로 하루하루를 보냈는지 머릿속을 들여다볼 수는 없어도 사람은 기척이라는 걸 발산합니다. 그런 기미가 있었다면 꼬박 오 년을 한 지붕 밑에서 살아온 저희가 몰랐을 리 없어요."

가쓰라기 부부는 최상층 펜트하우스에 산다고 하니 무슨 말을 하고 싶은지 이해할 수 있다. 호텔이라 '한 지붕 밑'이라는 표현이 다소 어색하지만.

"일단 나시다 씨가 어떤 분이었는지 말씀해주시겠습니까? 꼬박 오 년이라면…… 2010년 1월부터 머문 거군요. 어떤 계기로 투숙했습니까?"

다카시는 대답을 미나에에게 양보했다.

"이 호텔에 오신 건 그때가 처음은 아니었습니다. 처음 숙박하신 건 2009년 9월 1일이었는데 그때는 하루만 묵으셨습니다. '여긴 좋은 곳이군요'라고 칭찬해주셨다는데, 그해 연말에 다시 찾아오셨고, 세 번째가 2010년 1월 20일. '당분간 신세 좀 지겠습니다'라고 말씀하시고 올해 1월 13일까지. 아니, 14일까지라고 해야 할까요…….."

미나에가 관련 날짜를 술술 대답할 수 있는 것은 경찰 수사에 응하려고 기록을 참조했기 때문이리라. 아니면 저렇게 시시콜콜 기억할 리 없다. 나는 이야기에 나온 날짜를 전부 노트에 적었다.

"'당분간 신세 좀 지겠습니다'라고 체크인하고 오 년이나. 그렇게 될 줄은 꿈에도 몰랐겠군요."

"그렇습니다. 일주일 치 객실 요금을 먼저 내셔서 그것만 해도 길다고 생각했을 정도예요. 원래 체크아웃할 때 계산하셔도 되는데 꼭 미리 내겠다고 말씀하셔서, 미처 고사하지 못하고 받았습니다."

"현금으로?"

"예. 나시다 님은 언제나 현금으로 정산하셨습니다. 신용카드는 없다면서."

신용카드 없는 억만장자라니, 상식이 휘청거린다.

"카드가 없는 이유를 들은 적은 있습니까?"

"아니요. 성격에 맞지 않아서 그러시려니 했습니다."

개인적인 신조 때문에 그럴 수도 있지만 뭔가 사정이 있어서 카드를 만들지 못했다고 생각해볼 수도 있다. 하지만 이억 엔이 넘는 현금의 소유자니 개인 파산 때문일 것 같지도 않아 마음에 걸린다.

"처음 숙박하시고 엿새째 되던 날이었을까요, 진지한 목소리로 이런 의논을 하셨습니다. '기간을 정하지 않고 여기서 살아도 됩니까?' 그리 놀라운 이야기는 아니었습니다. 이 호텔을 그렇게 쓰시는 손님이 예전에는 종종 계셨다고 하니까요. 예전이라는 건, 개업 직후입니다. 저희가 태어나기도 훨씬 전이지요."

since 1952. 패전 = 1945년 = 쇼와 20년이라는 숫자가 머릿속에 들어 있어 쇼와 27년으로 바로 변환할 수 있었다. 샌프란시스코조약이 발효해 GHQ(연합군 최고사령관 총사령부)가 폐지되고 일본이 주권을 되찾은 해다.

긴세이 호텔의 내력이 궁금했지만 나중으로 미루자.

"나시다 님께서 사용하셨던 스위트룸은 나중에 보여드리기도 할 테지만 개수대와 조리 설비가 있어 자취를 할 수 있습니다. 장기 체류하는 손님을 위한 시설입니다."

남편의 설명을 미나에가 보충했다.

"개업 당시 오너의 친구가 그 방에 장기 체류할 예정이었다더군요. 그래서 처음부터 자취도 할 수 있도록 만들었다고 합니다."

오호라. 이 작은 호텔에서도 스위트룸이라면 어느 정도 면적은 될 테고, 자취할 수 있다면 제집처럼 살 수도 있었으리라. 상상했던 것만큼 불편한 생활은 아니었을지도 모른다.

"그후 나시다 씨는 계속 체류를 연장했던 거군요."

"예." 다카시가 고개를 끄덕였다. "객실 요금은 월초에 석 달 치를 계산한다는 규칙이 생겼습니다. 저희가 부탁한 게 아니라 나시다 님께서 꼭 그렇게 해달라고 말씀하셨기 때문입니다. 기한이 없다고 해도 기껏해야 두세 달일 줄 알았는데, 완전히 빗나갔습니다. 그래서 이번에는 저희가 부탁해서 나시다 님께는 특별 요금으로 객실을 제공했습니다."

조식 포함 한 달에 삼십만 엔. 식사와 객실 수준이 어느 정도인지 모르니 판단하기 어렵지만 상당한 할인가 같았다. 하지만 지배인은 변명처럼 덧붙였다.

"가동률이 별로 좋지 않은 방이라 저희는 더 저렴한 금액이라도 괜찮았는데 나시다 님께서 그 이상 깎으면 안 된다고 강하게 말씀하셔서 삼십만 엔이 되었습니다."

"조식은 여기 레스토랑에서 드셨지요? 점심하고 저녁은요?"

"식사는 하루 두 끼로 충분해서 점심은 보통 드시지 않는 다고 했습니다. 밤에는 직접 요리하거나 호텔 레스토랑에서 드시거나 외출하실 때도 있고 다양했습니다."

어떻게 식사에 변화를 줄 것인가 하는 문제는 호텔 생활에서 적잖은 과제였을 것 같다.

"체류하면서 어떤 생활을 하셨습니까?"

"저희가 아는 한에서만 대답해드릴 수 있는데……."

"물론 그거면 됩니다."

호텔리어로서 항상 손님의 사생활을 배려해와서 그런지 다카시는 이런 상황에서도 차마 입이 떨어지지 않는 기색이었다. 미나에가 먼저 입을 열었다.

"봉사 활동을 여러 개 하셨습니다. 월요일에는 공원 청소. 화요일, 금요일은 전화 고민 상담, 수요일은 쉬셨고 목요일은 병원에."

"병원?"

"큰 병원에 가면 입구 쪽에서 보셨을 거예요. '초진 접수는 저쪽입니다'라거나 '계산은 저쪽 창구입니다' 하고 안내해주거나 환자의 휠체어를 밀어주는 봉사자분들요."

"아아, 그런 일도 하셨나요?"

"예. 월, 화, 목, 금요일에 외출하시는 게 정해진 일과였고,

어쩌다 청소 같은 하루짜리 단발성 봉사에 참가하실 때도 있었습니다."

일주일에 나흘은 봉사 활동에 힘썼다는 사실을 어떻게 받아들여야 할까? 일에서 물러난 노인이 남아도는 시간을 유효하게 쓰려고 사회봉사에 열을 올렸다고 해석하면 될 것 같지만 뭔가 마음에 걸린다. 호텔에서 방에만 있어도 소용없으니 돈이 들지 않는 방법으로 무료함을 달랜 것처럼 보이기도 한다. 목적은 시간 때우기, 타인을 기쁘게 하거나 감사를 받는 것은 그저 부수적인 산물이었을 것 같다. 과연 정말 그랬을까, 이제는 진의를 본인에게 물어볼 길이 없다.

나는 코코아를 마시던 경사의 얼굴을 허공에 떠올리며 한 소리해주고 싶었다. 전화 고민 상담에 대해서는 말해주었지만 그 밖에도 다양한 봉사 활동을 했다는 사실은 숨기셨더군요. 이번 일과 상관없어 보여서 말하지 않았을 뿐이지, 숨긴 건 아니라고요? 이쪽은 '일단' 타살설을 취했으니 나시다 씨 신변에 문제가 없었는지 관심이 아주 많거든요. 나시다 씨가 방에 틀어박혀 있었다면 타인과 마찰을 일으킬 기회는 거의 없었겠지만 활발하게 외부 사람들과 접촉했다면 예측하지 못한 트러블이 있었을지도 모릅니다. 그런 가능성도 전부 조사하셨나요? 다음에 만날 때는 알려주셔야겠습니다.

허공에 떠오른 시게오카의 환상은 '예에'라고 대답하며 사라졌다.

　"봉사 활동을 가지 않는 날은 어떻게 보내셨습니까?"

　"방에 틀어박혀 계셨던 건 아니고, 어지간히 날이 좋지 않은 날 외에는 어딘가 외출하셨습니다. 오래 알고 지내니 허물도 없어져서 '오늘은 어디로?' 하고 여쭈면 '미술관에'라거나 '우메다나 한 바퀴 돌고 오겠습니다' 하고 말씀하셨습니다. 도서관에 가시는 일도 잦았습니다. 대출증을 만들어 '잔뜩 빌렸습니다' 하고 책을 보여주시기도 했지요."

　"어떤 책이었습니까?"

　"소설부터 논픽션까지 다양했습니다. 역사 관련 책이 많았던 기억이 나네요."

　책 제목을 몇 가지 말해주었지만 전국시대나 막부 말기를 무대로 한 작품이나 역사추리소설 등, 일반적으로 흔히 읽는 책뿐이고 특별한 경향은 없었다. 시간 때우기용 독서인가.

　"밤에는 라디오를 듣는다고 말씀하신 적도 있습니다. FM 방송 음악 채널이나, 밤늦게까지 주무시지 않고 NHK〈라디오 심야 소식〉같은 걸 듣는다고요. 텔레비전은 시끄러운 프로그램이 많고 뉴스도 흉한 사건들뿐이라 별로 보지 않으신다더군요. 아나운서나 캐스터도 좋아서 끔찍한 뉴스를 읽는 건 아니겠지만요."

"요즘에도 매일 끔찍한 뉴스가 흘러나옵니다." 다카시가
말했다. "나시다 씨가 살아 계셨다면 눈썹을 찌푸리셨겠지
요. 차마 못 보겠다고 채널을 돌리셨을지도 모릅니다."

이슬람 과격파 조직 IS(자칭 이슬람 국가)가 두 명의 일본인
을 인질로 잡아 일본 정부에 이억 달러의 몸값을 요구했다.
24일에 인질 한 명을 살해한 IS는 요구를 변경해 요르단에 수
감된 사형수의 석방을 요구했다. 모두가 남은 인질, 저널리스
트 고토 겐지 씨의 생명을 염려하고 있다.

번잡한 프로그램이나 비참한 뉴스를 보는 게 싫어 텔레비
전을 피하고 조용히 라디오를 들으며 밤을 보낸다. 나이가 들
면 자극을 멀리하게 되는 건 자연스러운 변화이리라. 거기에
봉사 활동 취미까지 더하니 나시다 미노루의 인물상이 어렴
풋이 보이는 것 같았다. 세상에 진 빚을 갚으면서 은둔한 것
이다.

나시다에게는 사망 시점에 이억 이천만 엔이 넘는 예금이
있었다. 지난 오 년 동안 야금야금 줄었을 텐데도 그만큼이나
있었는데 봉사 활동과 라디오를 듣는 나날을 보냈다. 세상에
빚을 졌거나 죄책감을 느꼈기 때문에 검소하고 금욕적인 생
활을 보냈다고 생각할 수도 있지 않을까? 그의 과거가 아무

래도 궁금했다.

"나시다 씨가 본인에 대해 말씀하신 건 없습니까? 어디서 나고 자랐고, 어떤 일을 했는지, 그런 이야기요."

"저희는 손님의 사생활에 간섭하지 않지만 나시다 님께서 한두 마디 하신 적이 있습니다." 다카시가 말했다. "지인과 양판점을 경영하셨다더군요. 식품이나 신발, 여러 가지 품목을 다루었는데 주류 가게가 대박을 쳤다고 말씀하셨습니다. 고향에 대해서는 의식적으로 숨기셨던 것 같습니다. 효고 현 니시와키 시에서 태어났다는 건 돌아가신 뒤에 경찰에게 듣고 알았습니다. 가족은 '한 사람도 없다'고 하셨는데, 그 말씀이 맞았던 거지요."

"표준어를 쓰셨지만 고향이 효고 현인가 싶었던 적은 있었습니다." 미나에가 말했다. "학창 시절, 반슈◆가 고향인 선생님이 계셨는데 나시다 님이 말씀하시는 억양과 비슷했거든요. 나시다 님께 받은 인상은…… 자꾸 나시다 님이라고 하고 있지만 사실 오 년이나 가까이 지내다 보니 친애하는 마음을 담아 나시다 씨라고 불렀습니다. 지금부터는 그 호칭으로 말씀드려도 될까요, 아리스가와 선생님?"

◆ 메이지 시대 이전의 지방 명칭으로 현재의 효고 현 왼쪽 아래 지역.

"상관없습니다. 이왕이면 저도 그렇게 불러주시면 마음이 편하겠습니다."

이렇게 나는 선생님에서 해방되었고 미나에는 이야기를 계속했다.

"나시다 씨는 옛날이야기도 가끔 하셨지만 언급하시는 시기에는 일정한 기간이 있었습니다."

"기간이라니, 무슨 뜻인가요?"

"초등학생 때 강에서 자주 놀았다거나 중고등학생 때는 야구부에 들었다거나. 유소년기부터 고등학생 시절까지, 그리고 장사로 성공하셨던 시기에 대해서는 가끔 말씀하셨지만 그 사이가 쏙 빠져 있어요. 그렇지 않아?"

미나에가 옆에 앉은 남편에게 동의를 구했다. 다카시도 짐작 가는 구석이 있는 듯했다.

"듣고 보니 그런가. 공백 기간이 있는 게 이상하다고 생각하진 않았지만."

그래서 나시다가 장사로 성공한 시기는 언제인가 하면, 이게 또 확실치 않았다. 삼십 대인지 사십 대인지 오십 대인지, 가게를 냈던 장소도 모르고 주고쿠 지방이라고 들은 게 전부였다. 지배인 내외는 그 말을 믿는 모양이지만 나는 양판점을 경영했다는 말이 정말 사실일까 하는 의문이 생겼다.

"동업자는 어떤 분이셨을까요?"

두 사람 다 나시다에게 '지인'이라는 말밖에 듣지 못했다. 공동 경영자를 지인이라고 불렀다는 점도 영 묘하다.

"그 지인이라는 분은 나시다 씨와 인연이 깊을 것 같은데 여기로 만나러 오거나 연락이 온 적은 없었습니까?"

"한 번도 없었습니다. 만나러 오신 적도, 전화 연락도요."

단언하는 미나에게 되묻지 않을 수 없었다.

"전화가 한 번도 걸려 오지 않은 게 확실합니까? 거기까지는 모르실 텐데요."

"알 수 있습니다. 호텔 직원 중 누구도 그런 전화를 연결해드린 적이 없으니까요."

"호텔이 아니라 본인에게 직접 연락하면……."

"아뇨, 나시다 씨는 컴퓨터나 휴대전화 같은 전자 제품을 소지하지 않으셔서, 외부에서 오는 연락은 반드시 프런트에서 연결해드렸습니다."

요즘 같은 세상에, 하물며 홀몸으로 호텔에서 살았는데 그렇게 지냈다니 굉장히 신기한 노릇이다. 은퇴한 몸이라 개인 통신수단은 필요 없었다고 한다면 할말 없지만.

"'조용히 지내려면 바깥세상하고 이어지는 건 되도록 갖지 않는 게 좋답니다'라고 하셨습니다."

자물쇠 잠긴 남자

미나에는 내 의문을 읽은 것처럼 덧붙였다.

"그랬군요. 그럼 나시다 씨 앞으로 어디서 전화가 오거나 누가 메시지를 남긴 경우는 있었습니까?"

"몇 번 있었습니다."

미나에는 그렇게 대답했지만 다카시가 끼어들었다.

"거의 없었다는 게 맞지 않아? 일 년에 한 번 있을까 말까 했잖아."

다카시가 기억하는 것은 전부 나시다가 참여했던 봉사 단체에서 온 연락이었다. 일기예보가 심상치 않으니 내일 청소는 중지합니다, 대개 그런 전언이었다고 한다. 친구라 할 만한 인물이 전화한 경우는 전혀 없었다고 하니 고인이 그 정도로 고독했다는 뜻이다. 나시다 미노루의 은둔 생활은 철저했다.

"나시다 씨의 재산이 얼마나 되는지 들으셨습니까?"

질문을 바꾸자 부부는 고개를 끄덕였다. 다카시가 대답했다.

"깜짝 놀랐습니다. 장사로 재산을 크게 모았으니 호텔에서 느긋하게 지낸다는 일종의 사치를 누릴 수 있는 거라고 생각은 했지만요. 경찰이 조사한 바로는 객실 요금을 내려고 매달 출금한 것 외에는 생활비라고 할 만한 돈은 인출하지 않으셨다더군요. 역시 그런가 하는 생각도 드는 한편, 설마 정말 그런 생활이 전부였다니 놀랍기도 합니다. 표현이 서툴러서 죄송합니다. 뭐라고 할까……. 생각보다도 더 저희가 아는 모습 그대로라, 나시다 씨에게는 비밀이 없었구나 하고……."

"나시다 씨에게는 뭔가 비밀이 있을 것 같다고 생각하셨던 거군요. 부인께서는 어땠습니까?"

그렇게 물었을 때 센서가 호텔 방문객을 감지했는지 벨 소리가 울렸다. "실례합니다." 지배인이 일어섰다. 미나에가 그 뒷모습을 지켜보며 말했다.

"저는 지금도 나시다 씨에게 비밀이 있었다고 생각합니다. 통장 내역에 이상한 점이 없는 건 돈과 상관없는 비밀이었기 때문에 그런 것 아닐까요? 무엇을 숨기며 살아오셨는지 짐작은 못 하겠지만요."

미나에는 촉촉한 눈동자로 홍차가 반쯤 남은 찻잔을 바라보고 있었다. 그 밑에 가라앉은 답을 찾는 것처럼.

"남편분도 나시다 씨가 자살한 게 아니라고 믿고 계십니까?" 그렇게 물어보았다.

"덜컥 자살로 받아들이지 못하는 건 저와 같습니다. 하지만 저만큼 강하게 의심하지는 않는지 '진실은 뭘까?' 하고 중얼거리곤 합니다."

"자살이 아니면 과실사, 그도 아니면 타살이라는 뜻이 됩니다. 이 호텔에서 살인 사건이 일어났다고 생각하기 싫은 것 아닐까요?"

"그렇다고 진실이 어둠에 묻혀서는 안 됩니다. 이런 일이
니만큼 호텔 사정은 뒤로 미뤄야지요."

다카시가 중년 남성과 함께 돌아왔다. 보아하니 마흔 후반
으로, 초크스트라이프 양복을 말끔하게 차려입고 있다.

"저희 호텔에서 이십 년째 근무하고 있는 니와입니다."

다카시가 소개하자 남자는 재빨리 명함을 꺼내 허리를 숙
이며 내밀었다.

"니와 야스아키라고 합니다, 아리스가와 아리스 씨. 이번
일로 애써주신다고 들었습니다. 잘 부탁드립니다."

이 방에 들어오기 전에 지배인에게 내 이야기를 들은 것이
다. 선생님이라고 부르지 않은 것은 어디까지나 호텔의 세심
한 배려다.

3

그가 내민 명함에는 부지배인·레스토랑 치프라는 직함이
적혀 있었다. 그 점에 대해 지배인이 설명했다.

"저희 호텔 순이익의 칠십 퍼센트 이상은 레스토랑 부문에
서 거두고 있습니다. 중책을 맡고 있는 거지요. 게다가……."

다카시가 니와를 돌아보며 말했다. "실질적으로는 영업부장도 겸임하고 있는 셈입니다."

니와는 조용히 끄덕였다.

"프런트에 들어가 예약도 받고 손님 응대나 정산 업무도 합니다. 작은 살림이니 외근 영업도 시설 관리도 합니다."

만난 지 일 분도 지나지 않았는데 이 사람에게 일을 맡기면 뭐든 깔끔하게 처리해주겠다는 생각이 들었다. 얼마나 유능한지 모르는 상태에서 상대가 신뢰하게 만드는 것도 일종의 능력으로, 호텔리어에게는 무기가 될 것 같다.

옆머리를 뒤로 넘긴 헤어스타일은 다카시보다 훨씬 세련되었고 굵은 눈썹도 단정하게 다듬었다. 태도는 어디까지나 살가워 활짝 웃으면 싱긋, 효과음이 들어갈 것 같았다. 실제로 어떤지는 모르겠지만 젊었을 때는 플레이보이, 지금도 여전히 전성기, 첫인상은 그랬다.

보기에도 믿음직하니 지배인의 심복으로 활약하고 있겠지만 겉모습이 너무 번듯한 것 아닌가 싶기도 하다. 손님들 눈에는 니와가 훨씬 더 지배인처럼 보일 것 같다. 그래도 다카시는 전혀 개의치 않을지 모르지만.

사무용 의자를 가져와 니와도 응접 테이블 앞에 앉았다. 미나에가 소개를 덧붙였다.

자물쇠 잠긴 남자

"니와는 제가 이곳을 물려받기 전, 돌아가신 아버지께서 선대 오너일 때부터 이 호텔을 맡아주었습니다."

무어라? 에도 스타일로 말하자면 그런 상황이다. 가게우라나 시게오카는 '지배인 내외', '지배인의 부인'이라고 했는데, 미나에는 현재 오너였던 것이다. 알면서 그만 설명을 깜빡한 것이리라. 젊은 다카시가 이곳 지배인을 맡고 있는 건 선대 오너의 사위라 그런가? 이 호텔을 가장 잘 아는 사람은 이십 년이나 일한 니와 야스아키이리라.

"창업자는 가쓰라기 긴지銀次라고 합니다. 자기 이름과 아내 이름 호시미星美에서 한 글자씩 따서 긴세이銀星 호텔이 된 거지요."

호텔 이름의 유래도 슬며시 설명해주었다.

"지배인님은 데릴사위이신가요?"

"예. 호텔 학교에서 만났습니다." 미나에가 입가를 가렸다. "어머나, 저희 이야기는 상관없는데. 나시다 씨 이야기를 해야지."

레스토랑 치프에게도 들어보자.

"나시다 씨는 어딘가 비밀스러운 구석이 있었습니다." 니와가 말했다. "냉정하게 들릴지도 모르지만 무슨 목적을 가지고 하루하루를 보내셨는지 알 수가 없었거든요. 오랫동안 곁에 있었으니 편하게 말씀하실 때도 있었습니다. 옛날이야기를 꺼낼 때도 있었지만 본인이 어떤 사람인지는 말씀을 꺼리는 눈치셨습니다."

니와가 나시다에게 받은 인상도 가쓰라기 부부와 다르지 않았다. 그 수수께끼가 바로 가게우라 나미코를, 그리고 나를 사로잡는 것이다.

고인의 수수께끼는 일단 제쳐두고 1월 14일 아침 상황을 듣기로 했다. 시신을 발견한 미나에는 치밀어 오르는 감정을 억누르고 사실만을 담담히 말해주었지만 내용은 시게오카에게 들은 바와 같았다. 조식을 먹으러 내려오지 않기에 걱정이 되어 도어 벨을 눌렀는데 대답이 없어 마스터키로 문을 열었다. 문을 열면 바로 보이는 거실에 없기에 침실까지 들어가보니 태슬에 목을 맨 나시다가 있었다.

미나에가 불끈 쥔 주먹으로 가슴을 꾹 눌렀다.

"침실로 뛰어들어가 나시다 씨의 목에서 태슬을 벗겨냈어야 했는데. 결과적으로는 이미 돌아가신 상태였지만 그건 나중에 안 일이지요. 아직 숨이 붙어 있는지, 보기만 해서는 알 수 없었는데…… 방에 한 걸음도 들어가지 못했습니다. 패닉에 빠져 허둥지둥 계단을 뛰어 내려갔어요."

나시다의 이변을 듣고 다카시가 니와와 함께 방으로 달려갔다. 나시다가 이미 싸늘하게 식은 것을 알고 시신을 건드리지 않는 게 좋겠다고 판단한 두 사람은 이곳 사무실의 전화기로 경찰에 신고했다고 한다.

"그때 나시다 씨의 시신 외에 건드린 곳은 없었습니까?"

그렇게 묻자 나란히 "없었습니다"라고 대답했다.

"다른 숙박객들은 소동을 눈치챘나요?"

"예." 다카시가 대답했다. "호텔리어라는 말이 무색하게 셋이서 허둥지둥 뛰어다녔으니, 라운지에서 신문을 읽고 계시던 가게우라 선생님이 깜짝 놀라셨던 모양입니다. 나시다 씨의 신변에 무슨 일이 있었다는 얘기는 순식간에 퍼졌고, 경찰차까지 도착하자 호텔에 있는 모든 사람들이 사건인가 보다 하고 알아차렸습니다."

"경찰은 어떤 조치를 취했습니까?"

"현장 보존을 위해 먼저 방을 봉쇄했습니다. 그리고 손님과 종업원 들을 1층에 모아 임시 휴업한 레스토랑에서 사정 청취를 했습니다."

시체 발견은 오전 9시 15분. 출동한 경찰관은 9시 반이 되기 전에 호텔에 도착했다.

"이미 체크아웃하거나 외출한 분은 안 계셨습니까?"

다카시가 대답했다

"다섯 분 계셨습니다. 체크아웃하신 두 분은 금혼식 기념 여행으로 태국에서 오신 부부였습니다."

"외국인 손님도 많은가요?"

"오사카에도 해외에서 찾아오시는 손님이 늘어 호텔이 부족한 상황이라 저희 호텔에도 많이 오십니다. 그 태국인 내외분은 작은 호텔을 좋아하셔서 저희 호텔을 고르셨다더군요."

"경찰은 그분들에게도 연락을 취했습니까?"

"이튿날 묵을 교토의 호텔을 저희가 들어두어서 그쪽으로 찾아가 말씀을 들었다고 합니다. 적잖이 놀라신 모양입니다."

굳이 들려줄 만한 내용이 없었는지 시게오카는 태국인 부부에 대해서도 말해주지 않았다. 금혼식이라고 했으니 일흔이 넘었을 테고 아무래도 이국에서 우발적으로 살인을 저질렀다고 보기는 어렵다. 다카시를 비롯해 다들 나시다와는 얼굴도 마주친 적이 없었을 거라고 했다.

"체크아웃이 아니라 외출하셨던 분이 세 분 계셨습니다. 모두 일본인으로 저희 호텔을 자주 이용해주시는 손님들입니다. 그중 한 손님은 장기 투숙하시는 여성분인데……."

"장기 투숙이라. 그분하고 말씀을 나눠볼 수는 없을까요?"

그만두라고 말릴 줄 알았는데 지배인은 반대하지 않았다.

"제가 부탁드려보겠습니다. 나시다 씨를 잘 알던 분이니 응해주실 것 같습니다. 오늘은 저녁 8시쯤 돌아오실 거라고 들었는데."

"꼭 만나 뵙고 싶군요."

14일 9시 반에 호텔을 나간 나머지 두 사람은 부부였다.

"요로즈 씨라고 하는데 남편분은 기타하마에 있는 증권회사에, 사모님은 도지마에 있는 광고 대리점에 근무하십니다. 연세는 마흔 중반입니다."

기타하마는 나카노시마선을 타면 두 정거장이고 도지마는 다리만 건너면 된다. 일이 바빠 멀리 있는 자택에 돌아갈 새도 없었나 했더니 아니었다. 정초부터 자택을 대대적으로 리모델링해 공사 기간 중 열흘 동안 통근에 편리한 이 호텔에서 지냈다고 한다. 자택은 아시야 시내라서 이야기를 들으러 직접 찾아가기에도 용이한 곳이다.

"그전에도 여기에 묵은 적이 있습니까?"

"두 번 있습니다. 사모님이 호텔을 무척 좋아하셔서 남편분에게 제안해 여기저기 묵으신다고 합니다. 저희 호텔이 마음에 드셨는지 리모델링 기간 동안 임시 거처로 삼아주셨습니다."

"그렇다면 나시다 씨하고는 거의 만날 일이 없었네요."

"예. 그래도 로비에서 환담은 나누셨습니다."

니와가 완벽한 미소를 지으며 말했다.

"긴세이 호텔은 도시 한복판에서 손님들께 편안하고 안락한 시간을 제공하기 위해 객실 방음 효과를 높이는 등 프라이버시를 최대한 보호하고 있지만 아담해서 친밀감이 싹트는 걸까요, 손님들끼리 편히 대화를 나누시며 교류할 수 있는 분위기가 있습니다. 나시다 씨와 요로즈 씨 내외분도 담소를 즐기시는 것처럼 보였습니다."

"친밀함이 싹터서 손님들이 편히 대화를 나누는 분위기라…….." 온 지 얼마 되지 않은 나는 아직 실감이 나지 않지만. "나시다 씨가 이곳을 떠나지 않은 이유는 그런 환경이 마음에 들었기 때문일지도 모르겠군요."

"예." 니와가 고개를 깊이 끄덕거렸다.

요로즈 부부가 9시 반에 호텔을 나선 이유는 물론 출근 때문이다.

"음, 결국 레스토랑에서 사정 청취를 받은 건 몇 명인가요?"

"손님이 세 분, 종업원이 열 명입니다. 그중에는 객실이나 청소 담당처럼 오전 근무만 하는 파트타이머와 아르바이트도 포함되어 있습니다."

가게우라 나미코가 세 사람의 숙박객 중 한 사람이었던 것이다.

"객실은 전부 몇 개나 됩니까?"

"스위트룸 두 개를 포함해 스무 개입니다."

2층과 3층에 여덟 개씩, 4층에는 트윈룸 두 개와 스위트룸 두 개가 있다고 한다. 숙박객은 아홉 명, 그중 두 팀이 부부다.

"13일에 이용한 객실은 일곱 개 맞습니까?"

"예. 가동률이 나쁜 것 같지만 손님이 감소하는 시즌인데다가 사흘 연휴 다음날이었고, 그날은 객실 네 개가 취소되었습니다. 친척들끼리 오실 예정이었던 중국인 손님 여섯 분이 계셨는데, 출발 항공편에 문제가 생겨 결국 오시지 못했거든요."

불가항력으로 오지 못한 중국인 그룹은 고려하지 않아도 되겠지.

"발이 묶인 손님들 중에는 예정에 차질이 생겨 화를 내는 분도 계시지 않았습니까?"

"아니요. 모두 단골 고객님들이라 나시다 씨를 알고 계셨습니다. 화를 내거나 불편해하시기는커녕 경찰 조사에 대단히 협조적이었습니다."

호텔에 항의하는 손님이 없었다는 점에서는 운이 좋았다.

"거기서 나시다 씨의 죽음에 대해 특히 중요한 증언을 하신 분은?"

다카시, 미나에, 니와가 서로 마주보았다가 차례대로 대답했다.

"글쎄요, 어땠더라. 특별한 증언을 한 분은 없었던 것 같습니다만."

"경찰은 손님들이 모두 나시다 씨를 알고 있었다는 점에 놀랐습니다. '나시다 씨는 이 호텔에서 유명한 사람이었군요'라고 했어요."

"전날 밤 나시다 씨와 함께 저녁 식사를 하신 손님이 계셔서 형사님께 질문을 잔뜩 받은 것 같았습니다."

그 손님에게 형사가 관심을 보이는 건 당연한 일이다. 자살 징후는 없었는지 꼬치꼬치 물었을 것이다.

"저녁 식사를 했다는 분은 어떤 분입니까?"

"히네노야 씨라고, 포목점 사장님입니다." 니와가 말했다. "실은 그분도 지금 여기에 묵고 계셔서, 나중에 말씀을 나눠보실 수 있을 겁니다."

"……몇 시쯤 돌아오려나."

초등학생과 어머니도 아니고, 숙박객들이 돌아오는 예정 시간을 호텔 직원에게 말하고 외출할 리 없을 거라 생각하며 중얼거렸는데 니와가 대답했다.

"외출하신 건 아닙니다. 평소 3시 반에서 4시 반까지 방에서 오수를 즐기십니다. 깨어나실 때쯤 연락해보겠습니다."

호텔에서 낮잠이라니 우아하기 그지없다.

"문제의 그날 숙박하신 분들 가운데 두 분을 만나볼 수 있 겠군요. 이렇게 잘 풀릴 줄은 몰랐습니다."

그러자 미나에가 행운을 더 얹어주었다.

"한 분 더 만나보실 수 있어요. 오늘밤 체크인하실 겁니다."

1월 13일 숙박객은 아홉 명. 나시다 미노루와 태국인 부부, 이미 이야기를 나눈 가게우라를 제외하면 나머지는 다섯 명. 그중 세 명을 만날 수 있다면 남은 사람은 두 명. 아시야 시에 사는 요로즈 부부뿐이다.

"오늘밤 오시는 손님은 어떤 분입니까?"

"제 고등학교 때 친구로 가끔 여기에 묵곤 합니다. 나시다 씨하고 라운지에서 잡담을 나누거나 레스토랑에서 함께 식사 를 하기도 했습니다."

그때 책상 위의 전화가 울려 다카시가 "실례합니다" 하고 일어나서 수화기를 들었다. 통화는 짧은 대답으로 끝났지만 처리해야 할 사안이 발생했는지 미나에와 짤막하게 의논한 뒤에 이쪽을 돌아보며 미안한 표정을 지었다.

"급한 용무가 생겼습니다. 삼십 분쯤 걸릴 것 같은데 그사 이 나시다 씨가 사용하셨던 방을 보시겠습니까? 니와 씨, 부 탁합니다."

언제 어떤 일이 생길지 모를 호텔에 이야기를 듣겠다고 찾아온 건 이쪽이니 내 눈치를 볼 필요는 없다.

"안내해드리겠습니다."

니와가 공손하게 말했다.

4

나시다가 최후를 맞이한 방으로 가는 길에 니와는 미소를 거두었다. 상체로 손가를 가리고 열쇠함의 비밀번호를 눌러 밤하늘 같은 색깔의 표식이 달린 열쇠를 꺼냈다. 남색이 이 호텔의 상징색이다.

"이쪽입니다." 엘리베이터를 타고 4층으로 올라갔다. 바로크 음악은 호텔 어디를 가나 작게 흘러나오고 있었다. 엘리베이터는 계단과 함께 북서쪽 모퉁이에 있었는데 문이 열리자 복도를 사이에 두고 방이 네 개 보였다. 앞쪽에 트윈룸이 두 개, 그 너머가 스위트룸이었다. 같은 스위트룸이라도 엘리베이터와 계단 공간 때문에 북쪽 방이 더 좁았다. 나시다가 머물렀던 곳은 남쪽 401호로, 그가 사망한 날 북쪽 402호에 묵었던 이가 가게우라였다.

"이 호텔에서 가장 좋은 방을 나시다 씨가 쭉 점령하고 계

자물쇠 잠긴 남자

셨던 거군요."

니와가 입가를 살짝 누그러뜨렸다.

"점령이라고 하면 싸워서 차지한 것처럼 들리네요. 어찌 보면 점령일까요. 지난 오 년 동안 '이 호텔에서 가장 좋은 방'을 원하는 손님도 401호에는 묵지 못하셨으니까요."

가게우라도 402호로 타협했던 건지도 모른다.

"나시다 씨가 돌아가신 날, 여기 403호와 404호에 숙박객은 있었습니까?"

"없었습니다. 둘 다 비어 있었습니다."

같은 층 손님은 가게우라 나미코뿐이었다.

복도 서쪽 끝에만 창문이 있고 복도 끝 왼쪽에는 비상구 표시와 크림색 문이 보였다. 저기를 열면 비상계단으로 나갈 수 있다는 안내가 벽에 붙어 있었다. 계단에도 복도에도, 호텔 현관과 같은 짙은 남색 카펫이 깔려 있어 발소리를 완전히 흡수해 무척 고요했다. 양초 모양 샹들리에 전구가 달린 벽 조명은 금속 부품에 별 모양 부조 장식이 있는 것으로 보아 특별 주문품인 것 같았다. 벽 조명, 천장 조명의 적당한 밝기는 마음을 차분하게 만들어주고 아몬드그린색과 세련된 꽃무늬 벽지도 우아했다.

오 년 동안, 나시다는 매일 이곳을 걸었으리라. 편안한 느낌을 주는 복도지만 지겹지는 않았을까?

"이리로."

니와가 문을 열고 문가에 서서 말했다. 나는 수수께끼를 품은 방에 발을 내디뎠다.

앞쪽은 거실이었다. 복도에서 보고 바로 알았는데 넓고 길쭉한 공간이다. 한 걸음 뒤에 들어온 니와가 벽의 전등 스위치를 올렸다.

"그날, 나시다 씨의 시신이 실려 나간 상태 그대로입니다. 손님께 객실로 내드리는 건 삼가고 있습니다."

뒤에서 말하는 니와의 목소리를 들으며 방을 둘러보았다. 서쪽은 벽장식 옷장. 그 옆에 화장실과 욕실로 이어지는 문. 남서쪽 구석에 냉장고와 식기 선반 사이에 있는 간소한 주방, 그렇게 수도 관련 시설이 한곳에 몰려 있었다. 남쪽에 나란히 나 있는 창문에는 전부 커튼이 쳐져 있어 겨울철 늦은 오후의 햇빛이 어렴풋이 비쳐들고 있었다. 그 앞에 2인용 소파와 앤티크 테이블. 그리고 동쪽으로 놓인 팔걸이의자와 발받침이 한 세트. 소파는 북쪽 벽에 달린 대형 텔레비전을 마주보고 있었다. 텔레비전 선반의 쌍여닫이문을 열자 여섯 자리 비밀번호로 열 수 있는 금고가 붙어 있었다.

"예금통장과 인감은 잠글 수 있는 책상 서랍에 들어 있었다고 들었습니다. 이 금고에는 어떤 물건이?"

"아무것도 없었습니다. 침실에 있는 책상 서랍을 더 믿으셨던 거겠지요."

"튼튼한가요?"

"그런 것도 있지만…… . 일전에 비밀번호가 화제에 올랐는데, 나시다 씨가 이런 말씀을 흘리셨습니다. '몇 자리든, 비밀번호를 입력하는 건 온전히 믿을 수가 없어. 사용하는 사람이 번호를 잊어버렸을 때를 대비해 제조사나 관리자가 미리 설정해둔 번호가 있다잖아.'"

"처음 듣는 소리인데요. 이 금고에도 본인이 정한 번호를 손님이 잊었을 때를 대비해 초기 번호가 설정되어 있습니까?"

니와는 숨기지 않았다.

"있습니다."

"나시다 씨는 호텔 분들을 상대로 최소한의 경계는 하셨던 걸까요?"

"그만한 금액의 예금을 가지고 계셨으니 만전을 기하셨던 거겠지요. 거금이 든 지갑이 소파 위에 굴러다녀도 곤란하니, 경계해주시는 건 저희에게 고마운 일입니다."

잠금장치가 있는 책상 서랍은 화재에는 약할 텐데 항상 열쇠를 가지고 다닐 수 있는 안도감을 우선할 걸까? 이해가 가지 않는 건 아니다.

　텔레비전 오른쪽에는 2단짜리 장식 선반이 있어 프리저브드 플라워, 장식용 접시, 주먹만 한 크기의 지구의, 동물 모양 유리 장식품 등이 진열되어 있었고, 그 위쪽 벽면에는 별하늘을 모티프로 한 크고 작은 그림이 세 점. 목제 액자가 예술적이라 그것만으로도 아름다웠다. 동쪽 벽에는 침실로 이어지는 문. 옆에 묵직한 옷장과 서랍장 하나가 놓여 있었다.

　"저기 있는 건 호텔에서 설치한 게 아니라 지배인의 양해를 얻어 나시다 씨가 구입하신 가구입니다. 기존에 설치된 것만으로는 아무래도 부족하다고 하셔서."

　"그럴 수도 있겠네요. 그나저나……."

　물건이 적다. 내가 여기 틀어박혀 살았다면 옷은 별로 안 늘어도 일 년도 지나지 않아 벽 쪽에 책과 잡지의 산을 쌓아 올렸을 게 분명하다. DVD도 얼마나 모아댈지.

　"선반의 접시나 장식품도 나시다 씨가?"

　"아니요, 저것들은 호텔 비품입니다. 방금 보신 가구는 예외지만 나시다 씨가 어디 가셔서 뭔가를 구입해 방에 장식하는 일은 없었습니다."

　생활에서 여분의 소유물을 배제하는 방침을 관철했던 걸까? 어째서 그런 행동을 했을까, 어떻게 그럴 수 있었을까?

심플하게 살고 싶다는 바람은 이해하지만 이쯤 되면 아무래도 행복과는 거리가 멀다는 생각이 자꾸 든다.

그때 니와가 아차 하는 표정을 지었다.

"중요한 말씀을 깜빡했습니다. 침실 책상도 나시다 씨가 앤티크 가구점에서 개인적으로 구입한 물건입니다. 잠금장치가 튼튼해 마음에 드셨던 건지도 모르겠습니다."

천장에는 중앙에 그리 요란하지 않은 샹들리에가 하나. 다른 조명은 아래쪽과 벽에 있는 라이트뿐. 아아, 역시 이 호텔에도 형광등은 없고 전부 간접조명이다. 무드가 있는 건 알겠지만 저건 보통 감각을 가진 일본인에게 비일상적인 분위기를 유도하는 것으로, 단적으로 말해 나는 영 편하지 않다. 그렇지만 호텔 주민으로 살았던 나시다 입장에서는 이것이야말로 가장 안락한 빛이었는지도 모른다.

침실을 보았다.

침대 크기가 달라서 그런 것도 있겠지만 이쪽은 며칠 전 내가 묵었던 스위트룸보다 훨씬 넓어 보였다. 남쪽 창문을 바라보고 커다란 책상이 떡하니 놓여 있고, 동쪽 벽을 따라 더블 침대가 있다. 그 발치에 해당하는 북쪽에 또 옷장과 서랍장. 서쪽 벽에는 파란색을 기조로 한 추상화가 한 점 걸려 있고, 그 앞에는 우산 모양의 아몬드그린색 갓을 씌운 램프가 얹힌

둥근 테이블과 팔걸이에 조각이 있고 앉는 부분에 헝겊을 씌운 의자가 하나. 침대 옆의 나이트 테이블에는 시계와 나시다가 애청했던 라디오가 놓여 있었다. 여기에 컵이 있었을 텐데, 하고 생각하는 찰나에 니와가 말했다.

"그 나이트 테이블 위에 물이 반쯤 담긴 컵이 있었습니다. 경찰이 조사한다고 가져갔었는데 지금은 식기 선반에 들어가 있습니다."

"시신을 발견했을 때 많이 놀랐겠어요."

"혼비백산해서 기억이 거의 없습니다. 이 호텔에서 손님이 돌아가신 건 처음입니다."

침대는 완벽하게 정돈되어 있어 언제든지 새로운 손님을 맞을 수 있는 상태다. 지배인이 언제부터 이 방의 예약을 받을 생각인지는 모르겠지만. 눈부시도록 하얀 베개가 내 눈을 찔렀다.

두 공간을 묘사할 때 거실 테이블에 있었던 자잘한 물건들, 먹다 만 박하사탕 봉지나 무료 전단지, 필기구 외에 책상 위의 어느 물건을 생략했다. 그것은 북엔드 사이에 꽂힌 카운슬링 이론서와 교본 앞에 놓인 하얀 상자였다. 그 옆에는 선향 받침이 있다.

"저건……."

손가락으로 가리키려 하자 니와가 두 손을 반듯하게 포개고 엄숙한 태도로 대답해주었다.

"나시다 미노루 씨의 유골입니다. 경찰이 시신을 돌려보낸 후, 혈육이 안 계셔서 저희가 화장을 했습니다. 앞으로 어쩌면 좋을지 고민하는 참이지만 한동안 나시다 씨가 이 방에서 편하게 쉬시도록 하자는 게 오너와 지배인의 마음입니다. 그 다음 일은 정해진 게 없지만…… 하다못해 49일이 지날 때까지는."

"제일 좋은 방을 쓰지 못하는 건 호텔에는 손실이겠군요."

일부러 냉정하게 말해보았다. 니와는 "예" 하고 긍정한 뒤에 이렇게 말했다.

"말씀처럼 기회비용 손실이지만 나시다 씨가 저희 호텔 스위트룸에서 돌아가신 사실은 신문에도 보도되어 이미 아시는 분들도 많아, 이 방은 상품으로 판매하기 어렵게 되었습니다. 예약하려는 손님께 굳이 사실을 말씀드리는 것도 이상하고, 사실을 숨기고 숙박하시게 하면 나중에 문제가 될 수도 있습니다. 어느 호텔이나 여관에서도 발생할 수 있는 일이니 이런 경우에는 잠잠해지도록 기간을 둡니다. 사정을 모르는 외국 손님께 안내해드리면 일단 트러블은 없겠지요. 하지만 이익을 늘리거나 트러블을 줄이기 위해 그러는 게 아니라……."

니와의 말에 힘이 들어갔다.

"나시다 씨의 영혼이 여기서 휴식 시간을 갖기를 바라는 마음 때문입니다. 어쨌거나 오 년 동안 이곳이 그분의 집이었습니다. 그리고 제일 가까이 있었던 저희는 그분에게 가족에 가까운 존재였다고 믿습니다. 돌아가셨다고 해서 예, 계약 종료, 체크아웃입니다, 방이 비었네, 라고 생각하지는 않습니다."

"잘 알겠습니다."

나는 선향을 올리고 두 손을 모은 뒤 침대를 찬찬히 관찰했다. 누웠을 때 머리 위가 되는 부분에 헤드보드라는 명칭이 붙는다는 건 알고 있었다. 이곳 침대는 헤드보드 양쪽 끝에 놋쇠 기둥이 있었다.

"저 끝에 태슬이 묶여 있었던 겁니까?"

"그렇습니다. 이 커튼의 끈이었습니다."

니와의 말을 듣고 깨달았다. 태슬은 술 장식을 가리키는 말인데, 침실 창문 왼쪽 커튼은 커다란 술이 달린 태슬로 묶여 있지만 오른쪽 태슬은 가늘고 술 장식이 없었다. 대충 구한 끈으로 임시 조치를 한 것이다. 장식성을 중시하는지 생각보다 끈이 길어, 자살을 고려한다면 저게 가장 먼저 눈에 들어왔을지도 모른다.

"니와 씨는 나시다 씨가 자살하셨다고 생각하십니까?"

"과실이라는 건 비현실적이고 타살은 아니길 바랍니다. 오너는 자살이라고 생각하고 싶지 않은 듯하지만……."

다른 사람이 없는 이 기회에 그의 솔직한 속마음을 들어보고 싶어 채근하자 니와는 거침없이 말했다.

"그럼 말씀드리겠습니다. 오너는 나시다 씨가 자살할 동기가 없다고 말씀하시지만 동기는 충분하지 않을까요? 극히 단순한 이유, 바로 고독입니다. 저는 올해 쉰하나로 나시다 씨에 비하면 젊은 축이긴 하지만 나이를 먹는다는 의미를 뼈저리게 느끼고 있습니다. 그건 뭐라고 말씀드려야 할까요……. 기울어가는 태양을 보는 것처럼 날이 저물고 노을이 찾아와 어스름에 묻히는 감각입니다. 젊었을 때와는 경치가 달라요, 그때로는 돌아갈 수 없습니다. 혼자가 마음 편하고 좋다, 자유를 만끽하겠다, 그렇게 생각하던 사람이라도 사고방식이나 감각에 변화가 생깁니다. 어제도 오늘도 내일도 변화 없이 살아온 나시다 씨가 무언가를 계기로 강하게 무상함을 느끼고 그런 생활을 끝내고 싶다고 생각했어도 이상하지 않습니다."

"끝내고 싶었다면 호텔에서 나가 다른 식으로 살아보면 되는 일 아닙니까?"

"가능하다면 그랬겠지만 뭔가 이유가 있어 그러지 못한 걸지도 모릅니다."

"짐작 가는 이유는?"

"없습니다."

대답하는 목소리가 딱딱했다. 나시다는 가족에 가까운 존재였다고 자인하는 호텔 관계자들에게도 마음을 걸어 잠그고 1월 13일 밤까지 이 방에서 조용히 살았다. 방문은 물론이고 자기 자신에게도 단단히 자물쇠를 걸어 잠갔던 것 같다.

눈치 없는 질문도 해야만 했다.

"태슬 길이는 어느 정도였습니까? 그러니까…….""

니와는 질문의 의도를 파악해주었다.

"나시다 씨의 머리는 이 부근에 있었습니다."

니와는 한쪽 무릎을 꿇고 바닥에서 이십 센티미터쯤 떨어진 허공을 손으로 가리켰다. 몸은 침대에 기대듯 뻗어 있었다고 한다.

태슬이 묶여 있던 놋쇠 기둥이나 시신이 누워 있던 부근의 카펫을 뚫어져라 쳐다보았지만 그런다고 뭐가 보일 리 없다. 침대 밑도 들여다봤지만 꼼꼼히 청소했다는 사실만 확인했다.

"옷장이나 책상 안에 있는 물건들도 보시겠습니까? 경찰이 수사 때문에 만지기는 했지만 전부 14일 아침 상태 그대로입니다."

"보여주세요." 그렇게 말하며 준비해 온 장갑을 꼈다. 이제 와서 보존해야 할 지문은 없겠지만 만일의 경우에 대비해 사용하기로 했다.

먼저 책상부터 봤는데 별다른 건 없었다. 가운데 서랍에는 호텔 약관과 전용 봉투, 편지지. 잠글 수 있는 맨 위 서랍이 비어 있는 것은 예금통장과 인감을 사무실 금고에 보관하고 있기 때문이라나. 그 외에는 아무것도 없었다는 뜻이다. 2단, 3단 서랍에는 수첩, 필기구, 가위, 풀, 손톱깎이, 건전지 등 잡다한 물건들. 눈길을 끄는 물건은 수첩 정도였다.

2014년 수첩이 있기에 페이지를 펼쳐보니 적혀 있는 일정의 대부분이 봉사 활동이고, 군데군데 영화, 미술전, 콘서트, 라쿠고 공연 등 행사일이나 기간이 적혀 있는 게 전부였다. 공공시설에서 열리는 강연회나 심포지엄처럼 무료로 추정되는 이벤트가 과반수를 차지해, 시간이 남아도는 사람의 수첩이라는 인상을 지울 수 없었다. 2015년 수첩을 보니 1월 30일 날짜에 재즈 자선 라이브 예정이 있었다. 나시다의 죽음이 자살이었다 해도 그것을 쓴 시점에서는 죽을 생각이 없었다는 뜻이다.

리필형 주소록 칸에는 봉사 단체 전화번호만 쭉 적혀 있었다. 메모하려고 했더니 니와가 "나중에 복사해드리겠습니다" 라고 말해주었다.

2014년 이전의 수첩은 한 권도 남아 있지 않았다. 호텔에 오기 전의 머나먼 과거뿐만 아니라 가까운 과거도 말살했던 모양이다. 내가 이런 삶을 살았다면 하다못해 살아온 세월을 기록으로 남기고 싶을 것 같은데, 나시다는 일기를 쓰지 않았다. 다른 깊은 뜻은 없이 이 또한 간소한 생활의 발로일지도 모르지만.

니와가 말하기를 서랍 열쇠는 키홀더에 방 열쇠와 함께 달려 있었는데, 외출할 때도 프런트에 맡기지 않고 항상 몸에 지니고 다녔다고 한다.

서랍장과 옷장도 확인했지만 조사할수록 놀라울 따름이었다. 소지품이 이것밖에 없다니, 하는 놀라움이다. 심할 정도로 간소해 의류도 계절별로 최소한으로 필요한 낡은 옷가지밖에 없어 희박한 생활감에 기가 찼다.

주방과 욕실, 화장실까지 확인하고 일단 수사를 마무리했다.

"어떠셨습니까?" 니와가 감상을 물었다.

"수첩을 보니 혼자 즐길 수 있는 것들을 요모조모 시험해 본 것 같더군요."

"호텔 코앞에 있는 국립국제미술관 전시회에는 빠짐없이 다니셨습니다. 구사마 야요이 전시회를 보고 오셨을 때는 '굉장히 파워풀한 작품을 잔뜩 봐서 기운이 넘칩니다'라고 기뻐하셨지요. 돌아가시기 전날에도 미술관에 가셨습니다. 옆에 붙어 있는 과학관 플라네타륨도 좋아하셨습니다."

나는 전시회에 가면 기념으로 엽서나 기획 상품도 잘 사는 편이고, 활자 중독이라 해설을 좋아하다 보니 대개 도감도 산다. 영화, 연극, 콘서트에 가면 팸플릿을 구입하고 그렇게 쌓인 자료를 정리하지 않아 집이 너저분해지는 원인이 되는데……. 나시다가 감격했다는 구사마 야요이 전시회의 도감이나 엽서는 찾아볼 수 없었다. 그는 그 어떤 전시회나 공연에 관해서도 팸플릿 한 권, 전단지 한 장 남기지 않았다. 보고, 듣고, 느끼고, 추억을 만들고 끝내는 것이다. 나와는 성격이 딴판이라고 하면 할말이 없지만 보통 사람들은 이따금 자기도 모르는 사이에 잔뜩 쌓일 만큼 기념이 될 만한 물건을 남기는 법이다.

"나시다 씨는 영 종잡을 수 없는 분이네요. 이 호텔에 오셨을 때부터 이렇게 소지품이 적었습니까?"

"예. 옷가지는 새로 구입하신 게 많은 듯하지만 양은 처음부터 이 정도였습니다. 이상한 분이라고 생각하십니까?"

"상당히 특이하죠. 제가 호텔에서 몇 달을 산다면 이 두 배는 되는 짐을 가져올 테고, 열흘만 지나도 물건이 늘어날걸요. 니와 씨는 아무것도 느끼지 못하셨습니까?"

"일반적인 라이프 스타일에서 벗어나 있다고는 생각했지만 공감도 했습니다. 나시다 씨는 호텔 생활을 이어나가기 위해 가볍게 지내고 싶었던 게 아닐까요? 물건은 늘어나기 시작하면 끝이 없어, 자칫하면 쾌적한 호텔 생활을 해칠 수도 있으니까요."

이해는 가지만 강박관념에 가까워 보이기도 했다. 니와는 거듭 말했다.

"영화 평론가 요도가와 나가하루 씨는 만년을 젠닛쿠 호텔에서 보내셨는데, 거처를 옮길 때 '여기 엘리베이터에 관은 들어갑니까?'라고 물었다고 합니다. 나시다 씨도 이 방에서 생애를 마치려 하셨습니다. 이 년쯤 전일까요. 문득 제게 이런 말씀을 하셨습니다. '임종까지 여기서 신세를 지겠다고 하면 폐가 될까요?' 농담조로 말씀하셨지만 진심으로 물어보신 거라 생각합니다."

"니와 씨는 뭐라고 대답하셨습니까?"

"'폐라니 천만의 말씀입니다. 마음 내키실 때까지 이 방에서 지내십시오'라고 했습니다. '마음이 놓이는군요' 하고 웃으셨지요."

니와가 침실 쪽을 힐끔 쳐다보았다. 벽에 가린 책상 위의 하얀 상자를 본 것이리라.

커튼을 치자 제방 너머로 짙은 녹색을 띤 도사보리가와 강 표면이 보였다. 강 맞은편에는 사무실 건물이나 비즈니스호 텔 등 비교적 낮은 빌딩이 늘어서 있어, 만일 여기가 4층이 아니라 40층이었다면 빌딩 사이로 우쓰보 공원을 굽어볼 수 있었으리라.

벨 소리가 울렸다. 니와가 문을 열자 옆구리에 뭔가를 끼고 있는 미나에가 서 있었다.

"이걸 아리스가와 씨에게 보여드리려고 가져왔습니다. 나 시다 씨가 통장과 함께 잠글 수 있는 서랍에 넣어두었던 물건 입니다."

미나에가 내게 내민 것은 표지가 헝겊으로 된 앨범이었다.

"말씀드리는 걸 깜빡했군요, 실례했습니다." 니와가 내게 사과했다. "저 서랍에는 사진 앨범도 들어 있었습니다. 경찰 이 확인차 가져갔는데 며칠 후에 되돌려줘서 사무실에 보관 하고 있었습니다."

"뭔가 부족하다고 생각했는데 이제야 알겠군요. 이 방에 있는 게 나시다 씨가 소지했던 물건의 전부라면 앨범이 없는 건 이상하지요."

손뼉이라도 칠 기세로 말하는 내게 미나에는 바인더 앨범 을 내밀었다. 연분홍색이 감도는 작은 손톱이 곱다.

"편히 보세요. 다만…… 사진은 별로 없습니다."

말마따나 얇은 앨범 한 권이었지만 매수는 적어도 상관없다. 나는 아직 나시다 미노루의 얼굴을 몰랐던 것이다. 대상의 얼굴도 모르고 어떤 인물인지 상상하기란 대단히 어려운 일이다.

약한 점착성 페이지에 사진을 올리고 그 위에 투명한 비닐 시트를 덮는 프리스타일 앨범이었다. 첫 페이지에는 어머니로 보이는 여성에게 안긴 갓난아기의 사진. 그 아기의 잠든 얼굴. 다다미 위를 열심히 기어 다니는 모습. 아버지로 보이는 남성에게 안겨 있는 모습. 1945년 무렵의 사진이니 당연히 흑백이다.

유아에서 소년으로 성장 기록이 이어질 줄 알았는데 두 번째 페이지에서 갑자기 상고머리 고등학생이 튀어나왔다. 코듀로이 재킷에 검은 바지 차림으로, 고베에 놀러갔을 때 찍었는지 연대로 보아 갓 완공했을 포트타워를 배경으로 찍은 사진이었다. 두 손을 몸 옆에 축 늘어뜨리고 어떤 표정을 지으면 좋을지 몰라 망설이는 듯했다. 얼굴이 약간 길다. 눈과 눈썹 사이가 좁아 건방진 느낌을 주지만 그건 쑥스러워서 굳어버린 표정 때문인지도 모른다. 어느 쪽인가 하면 기가 세 보였다. 같은 복장으로 롯코산 전망대에서 찍은 사진이 두 장.

그중 한 장의 모서리가 불에 타서 사라진 게 마음에 걸렸다.

세 번째 페이지에는 서너 명의 남자 친구들과 해수욕을 갔을 때 찍은 스냅사진이 세 장. 방금 보았던 고등학생은 스무 살 정도로 성장해 어느 사진에서나 환하게 웃고 있었다. 이쪽은 컬러 사진이다. 그리고 모든 사진에 불에 그은 자국이 있었다.

선 채로 앨범을 들추는 내게 미나에가 말했다.

"사진이 얼마 없고 불에 탄 사진이 몇 장 섞여 있는 건 아마 원래 앨범이 화재로 타버렸기 때문일 겁니다."

"나시다 씨는 화재를 겪었습니까? 언제, 어디서?"

"자세히 말씀해주시지는 않았지만 저희 호텔에 오기 몇 년 전에 이웃집에서 실수로 낸 불이 옮겨붙었다고 하셨어요. '가재도구도 거의 다 잃고 홀가분한 몸이 되었습니다'라고 말씀하셨습니다."

불의의 재해가 물건을 소유하지 않는 생활의 계기가 되었던 건지도 모른다. 그렇다면 어떤 계기로 인간이라는 존재의 무상함을 깨닫고 삶을 마무리했다고 생각하면 앞뒤가 맞을 것 같지만, 결론을 서둘러서는 안 된다.

앨범을 넘기자 네 번째 페이지에는 이십 대 초반으로 보이는 나시다가 있었다. 어느 여관에서 찍었는지 유카타 차림으로 창가 등나무 의자에 앉아 있다. 불에 그은 사진은 없었지만 대신 물에 붙은 흔적이 있었다. 화재 진화 후에 회수한 사진 같았다.

다섯 번째 페이지에 시선을 옮기자 엔게쓰 섬과 센조지키의 사진이 있어, 시라하마 온천을 여행했다는 사실을 알 수 있었다.

페이지를 더 넘기니 여섯 번째 페이지는 흐드러진 벚꽃을 배경으로 얼굴이 긴 백발 노인이 서 있었다. 단숨에 나이를 먹었지만 분명 앞 페이지까지 사진 속에 있던 남자와 동일 인물이다. 턱을 들고 촬영하는 사람을 내려다보고 있다. 각도가 썩 좋지는 않았지만 자세히 보니 노인의 입가에 미소가 감도는 게 나쁜 사진은 아니다. 수수한 봄철 재킷을 입고 있지만 적갈색 사냥모와 검은 바탕에 하얀 물방울무늬가 들어간 애스콧타이만큼은 멋스러웠다. 오른쪽 아래 구석에 "2014.4.15"라고 적혀 있었다.

"작년 봄, 사쿠라노미야에 있는 조폐국에서 찍은 사진입니다." 미나에가 말했다. "가게우라 선생님이 권하셔서 꽃구경을 다녀오셨을 때 찍은 사진이라는데, 저희 호텔에 오신 이후의 나시다 씨 사진은 그 한 장이 전부입니다. 사진을 싫어하시는 줄 알았는데 앨범에 소중히 붙여주셨어요."

사진은 거기서 끝나 아무것도 없는 페이지가 이어졌다. 흐드러진 벚꽃과 함께 찍은 한 장이 마지막 사진이 된 것이다. 이걸로 끝. 얇은 앨범인데 아직도 페이지가 이렇게나 남아 있다니.

니와가 말했다.

"저는 아까 나시다 씨에게 비밀스러운 구석이 있다고 말씀드렸습니다. 무엇을 추구하며 사셨는지 모른다는 점뿐만 아니라 과거가 안개에 싸여 있다는 점에서도 비밀스럽다고 말할 수밖에 없습니다."

사진 속의 노인을 가만히 바라보고 있으려니 내게 말을 걸어오는 것 같았다. 내 죽음의 진상을 굳이 조사할 필요가 있는가, 이미 끝난 일일세. 실제로는 찍으려면 얼른 찍어주시게나, 그만 됐습니까? 하고 생각했겠지만.

마지막까지 새하얀 페이지가 이어지는 것을 확인하고 앨범을 덮으려다가 손길을 멈췄다. 빛이 닿는 각도가 바뀌기 전에는 몰랐는데 맨 마지막 페이지에 위화감이 있다.

"여기에 뭔가 붙어 있었던 것 아닙니까? 뭔가…… 사진이겠지만."

페이지 색이 사진 한 장 크기만큼 희미하게 달랐다. 투명한 비닐 시트에는 몇 번 떼어낸 듯한 주름 자국이 있었다.

"말씀을 듣고 보니 그렇게도 보이는데……."

"가운데에 딱 한 장만 붙였던 것 같네요."

앨범을 들여다본 니와노 미나에도 인정했다. 장갑을 벗고 앨범 페이지를 만져보니 거기만 확실히 점착성이 약했다. 어떤 사진이 붙어 있었을까, 어째서 떼어냈을까? 나시다의 죽음과 아무 상관 없을지도 모르지만 기억해두기로 했다.

미나에가 여기까지 올라온 건 내게 앨범을 보여주기 위한 것만은 아니었다. 포목점 사장이 일어났고, 미나에의 친구가 체크인한 모양이었다. 방에 들어가지 않고 아직 로비에 있다나.

401호에서 봐야 할 건 다 봤기 때문에 바로 1층으로 내려갔다. 그러자…….

"그건 강렬했어요."

"그야 놀랄 만도 하지. 나도 깜짝 놀랐는데."

두 사람은 관엽식물로 에워싸인 라운지에서 열심히 대화를 나누고 있었다. 남자는 각진 얼굴에 통통한 몸집, 마흔 후반. 포목점 사장이라면서 기모노 차림이 아니라 붉은 터틀넥 스웨터를 입고 있었다. 흰머리를 숨기려고 그런 건지 머리카락을 연한 갈색으로 염색해 분위기가 엔카 가수 같다. 반짝이가 들어간 화려한 재킷도 완벽하게 소화할 것 같다.

미나에의 친구로 보이는 여성은 머리카락을 귓가에서 바깥

자물쇠 잠긴 남자

쪽으로 만 파마머리로 올 원피스에 굽이 높은 부츠를 신고 있었다. 옷도 신발도 모카브라운. 검은 스타킹을 신은 다리는 어린 사슴처럼 가늘었다. 인기척을 느끼고 뒤를 돌아보았는데 다람쥐 같기도 하고 너구리 같기도 한, 어쨌거나 작은 동물이 떠오르는 앙증맞은 얼굴이었다. 여성의 화장을 비평할 재주는 없지만 저 내추럴 메이크업은 수준급이리라.

"소개드리겠습니다. 이쪽이 히네노야 아이스케 씨, 그리고 고등학교 1학년 때부터 제 친구이기도 한 쓰유구치 요시호 씨입니다." 미나에는 두 사람을 가리키던 손의 방향을 바꾸었다. "이쪽이 아리스가와 아리스 씨입니다."

두 사람은 자리에서 일어나 인사를 했다. '이쪽이'라고 말하는 뉘앙스로 볼 때 내 정체도, 여기 찾아온 이유도 두 사람은 이미 알고 있는 듯했다.

"무슨 이야기를 했어?"

미나에는 호텔 오너와 숙박객이라는 입장을 덮어두고 쓰유구치 요시호에게 편한 말투로 물었다. 따뜻해 보이는 원피스를 입은 쓰유구치는 "왜, 그거 있잖아" 하고 오른쪽 어깨를 들썩였다.

"작년 이월에 내가 처음 여기 묵었던 날에 있었던 일."

"아아, 체크인했을 때……."

히네노야 아이스케가 자기를 가리켰다.

"나도 그 자리에 있었어."

밸런타인데이가 막 지났을 무렵이었다고 한다.

5

나중에 미나에가 일기를 보고 확인해준 바에 따르면 그날
은 2월 16일이었다. 시간은 오후 6시 반.

여행 가방을 끌며 호텔에 도착한 쓰유구치 요시호가 문을
열자 미나에는 프런트 카운터에서 나와 그녀를 맞이했다. 삼
년 만의 재회였다.

"어서 오세요. 욧짱, 잘 왔어."

친구 사이라 편한 말투가 나왔다.

"문턱이 조금 높은 호텔이네. 자동문도 아니고, 내부도 안
보이잖아. 리츠칼튼처럼 도어맨이 있는 것도 아닌데. 아, 미
안. 다짜고짜 불평해서."

혀를 쏙 내밀고 사과하는 친구의 등을 떠밀며 미나에는 카
운터로 향했다. 당장 체크인 수속을 하고 방 열쇠를 건넸다.

"느긋하게 지내다 가. 짐을 풀고 좀 쉬고 나서 조용히 둘이
서 디너를 들자."

자물쇠 잠긴 남자

"응. 혼자 먹는 건 쓸쓸하니까 같이 먹자. 할말 진짜 많으니까 위로해줘."

"……큰맘 먹고 잘랐네."

쓰유구치 요시호는 학창 시절부터 항상 긴 머리를 늘어뜨리고 있었는데 지금은 턱선보다 짧은 쇼트 헤어였다. 앞머리도 짧아졌고 색은 전보다 어두운 애시그레이. 그건 그것대로 어울렸지만 머리를 자른 이유가 문제다.

"실연했다고 머리를 자르다니 노래 가사에나 나오는 얘기인 줄 알았는데 정말 그런 기분이 들더라. 처음 알았어."

미나에는 말로 대답하지 않고 짧게 끄덕이기만 했다. 친구는 결혼 직전까지 간 연인에게 어느 날 갑자기 이별 통보를 받았다. 상처 입은 마음을 달래주기 위해 "우리 호텔에서 이삼일 느긋하게 쉬다 가지 않을래?" 하고 불렀던 것이다.

프런트 카운터의 전화가 울려 미나에는 재빨리 수화기를 들고 친구에게는 눈짓으로 '나중에'라고 신호를 보냈다.

"엘리베이터는 어디지?"

쓰유구치가 몸을 돌려 두리번거리는데 문이 열리면서 누군가가 들어왔다. 그 모습을 보고 그녀는 "힉!" 하고 숨을 삼켰다. 비틀거리며 들어온 사람은 사냥모에 애스콧타이를 매고 베이지색 블루종 점퍼를 입은 고령의 남자. 이마에 선혈이 철철 흐르고 있었다.

"무슨 일이세요, 나시다 씨!"

로비에서 신문을 읽으며 쉬고 있던 히네노야 아이스케가 그를 알아보고 외쳤다. 그 목소리에 프런트 안쪽에서 니와가 뛰쳐나왔다.

"조금 넘어져서. 별일 아닐세."

이마 상처 말고도 왼쪽 손등에 찰과상이 있었다. 발걸음은 멀쩡했으니 본인 말대로 심각한 부상은 아닌 듯했다. 니와는 로비 의자에 나시다를 앉혔다. 미나에는 걸려 온 전화를 끊고 손수건을 물에 적셔 구급상자를 들고 나시다에게 달려갔다.

"나한테 줘."

쓰유구치가 손수건과 구급상자를 받아 상처를 치료했다. 미나에는 간호사 자격을 가진 친구에게 맡기기로 했다. 유혈 때문에 걱정했지만 상처 자체는 작았고 머리도 다치지 않았다.

"어디서 넘어지셨어요?"

이마에 반창고를 붙인 것을 보고 니와가 묻자 나시다는 "저 앞에서"라고 대답했다.

"근처 모퉁이에서 지나가던 젊은 남자하고 어깨가 좀 부딪혔는데 '정신 똑바로 차리고 다녀!' 하고 떠밀지 뭔가. 연석에 부딪혀서 이런 데 상처가 나고 말았어. 그나저나 난폭한 사람도 다 있지. 그 녀석이 고개를 숙이고 걸어오길래 나는 몸을 돌려 피하려고 했던 건데."

나시다는 상대의 방약무인한 태도에 화가 나다 못해 기가 막힌다는 듯이 말했다.

"그런 몹쓸 녀석이! 이 부근에서 그런 일을 당하다니. 재수 옴 붙었네요."

히네노야가 더 분개하는 기색이었다.

"많이 놀라셨지요. 죄송합니다."

나시다는 화를 내기는커녕 쓰유구치를 놀라게 한 데 대해 사과했다. "아니요……." 쓰유구치는 고개를 숙였고 그 자리에 있던 모든 사람들이 나시다의 신사적 태도에 감탄했다.

"경찰에 피해 신고는 하셨습니까?"

니와가 혹시 몰라 묻자 나시다는 고개를 저었다.

"무슨, 잘못 넘어져서 그렇지 그 정도로 큰일은 아닙니다. 오늘은 운이 없었다 생각하고 말아야죠. 여러분, 신세를 졌군요. 이제 괜찮습니다."

나시다는 그렇게 말하고 자리에서 일어나 자기 방으로 올라갔다.

네 사람이 입을 모아 말한 내용을 바탕으로 다소 작가적 상상을 섞어 당시 정경을 재현해보았다. 그 자리에 있던 사람들에게는 인상적인 에피소드였겠지만 나시다의 죽음을 조사하는 데 중요한 사건은 아니고, 그의 인품을 파악하는 데에도 그리 참고가 될 것 같지는 않았다. 남몰래 은자로 하루하루를 보내는 남자에게도 때로는 해프닝이 생긴다, 그뿐이다.

"굉장히 옛날 일처럼 느껴지네요. 나시다 씨가 이 호텔에 계셨다는 것 자체가 아득한 옛날 일 같습니다. 돌아가신 지 아직 이십 일 정도밖에 지나지 않았는데."

히네노야가 침울한 말투로 말했다. 쓰유구치는 짤막하게 "아직 이십 일밖에……"라고 중얼거렸다.

"방금 아리스가와 씨에게 401호실을 보여드렸습니다." 미나에가 말했다. "나시다 씨가 정말 자살하셨는지, 경찰과는 다른 시점에서 조사해주실 겁니다. 부디 협조 부탁드립니다. 욧짱 너도."

미나에와 쓰유구치가 친구라는 사실을 단골손님인 히네노야도 알고 있으니 그의 앞에서 욧짱이라고 애칭으로 부르는 것이다. 부지배인 겸 레스토랑 치프는 업무로 돌아갔지만 미나에는 이 자리에 남았다.

"뭐든 물어보세요. 도움이 될지는 모르겠지만. 아, 앉으시지요."

히네노야가 권하는 대로 그의 앞에 앉았다. 두 개의 긴 소파가 두 개의 테이블을 L 자로 끼고 있는 라운지 공간이다. 관엽식물과 책장에 싸여 있어 이곳만 격리된 듯 차분한 분위기가 느껴졌다. 쇼와 초기 나카노시마를 찍은 세피아색 사진엽서가 여섯 장, 액자에 담겨 벽에 걸려 있었다. 사진에 찍힌 건 막 정비를 끝낸 무렵의 공원과 구 시청 등이었다. 이게 정녕 일본인가, 이게 정녕 오사카인가, 싶은 아름다운 풍경들뿐이었다. 오래된 사진엽서의 마법일까?

"돌아가신 나시다 씨를 잘 아신다고요."

내가 그렇게 말하자 온도 차는 있었지만 두 사람은 부정하지 않았다.

"호텔 직원들을 제외하면 최근의 나시다 씨와 가장 허물이 없었던 건 가게우라 씨겠지요." 히네노야가 말했다. "그다음이 저일지도 모릅니다. 작년쯤부터 이 호텔에 자주 묵어서, 자연히 만나 뵐 기회도 늘었어요. 쓰유구치 씨도 친하게 지냈죠. 나시다 씨가 아끼셨잖아요."

"그랬다고 생각하진 않는데……. 제가 밖에서 돌아왔을 때 이 라운지에 계시면 '쓰유구치 씨, 쓰유구치 씨' 하고 손짓하시곤 했지요. '불편할지도 모르지만 급하지 않다면 잠깐 어울려주겠습니까' 하고 잡담을."

"사실은 불편하셨습니까?" 그렇게 물어보았다.

"아니요. 이 호텔에 묵는 동안은 시간도 많았고, 나시다 씨는 무뚝뚝해 보여도 이야기를 나눠보면 즐거운 분이라."

"쓰유구치 씨는 첫인상부터 좋았거든." 히네노야가 말했다. "막힘없이 척척, 게다가 공손히 상처를 치료해주었으니."

"간호사로 일한 적이 있어서 몸이 멋대로 움직인 것뿐이에요."

"왕년의 솜씨라. 그 느낌이 또 좋았겠지요. 나시다 씨는 그 나이치고는 병원하고 인연이 없는 분이었으니 오히려 신선한 감동을 느꼈을지도 모릅니다."

"욧짱은 우리 호텔에 세 번째쯤 왔을 때 벌써 나시다 씨 방에도 초대받았지."

미나에가 말했다. 나시다는 이 1층 라운지에서 다른 숙박객과 종종 환담을 나누었는데, 더 가까워지면 자기 방에 초대해 함께 차를 마셨다. 안면을 트고 방에 초대받기까지 최단 기록 보유자가 쓰유구치라고 했다.

"그 방, 특이하죠."

"특이하지."

쓰유구치와 히네노야는 입을 모아 말했다. 내가 그리 느꼈던 것처럼 몇 년이나 살면서 개인 소지품이 극단적으로 적다

자물쇠 잠긴 남자

는 사실에 놀란 것이다.

"어떻게 사시는지 궁금했거든요." 쓰유구치가 말했다. "물건을 가득 쌓아두고 완전히 자기집처럼 쓸 줄 알았는데, 호텔에 이삼일 묵는 사람 같아서 김이 빠졌어요."

히네노야는 만난 지 다섯 번째 되었을 때 먼저 부탁해서 방에 들어가보았다고 한다.

"'방은 어떤 식으로 쓰고 계십니까? 혹시 괜찮으시다면 잠깐……' 그렇게 물었더니 '지저분하지만' 하고 허락해주셨죠. 지저분하기는 무슨. 불쑥 찾아갔는데 테이블 위에 읽다 만 잡지가 있는 것 말고는 깔끔하게 정리정돈되어 있었습니다. 어지럽힐 줄 모르는 성격이었겠죠. 제 방은 사흘만 묵어도 말도 못 하는데."

나시다와 어떤 대화를 했는지 물었지만 대수롭지 않은 잡담뿐이었던 듯했다. 나시다가 콘서트나 라쿠고 모임에 다녀온 감상을 이야기하거나, 히네노야나 쓰유구치의 이야기를 들어주었을 뿐, 시사 문제나 나시다의 사생활이 얽힌 화제는 나오지 않았다. 1월 13일도 마찬가지로 평소와 다르지 않았다고 한다. 뭔가 고민하는 기색도 없었다. 따라서 이 두 사람도 나시다가 자살했다는 사실에 여전히 고개를 갸웃거리고 있었다.

히네노야는 1월 10일부터 203호에, 쓰유구치는 12일부터 305호에 투숙했고, 나시다와는 매일 얼굴을 맞댔다.

"13일 밤에 나시다 씨와 저녁을 함께하셨다고 들었는데요."

내가 묻자 히네노야는 "그렇습니다" 하고 대답했다.

"요도야바시까지 어슬렁어슬렁 걸어가 가키히로에 갔습니다. 저는 불쑥 굴이 그리워질 때가 있어 '가시죠, 가시죠' 하고 권했어요. 나시다 씨, 맛있다고 기뻐하셨는데 그게 최후의 만찬이 될 줄이야."

가키히로는 도사보리가와 강에 있는 요도야바시 다리 밑에서 굴 요리를 파는 배로, 어렸을 때부터 그 배를 보며 '안에서 요리를 먹을 수 있는 곳인가 보네. 어떤 사람이 가는 걸까' 하고 생각하곤 했다. 서른네 살이 될 때까지 기회가 없어 아직도 가보지는 못했다.

"아리스가와 씨는 안 가봤다고요? 오사카 작가가 그래서야 쓰나. 다음에 함께 갈까요?"

살가운 아저씨다. 어째서 이 호텔을 자주 이용하는지 묻자 쑥스러운 듯 얼굴을 붉혔다.

"아니, 여러 사정이……." 망설이다가 입을 뗐다. "가끔 집 안이 시끄러워서요. 솔직히 말해서 부부 사이가 좀. 원인은 항상 별것도 아닙니다. 제가 심약하고 비겁한 남자라 다투면

자물쇠 잠긴 남자

냅다 집에서 달아나거든요. 피신처는 늘 긴세이 호텔이고요. 다정하게 감싸주는 호텔이라 마음이 풀립니다. 숙박은 짧으면 이틀. 길면 열흘 정도. 그러는 사이 서로 정신을 차려 상황이 마무리되는 거지요."

"여기 묵으신다는 걸 사모님도 아십니까?"

"들켰지요. 또 거기야, 하고 마음을 놓고 있으니 들이닥치거나 데리러 오는 일은 없습니다. 제가 태평하게 호텔 생활을 하는 사이 장사는 어떻게 하느냐고요? 센바*에서 3대를 이어온 '히네노야'는 아내와 아들, 가게 직원들이 잘 꾸려줍니다. 속 편한 팔자죠, 하하."

얄밉게 들리지 않는 이유는 그의 인덕 때문이라고 해야 할까. 팔자 한번 좋다는 생각은 든다. 나 같은 영세 작가는 자전거조업이라 페달을 밟는 다리를 멈추면 바로 고꾸라지고 만다.

쓰유구치 요시호가 재방문객으로 긴세이 호텔에 묵는 이유도 물어보았다. 오사카와 니시노미야에서 자란 그녀는 지금 도쿄에 살고 있었다.

"간호학교를 졸업하고 오사카 시내 병원에서 이 년쯤 일했는데 적성에 맞지 않는다는 걸 깨달았어요. 전 덜렁거리는 성

◆ 오사카 중심 업무 지구의 지명.

격이라 사소한 실수가 많거든요. 그러다가 언젠가 큰 실수를 저지를 것만 같아 무서워서⋯⋯. 보람 있는 일이고 환자분들을 만나는 것도 좋아했지만요."

당시 사귀던 애인이 도쿄로 간다기에 간호사 일을 그만두고 따라가기로 했다. 애인과의 생활은 약 일 년 만에 끝났고 그후 도쿄에서 아르바이트를 하며 혼자 살았다. 어느 날 누가 불러줘서 따라간 미팅 자리에서 그런 곳에 오는 게 이상할 정도로 조건이 좋은 의사를 만났다. 처절한 쟁탈전에서 승리해 애인의 자리를 쟁취했지만 약혼을 코앞에 두고 파국. 이유는 말해주지 않았지만 은근히 흘리는 말로 보아 인기 많은 애인이 다른 여자에게 눈을 돌린 듯했다.

"미나에하고는 고등학교 때부터 친했어요. 졸업한 후에도 가끔 연락하는 사이라 그런 사정을 털어놨더니 '우리 호텔에서 인생의 휴양을 누려보는 건 어때, 음식도 맛있어'라고 권해서 찾아왔어요. 그게 작년 이월. 일주일이나 머물고서야 기운을 되찾았죠."

"그때 긴세이 호텔의 쾌적함을 깨닫고 종종 숨을 돌리러 오시는 거군요?"

"종종 숨을 돌리러 올 만한 여유는 없어요. 실은 작년 여름에 먼 친척 아주머니가 돌아가셨는데 유산 배분을 두고 친척들끼리 아수라장을……."

못 미더운 부모님보다 말발도 서고 주장도 강한 그녀가 교섭에 참가하려고 거듭되는 친족 회의에 맞춰 도쿄에서 돌아오는 거라고 했다.

"부모님 댁에는 실직한 오빠네 부부가 얹혀살고 있어 제가 지낼 자리가 없어요. 그래서 매번 여기서."

미나에가 친구라 할인해주는 걸지도 모른다.

저마다 사연이 있어 긴세이 호텔 손님이 된 것이다. 가게우라 나미코도 오사카에 머물며 취재를 하거나 교정 작업으로 두문불출한다는 이유가 있었고, 아직 만나보지 못한 요로즈 부부의 경우 집을 리모델링하는 동안 임시 거처로 이곳에 머물고 있었다. 나시다 미노루의 사정만 수수께끼다.

14일 아침에 대해서도 묻자 일이 벌어진 9시 15분경, 히네노야와 쓰유구치는 레스토랑에서 식후 커피를 마시고 있다. 라운지로 자리를 옮겼을 때 비로소 분위기가 이상하다는 걸 깨달았다고 한다. 그리고 창백하게 질린 미나에에게 나시다의 죽음이라는 충격적인 소식을 들은 것이다.

"경찰이 사정 청취인가 하는 걸 했습니다. 나시다 씨의 최근 분위기는 어땠는지, 전날 밤에 뭔가 이상한 점은 없었는지, 그런 질문 말이에요. 제가 아는 범위에서 수사에 참고가 될 만한 건 없었습니다."

"저도 마찬가지였어요."

히네노야가 거꾸로 내게 질문했다.

"아리스가와 씨는 나시다 씨가 자살한 게 아니라고 생각하십니까? 살인 사건일지도 모른다, 범인을 찾아내주마, 하고 뛰어드신 건가요? 미나에 씨에게 들은 말로는 그 점이 분명치 않다고 쓰유구치 씨하고 이야기하던 참이었어요. 그렇죠?"

쓰유구치가 고개를 꾸벅 끄덕였다.

"네. 그런 사정이라면 히네노야 씨도 저도 용의자가 되나요? 탐탁지 않은데요."

"용의자라니, 그런 게 아닙니다."

말은 그렇게 했지만 정곡을 찔리고 말았다. 경찰관에게라면 떳떳해도 의심받을 수밖에 없을 거라 생각하겠지만 내게는 아무 권한도 없으니 그들이 불쾌하게 여기면 끝이다. 난처한 마음이 얼굴에 드러난 게 오히려 덕을 보았다.

"그런 말로 난처하게 만들면 안 되겠지요." 히네노야가 말했다. "저희도 진실을 알고 싶으니 협조를 아끼지 않겠습니다. 아리스가와 씨도 대선배 가게우라 선생님 부탁을 받고 하시는 일이니 선생님이 수긍할 만한 내용을 보고해야 할 테고."

그렇다고 해서 과도한 배려는 필요 없다.

"가게우라 선생님은 동업자이고 대선배이긴 하지만 그뿐입니다. 저는 선생님의 제자도 부하도 아닙니다. 선생님 말씀을 듣고 알지도 못하는 나시다 미노루라는 분이 이곳에서 살고, 여기서 생애를 마쳐도 좋다고 생각했다는 사실에 흥미를 느끼고 그 죽음의 진상이 궁금해진 겁니다. 속없는 구경꾼 같아서 면목이 없습니다."

"속없는 구경꾼이 어때서요. 소설가답고 좋지 않습니까."

히네노야는 그렇게 말해주었지만 쓰유구치는 미나에에게 "괜찮은 거야?"라고 물었다. 자살로 처리된 사안이 타살로 번복되면 호텔이 타격을 입지 않겠느냐고 말하고 싶은 것이다.

대답은 "괜찮아"였다.

"미나에는 처음부터 나시다 씨가 자살할 리 없다고 굳게 믿었지. 이해득실은 차치하고 진실이 궁금한 거구나. 알았어, 더는 묻지 않을게."

내가 밤까지 여기에 있을 거라고 하자 히네노야가 식사를 권했다. 쓰유구치와 셋이서 레스토랑 디너를 먹으며 이야기를 나누자는 것이었다. 고마운 제안이라 기꺼이 승낙했다.

체크인한 쓰유구치가 아직 방에 짐을 옮겨놓지 못했다는 사실을 뒤늦게 깨달았다. 시간을 빼앗은 점을 사과하자 "히네노야 씨하고 이야기하고 있었으니까요"라고 미소를 지었다.

여행 가방을 끌며 엘리베이터로 향하는 쓰유구치를 지켜보는데 벽에 걸린 태피스트리가 눈에 들어왔다. 아까 그 옆을 지났지만 위층으로 안내해주는 니와와 이야기하느라 그런 게 있는 줄도 몰랐다. 나는 자연히 그쪽으로 걸어갔다.

가로로 긴 디자인으로 크기는 싱글 침대보다 조금 작은 정도. 아래쪽 3분의 1은 짙은 남색 바다로, 야자나무가 뻗은 섬의 실루엣이 호젓하게 떠 있다. 그 위에 펼쳐진 맑은 밤하늘을 은색 별 하나가 비스듬히 가로지르고 있었다. 구도도 표현도 마치 동화처럼 소박하면서도 오묘한 정취가 있어 보고 있노라니 꿈속으로 빨려 들어갈 것만 같다.

"긴세이 호텔의 심벌 중 하나입니다. 아버지가 디자인하고 작가에게 의뢰해 짠 건데 창업 때부터 여기에 걸려 있습니다."

미나에가 내 뒤에서 말했다. 처음 태피스트리를 걸었을 때는 색조가 훨씬 더 선명했으리라.

'이 섬에서 죽는 것도 나쁘지 않지.'

나시다는 나카노시마에 이 환상의 섬을 빗대어 그런 마음을 품었던 건지도 모른다.

6

손님이 줄줄이 찾아와 체크인을 하고 레스토랑도 준비 때문에 바빠지기 시작했지만 나는 짬짬이 종업원들을 만나 이야기를 들으며 돌아다녔다. 물론 미나에가 미리 언질은 주었다.

먼저 디너 타임에 들어가기 전에 셰프에게 이야기를 들었다. 다른 호텔에서 옮겨와 근속 칠 년 차. 완고한 장인 스타일의 그는 주방 구석에서 질문에 응해주었다. 그와 나시다는 레스토랑 안에서 이따금 몇 마디 나누었을 뿐이라 어떤 인물인지는 잘 모른다고 했다. "'잘 먹었습니다. 오늘도 맛있게 먹었습니다'라고 자주 칭찬해주셨습니다"라고 했다.

근속 오 년 차라는 프런트 담당 미즈노 유키도 상황은 비슷했다. 손님에 대해 주절주절 떠드는 것은 금기라는 호텔리어의 본능이 작용한 탓인지 그녀의 입은 다소 무거웠다.

또 한 사람, 13일에 야근을 했던 근속 칠 년 차 다카히라 가즈키의 이야기도 들을 수 있었다. 그의 증언이 가장 중요할 것 같았는데, 밤에 수상한 사람의 출입도 없었고 이상한 소리도 듣지 못했다고 한다.

"의심 가는 점이 있다면 오너나 지배인의 양해를 얻어 CCTV 기록을 확인해보시지요."

새침한 얼굴로 어딘가 차가운 인상마저 감도는 다카히라가 사무적인 말투로 말했다. 딱히 그의 증언을 의심하는 것은 아니다. 조금 무기질적이고 인간미가 부족한 말투이기는 하지만 이런 타입의 호텔리어를 신뢰하는 손님도 있을 것이다.

CCTV에는 관심이 있었지만 가쓰라기 부부가 둘 다 바쁜 것 같아 지금은 부탁하기 어려웠다. 그걸 본다고 자살이 타살로 뒤집히는 것도 아닐 테니 다른 날에 보여달라고 하면 된다.

6시 50분이 되자 라운지 소파에 앉아 히네노야 아이스케와 쓰유구치 요시호가 내려오기를 기다렸다. 7시부터 디너를 먹을 예정이기 때문이다. 활자 중독자인 나는 그 틈을 이용해 옆에 있는 책장에 꽂힌 책을 둘러봤다. 관광에 도움이 되는 가이드북을 필두로 화조풍월이나 세계의 절경을 모티프로 한 사진집 아니면 호텔에 관한 자료겠지 했는데 나카노시마 부근에 관한 책이 주를 이루었다. 미야모토 데루의 『진흙탕 강』이나 도가시 린타로의 『도지마 이야기』와 같은 소설부터 사비로 요도야바시 다리를 세운 호상豪商 요도야나 나니와의 거상들, 덴진 축제 관련서, 근대 건축 사진집 등등. 장기 체류하는 손님을 위한 서비스인지 "자유롭게 객실로 가져가셔도 됩니다"라는 친절한 표시가 있었다.

굵직한 일을 정리하고 이 긴세이 호텔에 느긋하게 묵으면 얼마나 즐거울까? 아침에는 세상 사람들보다 늦게 일어나 샤워를 하고 맛있는 조식(가게우라가 말하길 죽이 일품이란다)을 먹고, 이곳 소파에 기대어 평소 읽지 않는 책을 읽는다. 마음 내키는 대로 '섬 안'을 산책하고, 미술관이나 과학관에서 한낮을 보내고, 방에 책을 가져와 침대에서 읽고, 밤에는 프렌치 디너. 섬에서 나가면 기타신치나 우메다도 가깝다. 그런 도심 속 리조트라는 극락을 체험해보고 싶다.

낯선 책이 있었다. 『안개 속에 가라앉는 전함 미래의 성』이라는 제목으로, 저자는 후쿠다 기이치. 나카노시마와 전함이 어떻게 연결되는지 궁금해 집어보니 상당히 낡은 단행본으로 위아래는 물론이고 단면이 전부 누렇게 바랬지만 비닐 커버가 있어 띠지는 고이 남아 있었다. 읽어보고 아연실색했다.

"서일본국 독립 만세! '전함 미래의 성' 만세!" 오사카 나카노시마는 서일본의 긍지, 첩첩이 이어지는 빌딩숲, 산과 물에 둘러싸인 서일본은 아름다운 나라 — 그리웁구나, 긴키의 저편에서 구름이 일고 광채가 넘치도다.

이것만 봐서는 무슨 내용인지 도통 모르겠지만 띠지 뒤에 줄거리가 적혀 있었다. 작중에서는 서일본이 일본국에서 독립해 세키가하라에 국경선이 생기는 모양이다. 이런 설정으로 소설을 쓰는 작가는 오사카 출신밖에 없다. 그래서 독립한 서일본국이 어쩌나 하면 나카노시마를 대대적으로 개조해 거대한 전함으로 만든다나. 어찌나 장대한 허풍인지!

이건 뭐야. SF인가? 1975년 발행인가, 하고 판권 페이지를 보는데 머리 위에서 목소리가 내려왔다.

"그거 재미있습니다."

히네노야였다.

"읽어보셨어요?"

"예. 어떤 얘기인가 하고 방에 가져갔다가 단숨에 읽었습니다. 규슈를 제외한 서일본이 일본에 반기를 들고 독립국이 되거든요. 서일본국이라는 이름이 뭔가 비굴하게 느껴져서 하다못해 야마토국이라고 하면 어떤가 싶었죠. 그래, 이 나카노시마가 또 엄청납니다. 미래의 성이라는 전함으로 개조하는데, 나라나 교토의 국보로 태양의 탑까지 쌓아올린답니다."

"어째서 전함에 그런 걸?"

"그게 영 수상쩍어요. 미래의 성이 도쿄로 향하는데, 전쟁을 하러 가는 건지, 서일본국의 독립 자체가 일본국의 음모라 국보를 빼돌리러 가는 건지 잘 모르겠단 말입니다."

"나카노시마를 전함으로 개조해도 바다로 못 나가잖아요.

선체가 어딘가에 걸리고 말 텐데요."

"그 점은 빈틈없이 설명이 붙어 있어요. 선체를 깎아내거나, 아지가와 강 초입을 넓혀서 오사카 만까지 나갈 수 있도록 만들거든. 전함 미래의 성이 짙은 안개 속에서 출항하는 장면이 클라이맥스입니다."

"허. 그래서 어떻게 되나요?"

"아리스가와 씨. 모처럼 책을 집었으니 읽어보지 그러십니까?"

지당한 말씀. 대단히 옳은 의견이다.

쓰유구치 요시호가 내려와 일단 책을 책장에 도로 꽂았다. 함께 코멧으로 들어가자 테이블은 반이 좀 넘게 차 있었다. 조금만 지나면 만석이 되는 모양이다. 이름을 말하기도 전에 종업원이 구석 자리로 안내해주었다.

"어서 오십시오. 공교롭게도 두 개밖에 없는 개별실이 예약으로 꽉 차서."

니와 야스아키가 다가와 미안한 기색으로 말했다. 사전에 말하지 않았으니 어쩔 수 없는 일이다.

"여기도 괜찮습니다. 좋은 자리네요. 오늘도 맛있는 음식 부탁드릴게요."

포목점 주인이 쾌활하게 말하자 레스토랑 치프는 알겠다는 듯이 가슴에 손을 얹었다. 관록이 지나치게 배어 나오지 않도록 몸짓을 작게 하는 듯했다.

"히네노야 님과 쓰유구치 님이 좋아하시는 수프도 준비해 두었고, 스테이크는 고급 사가산 육우가 들어왔습니다. 그럼 모두 편한 시간 되십시오."

니와와 교대하듯 종업원이 와인 리스트를 들고 다가왔다. 히네노야가 와인에 박식한 것 같아 그에게 일임하자 코스 메뉴를 확인한 뒤 세 번 복창해도 기억 못 할 이름의 보르도 와인을 주저 없이 주문했다.

건배한 뒤에 바로 나온 아뮈즈부슈와 그에 이어지는 오르되브르, 콩소메 줄레를 곁들인 당근 무스와 닭고기 파테를 먹으며 히네노야는 나시다 이야기를 화제로 올렸다. 내가 그 이야기를 듣고 싶어 해서 신경을 써준 것 같다.

"나시다 씨가 이곳 생활을 정말로 즐겼는지 솔직히 잘 모르겠습니다. 유유자적을 뛰어넘어 지나칠 정도로 우아한 생활은 왠지 지옥처럼 느껴지기도 하거든요. 저는 이곳을 피난처로 삼아 태평하게 지내곤 하는데, 그건 언젠가 일상으로 돌아갈 게 확실하기 때문에 가능한 일입니다. 끝이 없다면 아무래도 괴롭죠. 어떤가요?"

히네노야가 고개를 쭉 내밀어 쓰유구치에게 물었다.

"히네노야 씨 말씀도 이해해요."

"아, 그게 다예요?"

"나시다 씨가 어떻게 생각하셨는지 다른 사람들은 알 도리가 없죠. 하지만 괴로워 보이지는 않았어요. 쓸쓸한 표정을 지을 때는 있었지만."

"어떨 때 그랬나요?" 내가 그렇게 물었을 때 전복 그린피스 수프가 나왔다. 벌써부터 전복이라는 에이스급 카드를 꺼내다니. 침샘이 오그라들 정도로 맛있다.

"여기서 혼자 커피를 마실 때나, 사색에 잠긴 얼굴이 쓸쓸해 보였어요."

그런 모습은 누구나 쓸쓸하게 비치는 법이다. 사람이 숭고해 보이는 것도 고독하게 혼자 있는 순간이다.

"그게 고독이라는 거야." 히네노야가 말했다. "나시다 씨가 그런 표정을 지을 때도 있었지요. 항상 그랬던 건 아닙니다. 라운지에 홀로 앉아 미나에 씨를 비롯한 호텔 직원들이 일하는 모습을 온화한 눈으로 바라볼 때도 많았어요. 기본적으로 사람을 좋아했던 것 아닐까요."

"봉사 활동으로 사람들하고 교류하셨죠." 쓰유구치가 동의했다. "사람을 좋아해서, 외로운 게 너무 싫어서 호텔에서 살았던 걸까요?"

"음, 그러게. 쭉 혼자서 호텔에서 살다니 외롭지 않나 생각한 적도 있는데, 쓰유구치 씨 말이 맞을지도 몰라. 나시다 씨에게는 호화로운 저택이나 고급 맨션을 살 재력이 있었던 모양이지만 그런 곳에서 혼자 사는 것보다 호텔에서 사는 게 활기 넘치는 분위기를 접할 수 있고 여러 종업원들하고 친하게 지낼 수도 있으니까요. 제가 소란스러운 일상을 피하려고 호텔로 피신하는 것과는 반대군요."

일리는 있지만 나시다의 행동이 그것만으로 설명이 될 것 같지는 않아 그 문제에 대해 거듭 고찰하기로 했다.

"여기서만 하는 말인데……." 히네노야가 목소리를 낮추었다. "저 말입니다, 인사를 나누고 바로 나시다 씨 이름을 인터넷으로 검색해본 적이 있어요."

"어째서 그런 짓을?"

쓰유구치가 물었지만 의도는 명백했다.

"수수께끼의 인물, 나시다 미노루의 과거를 캐려고 그랬지요. 드문 이름도 아니니 몇 개는 검색이 됐습니다. 미노루라는 이름은 쇼와 20년대 초반에는 남자 이름 중에서 가장 흔했다고도 하고요. 하지만 모두 동성동명의 다른 사람이었고, 여기 살았던 나시다 씨에 관한 정보는 전혀 나오지 않았어요."

"히네노야 씨, 남의 과거를 캐다니 뭔가 기대했던 것 아니

자물쇠 잠긴 남자

에요?"

"그야, 뭐."

나는 잠자코 두 사람의 대화를 들었다.

"까놓고 말해서 뭔가 사건이나 사고에 얽힌 적이 있지 않을까 싶어 조사했습니다. 특히 사건."

"범죄 말씀이지요? 나시다 씨가 중대한 사건의 범인으로 지명수배를 당했다고 생각하셨나요?"

"예, 그런 망상도 했지만……. 범인으로 도주중이었다면 호텔에서 조용히 살았다는 상황과 모순되지 않잖아요? 경찰에 들키지 않은 사건이라면 인터넷으로 검색해도 결과는 없을 테고요. 아, 나시다 씨를 범죄자로 취급하고 싶은 건 아니니 오해는 마십시오."

"범죄자가 아니면 뭡니까? 어느 나라 스파이?"

"우와, 훨씬 위험한데. 하지만 스파이라면 호텔에 살지 않고 자연스럽게 시민으로 녹아드는 생활을 하지 않겠습니까? 결혼해서 가정을 가진 자도 있다고 하고, 위장하려고 제대로 된 직업도 가지잖아요. 다양한 의미에서 눈에 띄지 않는 게 중요하니까요. 그게 스파이의 철칙이지요."

"혹시 센바의 포목점 주인이라는 건 세상을 속이기 위한 히네노야 씨의 거짓 모습인가요?"

"쉿! 목소리가 커요, 쓰유구치 씨."

나시다와 달리 히네노야 아이스케나 쓰유구치 요시호는 이 호텔에 살았던 건 아니니 가끔 체류 기간이 겹쳤을 때만 만날 수 있는 처지라, 얼굴을 마주하는 건 오늘로 세 번째라고 한다. 그렇게 보이지 않는 편안한 모습은 분명 히네노야의 살가운 캐릭터에 기인하는 것 같다. 아내와는 원만하지 않다지만 가게 고객은 저런 태도로 대하고 있으리라.

생선 요리는 뜻밖에도 개구리 다리 소테. 이게 푸아송으로 나오다니 배움이 부족해 예상을 못 했다. 맛은 완전히 치킨이었다. 그건 그렇고⋯⋯.

나시다가 지명수배자였다면 경찰이 놓칠 리 없는데, 그에게 범죄 경력이 있었다면 어떨까? 이쪽이 훨씬 그럴싸하다. 소유물을 깡그리 처분하고 세상을 등진 채 봉사 활동에 힘쓰는 삶은 일종의 속죄 같기도 하다. 도망자나 스파이는 봉사 활동을 하지 않는다.

나시다에게 범죄 경력이 있다면 당연히 어딘가에 피해자가 존재할 테고, 그 인물이 지금까지 원한을 품고 있었다면 나시다를 살해할 동기를 가진 사람이 있다는 뜻이 된다. 그 인물이 나시다가 사는 곳을 찾아내 1월 13일 밤, 긴세이 호텔 401호를 찾아왔거나 침입했을 가능성은⋯⋯ 없나. 경비 회사 보안 시스템이 반응하지 않았으니까.

하지만 범죄 경력이 있다면 나시다가 본인에게 자물쇠를 걸고 누구에게도 과거를 털어놓으려 하지 않았다는 점을 설명할 수 있고, 정말 화재로 타버렸을지도 모르지만 앨범 사진에 커다란 결락이 있는 것도 수감 생활 때문이었다고 의심해 볼 수도 있다. 타살설을 채용한다면 무시할 수 없는 일인데, 경찰이 과연 거기까지 조사했을까?

답은 명백하다, 조사하지 않았다. 경찰이 조사한 것은 나시다의 죽음이 자살인가 아닌가 하는 점이고, 처음부터 자살로 기울어 있었다면 죽은 자의 경력까지 조사했다고 보긴 어렵다. 나시다의 범죄 경력을 내가 추적 조사할 수도 없으니 시게오카나 오사카 부 경찰 누군가에게 의논할 수밖에 없겠다.

지금 여기서는 어쩔 도리가 없으니 히네노야와 쓰유구치가 대답할 수 있는 질문을 하는 게 건설적이다.

"나시다 씨가 돌아가신 날 숙박하신 시카우치 마리카 씨는 어떤 분인가요?"

14일 아침, 9시 반 전에 외출한 손님 중 한 명이다. 오늘도 숙박하는 터라 8시쯤 돌아온다는데 이름밖에 듣지 못했다.

"뮤지션입니다."

히네노야의 말에 쓰유구치가 덧붙였다.

"아리스가와 씨는 들어보신 적 없어요? NHK〈뉴스 워치 9〉에서 소개한 적도 있는데."

그건 미처 몰랐다. 전국 뉴스에서 소개할 만큼 유명한 음악가였나.

"장르는 뭔가요?" 그렇게 묻자 두 사람은 얼굴을 마주보았다.

"오페라 아리아인지 찬미가인지를 연주한다니 클래식인가?"

"찬미가는 클래식도 아니고, 동요나 라틴 음악도 연주한다고요."

어쩐지 감이 왔다.

"특수한 악기로 여러 장르의 곡을 연주하나 보군요. 시카우치 마리카 씨는 뭘 연주합니까?"

히네노야는 활로 첼로를 연주하는 시늉을 하더니 첼로가 아닌 것을 말했다.

"톱요."

뮤지컬소musical saw인가. 아유카와 데쓰야의 『증오의 화석』에 나와서 알고 있다. 밀로시 포르만 감독의〈뻐꾸기 둥지 위로 날아간 새〉에서도 인상적으로 사용되었고, 그 외에도 드라마나 광고에서 이따금 듣는다. 오사카에서는 만담꾼 요코야마 핫브러더스로 설명하면 바로 알아들을 것이다. 핫브러더스는 바이올린처럼 톱의 등 부분을 활로 켜는 게 아니라 편평한 부분을 채로 두드리는 주법을 쓴다.

시카우치 마리카는 뮤지컬소 연주가로 십 대 때부터 라이브 활동을 해왔다. 몇 년 전 어느 레코드 회사에서 CD를 발매했는데 예상외로 인기를 끌어 전국 뉴스에 나오기에 이르렀다고 한다.

"굉장히 좋아요." 쓰유구치가 눈을 반짝였다. "오묘하고 향수를 불러일으킨다는 캐치프레이즈 그대로예요. 본인도 멋진 분이라 텔레비전 인터뷰에 '저보다 훌륭한 연주가가 많이 계시고, CD가 팔리지 않는 요즘 시대에 이런 게 인기를 끌 줄은 꿈에도 몰랐습니다. 세상 사람들의 소비 활동은 예측할 수가 없군요'라고 남 일처럼 말하는 것도 어쩐지 아티스트 같아서 멋졌어요. 언론에는 정보가 나오지 않았지만 요즘 이 긴세이 호텔에서 살고 있답니다."

내가 몰랐다는 사실을 변명하는 건 아니지만 공전의 대히트를 친 건 아닐 것이다. 그래도 화제성은 있으니 요즘 발길이 뜸했던 CD 가게에 가면 좋은 자리에 진열되어 있을 게 분명하다.

"시카우치 씨도 나시다 씨를 잘 알고 계셨습니까?"

"나시다 씨를 잘 아는 사람은 어디에도 없어요." 히네노야가 정정했다. "죄송합니다, 말꼬리를 잡고 말았네요. 두 분이 이야기를 나누는 걸 몇 번 보았습니다. 화기애애한 분위기는 아니었지만."

험악한 분위기였나 했더니 그런 것도 아니었다. 시카우치 마리카는 까다로운 성격인 것 같다.

"나시다 씨는 음악을 좋아했던 모양이라, 의외로 세대를 초월해 이야기가 잘 통했을지도 몰라요. 한번은 두 분 옆을 지나는데 '제 방에 와서 한 곡 연주해주신다면 감격스러울 텐데', '거절하겠습니다'라는 대화가 들려서 그만 웃을 뻔했어요."

"가차없는 공격이네." 히네노야가 실실 웃었다.

식사가 이어졌다. 메인 요리인 사가산 육우의 립로스 스테이크(이 레드와인 소스의 이름도 히네노야는 술술 읊었다)가 나올 무렵에는 8시가 넘었다. 슬슬 시카우치 마리카가 돌아올 때가 되었나 생각하면서 요리를 즐겼다. 이렇게 훌륭한 만찬을 먹을 수 있다니 뜻밖의 행복에 임무를 잊어버릴 뻔했다. 디저트 왜건이 와서 바닐라 아이스크림과 초콜릿 케이크를 골랐다.

"아리스가와 씨, 본격적으로 수사하려면 이 호텔에 묵으시는 게 어떻습니까?" 히네노야가 말했다. "며칠 묵어보면 나시다 씨가 어떤 마음으로 생활했는지 보일지도 모르잖아요."

쓰유구치가 찬성했다.

"그거 좋을지도 모르겠네요. 가게우라 선생님처럼 호텔에서 소설을 쓰면서 탐정 활동을 하면 되잖아요."

"생각해보겠습니다." 그렇게만 대답했다. 그 정도는 아닙니다, 라고 말하려다가 재미있을 것 같아 마음을 바꾼 것이다.

디저트를 먹는데 니와가 다가와 우리에게만 들리는 작은 목소리로 "오늘밤 디너는 저희 호텔 서비스입니다"라고 말했다. 자기가 다 낼 생각이었던 듯한 히네노야가 "아니, 아니" 하고 고개를 젓다가 호텔의 호의도 다 이유가 있는 법(내가 말하는 것도 뻔뻔하지만)이고 거절하는 것도 실례라 생각했는지, 모두 사이좋게 긴세이 호텔의 대접을 받기로 했다.

식후 커피를 즐기고 레스토랑에서 나오니 9시가 넘었다. 프런트에 있는 지배인과 다카히라 가즈키에게 시카우치 마리카가 돌아왔는지 묻는데 때마침 본인이 힘차게 들어왔다.

"어서 돌아오십시오, 시카우치 님. 잠시 괜찮으실까요?"

귀공자, 가쓰라기 다카시가 대신 말해주었다.

"무슨 일인데요?"

뮤지션은 옆에 있는 나는 거들떠보지도 않고 물었다. 핑크 베이지로 염색한 매시 쇼트 파마머리 밑에 길쭉하고 날카로

운 눈. 입가는 야무지고 턱은 살짝 위로 치켜들고 있다. 앞을
풀어헤친 검은 다운재킷 밑에는 데님셔츠. 저런 차림으로 안
추운가 걱정스럽다. 키는 별로 크지 않은데 바짓단을 부츠 속
에 넣은 다리가 늘씬하니 길었다.

아직 이십 대 중반이리라. 쓰유구치가 매력적이다, 멋지다
는 말을 연발하기에 설마 우리보다 젊을 줄 몰랐다.

"사실은 나시다 미노루 님 일로……."

지배인이 내 이름을 거론하자 그제야 이쪽을 돌아보았다.
노려본 건 아닐 텐데 눈매가 매섭다.

"나시다 씨에 대해 특별히 아는 건 없습니다. 그렇게 자기
인생을 끝낸 이유도 짐작 가는 바가 없습니다. 피곤하니 실례
하겠습니다."

내가 "그러십니까"라고 말을 마치기도 전에 엘리베이터 쪽
으로 휙 가버렸다. 정중하다고 할 수는 없지만 대답은 제대로
해주었고 저 정도로 확고하게 행동하니 시원스러울 정도다.
실제로 정말 피곤한 걸지도 모르고.

당혹스러운 표정의 다카시에게 말했다.

"다시 이야기를 들어볼 기회가 있을지도 모르니 오늘은 이
걸로 충분합니다. 첫날치고는 많은 분들께 여러 이야기를 들
을 수 있었습니다."

자물쇠 잠긴 남자

그렇다, 아직 첫날. 가게우라 나미코에게 "당신에게 맡기겠다"는 말을 들은 지 마흔여덟 시간밖에 지나지 않았다. 진실을 탐구하는 나의 수사는 이제 막 시작되었다.

제3장
그 잔영

1

다음날 2월 2일.

나카노시마가 강에 떠 있는 배라면 그 뱃머리는 바다 반대쪽을 향하고 있는 셈이다. 지난날 장미원 앞에 군함 돛대가 우뚝 솟아 있던 동쪽 언저리에 비해 서쪽 언저리는 보기에도 살풍경하고 눈에 띄는 건물 하나 없이 뚝 떨어져 있었다. 근자에는 강과 바다가 만나는 자리에 활기를 불어넣으려는 움직임이 일어, 물가에 테라스 카페나 소형선 계류 시설이 생기기도 하고 야간 조명이 강가를 장식하는 등 나카노시마 게이트 에어리어라는 게 자리잡고 있다.

나시다 미노루가 매주 목요일에 다녔던 사립 종합병원은

섬의 북서쪽에 있었다. 오늘의 수사는 거기서 나시다와 함께 외래환자 접수를 보조했던 사람들의 이야기를 듣는 것으로 시작했다. 오전 11시 이후라면 외래환자 안내도 어느 정도 끝났겠지 싶어 배려한 건데 규모에 비해 자원봉사자가 많아서 여유로웠다. 찾아온 이유를 병원에 말하자 한마디씩 하려는 사람들이 와글와글 모여들었다.

"나시다 씨, 왜 죽었을까. 신문에서 소식을 봤을 때는 어찌나 충격이 크던지."

"며칠 전에는 기운이 넘쳤는데. 사람 목숨이라는 게 다 부질없어."

"외로웠던 걸까? 우리가 희희낙락 손주들 이야기하는 걸 웃으며 들어주었는데."

나를 에워싼 나시다의 동료들은 대개 육십 대 중반부터 70세 정도. 나시다와 같은 세대로 정년퇴직 후에 봉사 활동을 시작한 지 얼마 되지 않았다는 남성이 유독 상심한 기색이었다.

"그분이 익숙하지 않은 제게 친절하게 이것저것 가르쳐주셨거든요. 상냥한 분이다 싶었지요. 떠나시다니 정말 섭섭하네요."

그가 거듭 말했다.

"아이들이 장난치며 뛰어다니면 '여기는 병원이란다' 하

자물쇠 잠긴 남자

고 정중하게 타일렀는데, 도를 넘어서 떠드는 아이는 따끔하게 야단을 쳤어요. 화를 내는 게 아니라 야단요. 야단을 친 다음 '이해했니? 고맙구나' 하고 칭찬하는 거죠. 교육이 완벽해 그런 모습을 본 아이 부모가 '야단쳐주셔서 감사합니다' 하고 감격할 때도 있었답니다."

우수한 자원봉사자였던 것이다. 또 동료들과 점심을 먹거나 귀갓길에 다 함께 차를 마실 때 잡담에 끼어 농담을 하거나 세태를 한탄하는 일도 있었다고 한다.

"농담이라고 해도 순 서툰 말장난뿐이었지요. 하지만 누구를 업신여기거나 놀리는 게 아니었으니 제일 뒤끝이 없었지. 세태를 한탄하거나 걱정하는 것도 흔히들 하는 넋두리고. '불쾌한 뉴스가 많네요' 이런 식으로요. 그러고 보니 어제도 끔찍한 뉴스가 있었죠."

시리아에서 납치당한 저널리스트 고토 겐지 씨가 살해당했다. 그 상황이 새벽에 인터넷에 공개되어 아베 총리가 아침 일찍 회견을 열었다. 어제는 일본 전체가 침통한 슬픔에 싸인 날이었다.

"나시다 씨가 이따금 불평을 할 때도 있었어요. 몸이 안 좋아 전철에서 자리를 좀 양보해달라고 했더니 젊은 여자가 따지고 들었다거나, 식당에서 나온 음식에 벌레가 들어 있어 주의했더니 직접 넣어놓고 시비 거는 것 아니냐고 의심하는 눈초리로 봤다거나. '이쪽에 잘못이 없어도 불쾌한 일을 당하는 건 피할 수가 없군요' 하고 탄식하셨습니다."

젊은 남자에게 떠밀려 다친 이야기를 한 적은 있는지 물어보았다.

"있었지요. 이마에 반창고를 붙이고 계시기에 무슨 일인지 물었더니 '나카노시마에서 웬 청년이 떠밀어 넘어졌습니다'라고 했습니다. 생각만 해도 불쾌해하시는 것 같아 '운이 없었네요'라는 말밖에 하지 못했습니다."

그 일은 이번 사건과 상관없다고 생각하면서도 마음에 걸려서 물어보았는데, 미나에 일행에게 들은 것 이상의 정보는 얻을 수 없었다. 마음에 걸린다고 하니 또 한 가지.

"나시다 씨는 옛날이야기를 잘하지 않으셨다는데, 혹시 화재를 겪었다는 말씀은 하신 적이 있나요?"

두 여성이 반응했다.

"있어요, 있어요."

"화재 말이죠. 들은 적이 있어요."

"응. 어디서 방화범이 잡혔을 때 화재는 무섭다는 이야기를 했더니 '저는 화재로 집이 불탄 적이 있습니다'라고 하셨어요."

"옆집 불이 옮겨붙었댔지?"

"맞아, 운이 없었던 거지."

"언제냐고요? 오사카에 오기 전이라고 하셨으니…… 한 육칠 년 됐으려나?"

"히로시마 쪽에 살았을 때라는 말도 들었지."

지배인 부부에게 주고쿠 지방에서 양판점을 했다는 이야기를 한 적이 있다는데 히로시마에서 살았던 건가. 아니, 그런 것치고는 '히로시마 쪽'이라는 어중간한 표현이 왠지 수상해 그대로 받아들이기 꺼려졌다.

"빌린 집이라 다행이었다는 식으로 말했는데, 가재도구가 다 타버렸다니 손해가 막심했겠지."

"'보험을 들어놓은 게 천만다행이었습니다'라고 하긴 했는데."

히로시마에서 경험했다는 화재가 나시다의 죽음에 이제 와서 관계가 있을 것 같지는 않아 수사에 성과는 느낄 수 없었다.

"지나간 일은 전부 흘려보내는 것 같았지."

"떠내려가지 않은 게 있었던 것 아닐까? 그래서 그렇게……."

두 여성의 표정이 어두워졌다.

나시다가 호텔 생활을 하는 이유에 대해 친해진 뒤에 본인에게 물어본 적도 있다고 했다. 아까의 남성이 울적한 목소리로 말했다.

"'안전하고 안심이 되거든요. 그거면 다른 건 아무것도 필요없습니다'라고 했습니다. 물론 다른 사람이 방 청소를 해주거나 엘리베이터로 1층에 내려가면 언제든 식사를 할 수 있는 편리함도 중요했을 거예요. 나중에 요양 서비스가 있는 고령자 시설로 옮길 생각이 있는지 물었더니 '아직 생각해본 적 없다'고 대답하더군요."

한 여성이 말했다.

"호텔에서 인생을 마치고 싶었던 것 아닐까? 그런 뜻으로 물었더니 '아예 나카노시마라는 섬에 뼈를 묻는 것도 좋을지 모릅니다'라고 말한 적이 있어요. 그게 아무래도 진심 같았거든. 그랬더니 옆에서 듣고 있던 H씨가 재수없는 소리를 해서……."

다른 여성이 재빨리 끼어들었다.

"H씨? 아아, 그 사람? 후쿠하라 씨니까 F씨 아니야?"

"아이고, 말해버리면 어째. 아무튼 그 F씨가 쓸데없는 소리를 했어요. '확실히 나카노시마에는 산부인과를 갖춘 큰 병원부터 도서관, 관청, 은행, 신문사까지 다 있어서 오사카 대학이 있었을 때는 그 안에서 일생이 완결된다는 말까지 들었지만, 딱 하나 없는 게 있다오. 묘지가 없어'라고."

"제 딴에는 재미있는 소리를 했다고 생각했겠지. 나시다 씨는 '그러네요' 하면서 조금 아쉬워하는 기색이었어요."

어쩌면 진심으로 아쉬웠던 건지도 모른다.

2

문에 작은 창이 달린 부스 다섯 개가 나란히 있어 안을 들여다보니 책상에 앉은 사람의 뒷모습이 보였다. 머리에는 헤드셋을 쓰고 있어, 가본 적은 없지만 코인 노래방을 떠올리고 말았다. 하지만 여기 있는 사람들은 남에게 아랑곳없이 노래로 자아도취에 빠져 있는 게 아니라, 반대로 중책을 맡아 노심초사하고 있는 것이다. 오른손으로는 마이크가 아니라 노트에 펜을 휘두르고 있고, 페트병에 담긴 차를 한 모금 마시고 응응, 하고 고개를 끄덕이는 사람도 있었다. 정면의 벽에는 코르크 보드가 있었는데 핀으로 꽂은 메모가 가득했다.

"이런 식으로 스물네 시간 체재로 임하고 있습니다. 어려운 문제가 날아들 때도 있고, 겨우 연결된 전화를 '오래 기다리셨습니다' 하고 받아보면 장난이나 비방일 때도 있습니다. 굳건한 사명감을 가진 인내심 강한 분이 아니면 할 수 없는 일이에요. 고민을 들어주는 기술이 필수인 건 말할 필요도 없지요."

　NPO 법인 오사카 고민 전화 상담 센터 '등불'의 사무국장 우에모토 히로코가 담담하게 설명하는 것을 나는 얌전히 듣고 있었다.

　"상담원은 정신적으로 지치지 않나요?" 그렇게 물어보았다.

　"절박한 상황에서 상담을 요청하는 분도 있으니까요. 기술이 뛰어나고 정신적으로 강인해도 인간의 집중력에는 당연히 한계가 있습니다. 여기서는 6교대제로 규정상 네 시간마다 다음 스태프와 교대합니다."

　내 어머니뻘인 우에모토 사무국장은 왜소하고 머리 위치가 나보다 삼십 센티미터는 더 바닥에 가까웠다. 나란히 서면 어쩔 수 없이 정수리를 굽어보게 된다. 이목구비도 오밀조밀해 이십 년쯤 지나면 굉장히 귀여운 할머니가 될 것 같다.

　"기술을 연마하기 위한 연수가 있다고 들었는데, 당연히 나시다 미노루 씨도 수강하셨겠지요?"

　"예. 카운슬링 기초부터 실천 방법까지, 일주일에 한 번 있는 강습을 이 년 동안 받아야 하는데 단 한 번도 결석하지 않고 수료했습니다. 나시다 씨의 열의를 느꼈지요."

　나시다가 이곳 등불의 상담원이 된 것은 삼 년 전. 긴세이 호텔에 둥지를 틀고 바로 연수를 받기 시작한 셈이다.

상담 현장을 견학한 다음 이야기를 듣기 위해 처음 안내받았던 좁은 회의실로 돌아갔다. 스태프가 새로 내준 차에서 김이 피어올랐다.

"그렇게 되다니…… 뭐라고 말씀드려야 할까요. 저도, 다른 스태프들도 충격을 받았습니다. 나시다 씨에게 해드릴 수 있는 일이 더 있지 않았을까 하고."

죽어버리고 싶다는 고민 상담을 받는 것은 나시다에게 일상다반사였다. 그런 상담자의 고통에 귀를 기울이고 이해를 표하며 희망으로 이끄는 일을 삼 년이나 지속해온 나시다가 설마 자살할 거라고 누가 생각이나 했을까?

"자살할 사람은 주위에 신호를 보낸다는 말을 종종 듣는데, 나시다 씨는 혹시 그런?"

"전혀 몰랐습니다. 돌아가시기 나흘 전에 만났을 때도 평소와 똑같았어요. 제가 놓쳤던 걸까요. 안타까울 따름입니다."

어쩔 수 없는 일이니 너무 자책하지 말라고 위로하고 싶어질 정도로 우에모토 사무국장은 의기소침해했다.

"나시다 씨는 어째서 이곳 봉사 활동을 지망하셨을까요?"

이 질문에 우에모토가 고개를 들었다.

"시간이 많으니 남에게 도움이 되는 일을 하고 싶다, 고민하는 사람의 이야기를 들어주고 조금이라도 마음을 편하게 해주고 싶다. 그런 말씀을 하셨습니다. '카운슬링에 대한 지식은 전혀 없지만 확실하게 공부하겠습니다'라고 말씀하셨을 때 반짝거리던 눈빛이 눈에 선해요."

"과거에도 봉사 활동을 하셨던 걸까요?"

"아니요. '내 이익만 좇으며 살아왔는데 환갑이 넘으니 생각이 바뀌었습니다. 미력하나마 앞으로는 사회에 공헌하며 살아가고 싶습니다'라고 하셨어요."

환갑이라는 건 숫자상의 단락에 지나지 않는다고 생각하지만, 알고 보면 그즈음 삶의 방식을 바꾸는 사람이 흔한 걸까? 나시다의 말을 그대로 받아들여도 될지 모르겠다.

여기서 활동하면서 나시다가 제출한 이력서를 봤더니 니시와키 시에서 쭉 의류 가게를 운영했다고 적혀 있었다. 경력 사칭이지만 사무국에서는 의심하지 않았던 모양이다.

"이 년이나 연수를 받아야 하는 줄은 몰랐는데, 그만큼 어려운 활동이라는 걸 새삼 깨달았습니다. 상담원으로서 나시다 씨는 어땠습니까?"

"성실하게 상담에 응하셔서 센터 안에서도 신뢰가 깊었습니다. 다른 상담원들의 모범이 되어주시는 분이었습니다."

우에모토의 말투로 보건대 고인이라고 빈말을 하는 건 아닌 듯했다.

"경우에 따라서는 까다로운 상담이 들어오기도 할 것 같은데, 상담을 받은 나시다 씨가 골치를 앓은 경우는 있었습니까?"

"미팅 때 '이렇게 대답했는데, 적절했을까요?' 하고 다른 사람에게 질문할 때도 있었지만 큰 문제로 번민하는 일은 없었습니다. 상담자의 고민에 영향을 받는 일도 없었을 겁니다."

"상담자 중에도 다양한 사람이 있을 텐데, 조금 더 친밀하게 들어달라고 억지를 부리는 경우는?"

"없습니다. 전화를 하는 분도 그렇지만 상담원도 자기 이름을 말하지 않는 게 규정이라 설사 나시다 씨의 응대에 불만을 품은 사람이 있었더라도 '나시다를 바꿔!' 하고 불평할 수는 없습니다."

안심하고 활동할 수 있도록 상담원의 프라이버시도 확실하게 지켜주는 것이다. 만나서 이야기를 들어달라고 부탁해도 절대 응하지 않는다.

"규정은 그래도 나시다 씨가 '그럼 한번 만날까요'라고 말하면 만날 수 있지 않나요?"

"아닙니다, 나시다 씨는 그렇게 규칙을 위반하는 분이 아니었습니다. 상담자와 직접 만나지 않는다는 건 기본적인 약속이니까요."

내 생각은 우에모토를 불쾌하게 만들 뿐이라 입을 다물었지만 특별한 사정이 있어 부득이하게 규칙을 어길 수도 있었을 것이다. 부스 안 대화는 밖으로 새어 나가지 않으니 전화로 약속을 잡기는 쉽다. 하지만 나시다가 그런 행동을 했다고 상상할 근거는 아무것도 없다.

"우에모토 씨의 개인적인 생각을 듣고 싶습니다만, 나시다 씨는 행복해 보였습니까?"

막연한 질문을 했다 싶었지만 우에모토는 망설이지 않고 대답했다.

"예. 제 눈에는 행복해 보였습니다. 굳이 힘겨운 봉사 활동에 참가할 만한 정신적, 시간적 여유가 있었고, 연락처를 여쭈었을 때 호텔에 사신다고 하셨으니 경제적 여유도 있었겠지요. 하지만 그래서 행복했다고 말하는 건 아닙니다. 그분은 삼 년 동안, 정해진 날 정해진 시간에 이곳에 오셔서 정해진 역할을 하셨습니다. 판에 박힌 것 같다고 하면 단조롭고 지루해 보이지만 평온하고 안정된 일상이 있었던 건 분명합니다. 그래서 전 나시다 씨가 행복했다고 생각합니다."

우에모토는 행복을 그렇게 파악하는 것이다. 경청할 가치가 있다고 생각했지만 나시다의 죽음의 진상을 탐구할 재료는 될 것 같지 않다.

"판에 박힌 듯했다……. 예외는 전혀 없었습니까?"

"예. 화요일과 금요일 오후 1시 전에 이곳에 오셔서 5시까지 부스에서 전화 상담을 했습니다. 단 16일은 휴무. 이게 반복됩니다. 항상……."

"잠깐만요." 나는 황급히 말을 끊었다. "16일은 휴무라는 건 무슨 뜻입니까?"

"매월 16일이 화요일이나 금요일과 겹치면 쉬셨습니다. 처음부터 그렇게 약속했고요."

긴세이 호텔에서는 그런 이야기는 듣지 못했다. 사소한 일이라 단순히 설명을 생략한 걸지도 모르지만.

"어째서 16일은 쉬셨을까요?"

"사적인 부분이라 이유는 묻지 않았습니다. 뭔가 예정이 있나 보다 했을 뿐이죠."

모래밭을 묵묵히 팠더니 이제야 손끝에 겨우 뭔가 잡힌 느낌이다.

"16일은 반드시 쉬셨다는 건 나시다 씨를 이해할 때 중요한 정보일지도 모릅니다. 다른 건 또 없을까요?"

"글쎄요……. 떠오르는 게 없네요."

바쁜 와중에 시간을 내준 것에 감사를 표하고 '등불'을 뒤로했다. 손목시계를 보니 오후 3시가 다 되어갔다.

에도보리 1가의 작은 작은 빌딩 밖으로 나온 나는 잠시 발길이 향하는 대로 걸었다. 수당을 사양하고 오늘도 오전부터 정력적으로 움직이고 있지만 내 호기심이 주된 원동력이니 봉사 활동이라고 말하기는 어렵다.

오전에 찾은 사립 종합병원에서도, 이곳에서도 고인의 숨은 일면을 밝혀주는 증언은 얻지 못했지만 완전히 허탕을 친 것도 아니었다. 나시다 미노루라는 인물이 내 안에서 아주 조금이지만 입체적으로 바뀌었기 때문이다. 데이터를 많이 입력할수록 CG 정밀도가 높아지듯이.

3

적당한 카페에 들어가 오후의 티타임을 즐기며 아침부터 조사한 정보를 정리해보고 싶다. 일 분도 채 되지 않아 일본에서 가장 짧다는 히고바시 상점가를 지나 도사보리도리로 나와, 지쿠젠바시 쪽으로 향했다. 이 부근의 지명에 옛날 지방 국가 이름이 많은 것은 당연히 각 번藩의 오사카 거처가 늘어서 있던 과거 때문이다.

이미지에 맞는 카페를 찾지 못해 지쿠젠바시 다리 앞까지 와서 별생각 없이 다리를 건너고 보니 국립국제미술관.

긴세이 호텔 바로 옆이다. 방문하겠다고 연락한 시간보다

거의 한 시간 이르지만 여기까지 왔으니 그냥 가보기로 했다.

귀공자 가쓰라기 다카시가 일본 인형처럼 생긴 프런트 담당 미즈노와 뭔가 이야기를 나누고 있다가 금방 나를 알아보고 카운터에서 나왔다.

"손님께 해서는 안 될 말이지만 어제는 정신이 없어서 결례가 많았습니다. 오늘 오후는 여유가 있습니다."

"그렇다면 잠깐 시간을 내주실 수 있을까요? 나시다 씨가 봉사 활동을 하셨던 병원과 전화 상담 센터에 가서 이야기를 듣고 왔습니다."

코멧 개별실에서 애프터눈 티라도 드시지 않겠느냐고 했지만 나는 다른 것을 부탁했다.

"401호에서 한 번 더 보고 싶은 게 있습니다."

차를 마신 뒤에 가도 될 텐데 성급한 사람으로 보였을지도 모르겠다. 지배인은 승낙하고 열쇠함에서 열쇠를 꺼냈다.

방은 어제 그대로였다. 새로운 손님이 체크인하기 전이라기보다 주인이 오랜 여행을 떠나 비워둔 방 같았다. 커튼 너머로 보이는 아련한 빛이 엄숙했다.

내가 보고 싶었던 건 책상 서랍에 들어 있던 2014년도 수첩이었다. 1월부터 12월까지 페이지를 넘겨 어제 대충 훑어보았을 때는 염두에 두지 않았던 사실을 확인했다. 모든 달의

16일이 비어 있었다. 낮에는 봉사 활동을 하더라도 16일 이외의 다른 날에는 이따금 콘서트나 연극 일정이 적혀 있는데.

"뭔가 알아내셨습니까?"

다카시가 내 얼굴을 들여다보며 물었다. 그대로 이 방에서 이야기를 나누게 되자 다카시는 코멧에 전화로 커피 두 잔을 부탁했다. 우리는 커피를 음미하며 거실 소파에 앉아 이야기했다. 참고로 나시다가 룸서비스를 주문하는 경우는 거의 없었다고 한다.

"매월 16일은 봉사 활동을 쉬셨다고요? 그런 이야기는 처음 듣습니다. 저희에게 사정을 설명하실 의무는 없다고 해도…… 조금 이해하기 어렵군요. 평소처럼 호텔을 나가셨으니 평소와 같은 활동을 하시는 줄 알았습니다."

16일에 반드시 쉬었다는 이야기는 전화 상담 센터에서만 들었지만 아마도 병원 접수 보조도 마찬가지였으리라. 6교대제 시간표로 일하는 등불보다 병원이 쉬기는 쉬웠을 것이다.

"설명할 의무는 없지만 그런 생활이 삼 년이나 계속되었으면 호텔 직원 중 누군가는 눈치챌 법도 한데요. '오늘은 외출이 늦으시네요', '16일은 봉사를 쉬고 매달 마사지를 받으러 다닙니다' 이런 대화를 나누었다거나. 나시다 씨는 16일에 특별한 예정이 있다는 걸 주위에 들키고 싶지 않았던 걸지도

자물쇠 잠긴 남자

모릅니다. 마사지라면 숨길 필요는 없으니……."

"누군가를 만났다거나?"

가능성은 얼마든지 생각해볼 수 있다. 알아낸 것은 나시다의 비밀을 풀 열쇠가 16일에 있다는 사실뿐이다.

"나시다 씨는 매월 16일에 평소처럼 호텔을 나서서 평소와 똑같은 시간에 돌아오셨습니까?"

"봉사 친구들과 차를 마시거나 어디 들렀다 오시는 경우도 있었으니 돌아오시는 시간은 들쭉날쭉했습니다. 쇼핑을 하고 돌아오시는 일도 있어 늦는 경우도 많았습니다. 반대로 '오늘은 일손이 부족해서'라고 일찌감치 나가시는 경우도 있었고요. 어쨌거나 저희가 월, 화, 목, 금요일에 '어라, 오늘은 봉사 활동이 아니라 다른 볼일 때문에 외출하시는 모양이네'라고 생각한 적은 없었습니다. 결과는 비슷하겠지만 뭔가 짐작 가는 구석이 있는지 종업원들에게도 물어보도록 하지요."

지배인은 설탕을 듬뿍 넣은 커피를 마시더니 맛에 감탄하듯 신음했다. 피곤한 육체가 달콤한 성분을 원하는 것이리라.

"일은 바쁘신가요?"

나는 말투를 잡담 모드로 바꾸었다.

"손님들이 득실거리는 것도 아닌데 유별나다고 생각하실지 모르겠습니다. 사실 그게 문제죠."

주위에 아무도 없는 401호에 올라온 덕분에 조심스러운 이야기도 잘 나오는 것 같았다. 다카시는 긴세이 호텔이 처한 현실을 설명해주었다.

"어제 레스토랑이 수익의 칠 할 이상을 올리고 있다고 말씀드렸는데, 연회장도 없는 호텔에서 그 숫자는 정상이 아닙니다. 객실 부문 이익이 너무 낮아서 레스토랑 부문의 비중이 높아진 거지요."

"객실 가동률이 나쁜가요?"

"최근에는 해외 손님이 증가해 호텔이 부족해진 덕에 비성수기 외에는 80퍼센트 이상을 유지하고 있어 가동률은 괜찮은 편입니다."

"그게 보통인가요?"

"여행이나 출장으로 예약을 하려고 했더니 만실이라고 거절당한 경험을 하시면 인기 있는 호텔은 늘 만실이나 그에 가까운 상황이라고 착각하시는 손님도 계시지만, 객실은 보통 그렇게 꽉 차지 않습니다. 이건 돌아가신 장인어른께 들은 이야기인데, 반년 사이 6400만 명의 관람객을 동원한 1970년 오사카 만국박람회 개최 기간에 이 호텔의 가동률은 80퍼센트 후반이었습니다. 어라, 그거밖에 안 되나 싶으시겠지요?"

"그러네요. 매일 만원이었을 것 같은데."

"만나본 적도 없는 먼 친척이 만국박람회 구경 때문에 오사카에 사는 사람들에게 재워달라고 찾아오는 현상이 생길 정도로 큰 행사였으니까요. 하지만 저희 호텔이 인기가 없었던 게 아니라 호텔은 원래 그런 법입니다. 만국박람회 전에 객실 수를 1030실 가까이 늘려서, 개최 기간 중에 계속 예약으로 만실이 된 신한큐 호텔의 가동률이 저희 호텔하고 같았습니다. 이곳 나카노시마의 다른 호텔의 경우 신아사히 빌딩에 있던 그랜드 호텔이 90퍼센트. 저희 호텔 바로 근처에 있었던 신오사카 호텔이 81퍼센트, 로열 호텔도 84퍼센트였습니다."

예약=숙박이 아니라는 건가. 어려운 사업이다.

그나저나 자잘한 숫자를 용케도 기억한다. 자주 꺼내는 이야깃거리인도 모른다.

"저희는 가동률보다 수익률을 개선해야 합니다. 이 규모로 이 수준의 서비스를 제공하기에는 현재 객실 요금이 낮습니다. 그럼 올리면 되지 않느냐고 그러시겠지만, 현재 상태로는 섣불리 결정하기 어렵습니다. 요금을 올리면 손님만 떨어질 뿐입니다. 업그레이드를 하고 객실 요금을 두 배 정도 올리면 이상적이지만, 인테리어 수리비를 마련하기가 어렵습니다. 은행도 까다로워서."

이곳은 나카노시마의 알토란 같은 땅이니 융자는 쉽게 받을 수 있을 텐데, 아무래도 저당권이 첩첩이 설정되어 있는 모양이다.

"아예 호텔을 매각해 운영만 맡을 수도 있었습니다. 구미, 특히 유럽에서는 각각 다른 주체가 호텔의 소유, 경영, 운영을 맡는 일이 흔하니까요. 하지만 이제 와서는 그것도 한발 늦은 상태라 자력으로 어떻게든 바로잡는 수밖에 없습니다. 그러지 못하면 저희 부부도 직원들도 새로운 오너에게 쫓겨나게 되겠지요."

어제 지배인이 바빴던 이유는 금융 관계자를 응대하느라 그랬던 것으로, 이 호텔을 매수하려는 독립계 투자 펀드도 있다고 했다.

"브랜드 쇄신이 아니라 이곳을 무너뜨리고 럭셔리 타입 호텔로 새로 지으려는 모양입니다. 현명한 선택이지요."

지배인의 표정에 어두운 그늘은 없으니 절박한 사태에 직면한 건 아닌 듯하지만 어려운 상황이 만성화된 걸지도 몰라, 어떤 반응을 보여야 할지 고민했다.

"가쓰라기 씨는 언제부터 호텔리어를 꿈꾸셨습니까?"

본인에 대해 물어보았다.

"저는 고베에서 나고 자랐습니다. 홀어머니 밑에서 외동으로 자라, 가난하지는 않았지만 생활에 여유가 없었습니다. 여섯 살 때 일이 있으셨던 어머니를 따라 외국인 거류지를 걷는데 목이 마르다고 했더니 어머니가 쓱 들어가신 게 오리엔탈 호텔 라운지였습니다. '이 호텔 옥상에는 진짜 등대가 있단다'라는 말을 듣고 어찌나 놀랐던지. 그렇게 대단한 곳에 들어간 건 처음이라 일종의 문화 충격을 받았지요. 오렌지주스도 평소와는 완전히 다른 맛이었고, 인테리어부터 종업원 동작까지 신선해서 겨우 삼십 분 만에 호텔이라는 존재에 반해버렸습니다. 돌아오는 길에 어머니에게 '왜 그렇게 좋은 가게에 들어갔어?' 하고 물으니 이런 말씀을 하셨습니다. '가끔은 괜찮잖니. 저런 곳을 네게 보여주고 싶었고, 엄마도 호사를 누리고 싶을 때가 있단다.' 숙박을 한 것도, 식사를 한 것도 아니고 홍차와 오렌지주스뿐인 소소한 호사였지만요. 생각해보면 그 무렵에는 특히나 생활이 더 어려웠을 텐데, 그래서 문득 변덕처럼 호사를 누리고 싶었던 건지도 모르겠습니다."

다카시가 어딘가 아득한 곳을 바라보는 눈빛으로 말했다. 호텔에 관심을 가지게 된 최초의 추억을 말해서 그런 줄 알았는데 그게 전부가 아니었다. 듣자 하니 이듬해 어머니가 교통사고로 돌아가셨다고 한다. 부주의하게 운전하던 트럭에 치여 갑작스럽게 떠난 것이다.

"마음속 어딘가에 어머니가 호텔을 보여주신 것도 운명이라는 생각도 있었는지 모릅니다. 고학년이 되고는 호텔에 관한 책을 읽거나 영화를 보면서 동경을 키워나갔지요. 진로가 여섯 살 때 결정된 겁니다."

그는 오사카의 큰이모 댁으로 들어가 물심양면 부족함 없는 십 대를 보냈다. 물론 어려서 어머니를 잃은 슬픔이나 고독은 오래갔겠지만. 그것을 얼마간 가볍게 해준 것이 호텔에서 일하고 싶다는 확고한 목표였다.

인생살이 새옹지마. 오사카로 이사한 덕분에 그는 한신·아와지 대지진의 피해를 면했다. 철이 들 무렵부터 활보했던 나가타 구 일대는 불바다가 되었고, 어머니와 살았던 아파트는 불에 타기 전에 무너져 내렸다. 추억의 오리엔탈 호텔도 그 지진으로 반파되었다.

"여덟 살 때 그 지진을 겪었지요. '어머니가 교통사고를 당하지 않았다면 쭉 나가타에 살다가 지진으로 함께 죽을 수 있었을 텐데'라고 했더니 큰이모가 통곡하셨어요. 그때는 허둥지둥 '이모, 시답지 않은 소리를 해서 죄송해요!' 하고 사과했지요."

큰이모 내외의 권유도 있어 대학에 진학해 경제학부를 졸업한 후, 아르바이트로 모은 자금으로 호텔 학교에 들어갔다.

거기서 미나에와의 만남이 기다리고 있었던 것이다.

"제 이력을 들어봤자 지루하기만 하실 텐데."

그렇게 말하면서도 내 부탁에 따라 그는 계속 이야기해주었다. 두 사람은 사랑에 빠져 장래를 함께하기를 바라게 된다. 미나에가 호텔 학교에 진학한 것은 장차 긴세이 호텔을 물려주려는 아버지 긴지의 희망 때문이었다. 외동딸이 호텔을 꾸려나가길 바랐던 아버지는 호텔리어를 꿈꾸는 사윗감을 크게 환영했다. 부모는 다카시와 미나에의 교제를 기뻐했고, 동갑내기 두 사람은 스물다섯 살에 결혼했다.

"학교를 졸업하고 가능하면 외국 호텔에서 일을 배우고 싶었지만 장인어른이 허락해주지 않으셨습니다. '사실은 보내주고 싶지만 내가 건강할 때 사위로 들어와 우리 호텔에서 일해다오. 몇 년 안에 지배인 자리를 맡기마. 미나에와 함께 철저하게 가르칠 게야'라고 하셨지요. 빈말이 아니었습니다. 조금이라도 긴장을 풀면 '허수아비처럼 서 있지 마라!' 하고 벼락이 떨어졌어요. 제 어릴 때 별명이 '가카시(허수아비)'라서 그 호통은 유쾌하지 않았지요. 지금은 그리운 일이지만."

두 사람은 본인의 건강에 불안을 느끼는 장인의 말에 따라 결혼했다. 겨우 반년 뒤 긴지는 뇌경색으로 쓰러져 경영을 돌볼 상황이 아니었다. 장모는 그전부터 건강이 좋지 않아 젊은 신혼부부가 긴세이 호텔의 방향타를 쥐게 되었다.

"저희 둘만으로는 너무 미숙해서 자칫 소꿉놀이가 될 수도 있었습니다. 어떻게든 꾸려올 수 있었던 건 긴세이 호텔을 속속들이 아는 니와 부지배인 덕분입니다. 니와 씨에게는 정말 감사하고 있습니다."

장인은 삼 년 전, 장모는 이 년 전에 타계해 미나에가 스물일곱 살에 긴세이 호텔의 오너가 된다. 그녀에게 이 호텔은 부모의 분신이자 심혈을 기울여 지키고 키워나가야 하는 존재인 것이다. 그 마음은 다카시도 마찬가지라고 했다. 아내에 대한 애정, 장인장모에게 받은 은혜는 물론이거니와 호텔을 맡은 지배인으로서의 사명감도 작용했으리라.

"상관없는 제 이야기는 이쯤 할까요. 아리스가와 씨가 조사하신 내용을 들려주십시오."

그렇게 물어도 대단한 수확은 없다. 있는 그대로 털어놓자 그가 말했다.

"그런가요. 잠깐 조사한 정도로 나시다 씨의 비밀을 알 수 있을 리 없지요. 방어가 단단했으니까요. 일에 지장이 없는 범위에서 느긋하게 하는 수밖에 없을까요."

서두를 것 없다는 뜻으로 한 말이겠지만 나시다의 죽음이 타살이라면 시간이 흐를수록 증거가 사라진다. 단독 수사니 최대한 효율적으로 움직이고 싶다. 지금 내 손안에 있는 카드는 대단히 한정적이다. 가령 앨범 마지막 페이지에서 사진을 떼어낸 흔적이 있다는 것.

"책상 서랍에 나시다 씨가 넣어둔 앨범을 보신 적은 있습니까?"

지배인은 고개를 저었다.

"아니요. 보지 못했을 뿐만 아니라 앨범을 가지고 계셨다는 것도 몰랐습니다. 이 방에 있는 게 나시다 씨의 전 재산이었으니 있어 마땅한 물건이지만."

앨범은 나시다 사후에 수사원이 서랍을 열쇠로 열었다가 발견했다고 한다.

"불에 탄 흔적이 있는 사진이 몇 장 있었습니다. 화재를 겪었다는 건 나시다 씨에게 들으셨다고요."

미나에가 알았다면 당연히 다카시의 귀에도 들어갔을 것이다.

"예. 여기 오신 지 이삼 년쯤 지났을 때였을까요. '살던 아파트에 이웃집 불이 옮겨붙어서 가재도구가 다 타버린 탓에, 이렇게 홀가분합니다'라고 말씀하신 적이 있습니다. 필요 없는 물건을 처분할 수 있어 다행인지도 모른다는 말씀도요. 언제 어디서 경험하셨는지 시시콜콜 묻지는 않았지만 예순이 넘어서 당한 화인 것 같았으니 소중한 물건들을 잃으셨을 겁니다. 다행인지도 모른다는 말씀은 고통 끝에 다다른 심경일 거라 생각했어요. 커피 한 잔 더 하시겠습니까?"

"아니, 괜찮습니다."

"나시다 씨가 자살하신 거라면 대단히 유감입니다. 도와드리지 못한 제 부덕함도 속상하지만, 유서 한 통 없었다는 사실이……."

다카시가 참고 참았던 마음을 토로했다.

"외람된 말씀이지만 저희는 나시다 씨를 가족처럼 생각했습니다. 어디까지나 손님이라는 선은 분명히 그었지만 손님보다 한 걸음 안쪽에 계신 분이라고요. 나시다 씨 반응을 살피며 5층에 있는 저희 거주 공간에 초대한 적도 있습니다. 그래서 자살하시기 전에 휘갈겨 쓴 메모 한 장이라도 남겨주시길 바랐어요. '신세가 많았네'라는 한마디라도. ……죄송합니다, 시답지 않은 소리를 하고 말았네요. 개의치 마십시오."

"심경은 이해합니다."

위로하면서도 나시다가 5층에 들어간 적이 있다는 사실이 마음에 걸렸다.

"나시다 씨를 두 분의 사적인 공간에 초대한 적이 있으시군요. 이례적인 일 아닌가요?"

"물론입니다. 아무리 저희처럼 작은 호텔이라도 단골 고객을 오나 지배인이 자기 방에 초대하는 건 통상적인 일이 아닙니다."

"식사라도 청하신 건가요?"

"아니요. 그건 불편해하실 것 같아 오후 티타임에. 오 년 동안 세 번 정도 그랬습니다. '그럼 감사히' 하고 응해주셨습니다."

"분위기는 어땠습니까?"

"삼십 분쯤 환담을 나누면 '실례했습니다. 즐거운 시간을 마련해줘서 고마웠습니다'라고 하시며 오래 머물지는 않으셨어요. 손님이라는 선을 지키려 하시는 것 같았습니다. 쿨한 분이셨죠."

쿨하다는 표현은 다의적이다. 멋지게 보이기도 하지만 다소 차갑게 느꼈을지도 모른다. 그런 생각을 하는데 이런 에피소드가 튀어나왔다.

"딱 한 번, 해프닝이 있었습니다. 욕조 배수 상태가 좋지 않아 제가 파이프클리너로 청소를 하는데 아내가 나시다 씨를 모시고 왔습니다. 실례를 무릅쓰고 욕실에서 '어서 오십시오' 하고 인사를 하니 뭘 하느냐고 물으시더군요. 호텔 시설인데 민망하지만 사실은 이러저러하다고 설명하자 '실은 그게 제 특기입니다' 하고 바짓단을 걷어붙이고 맨발로 욕실에 들어오셔서 와이어 사용법을 가르쳐주셨습니다. 쭉 지켜봤는데 솜씨가 아주 능숙하셨습니다."

"혹시 그런 쪽 일을 하셨던 게 아닐까요?"

나시다에 관한 정보라면 뭐든 달려들어 의미를 찾게 되고만다.

"글쎄요. '옛날 집에서 개수대 배수구가 잘 막혀서 자연히 그에 맞는 청소법을 익혔지요'라고 하셨는데."

사실이 그럴지도 모른다. 다카시는 구름 사이로 햇살이 비치듯 미소를 지었다.

"제법 오래전 일인데 새삼스럽게 떠오르네요. 물이 빠져서 저희 부부가 기뻐하자 나시다 씨도 어찌나 기쁜 표정을 지으시던지. 노래라도 부를 것처럼 흥겹게 오늘은 좋은 날이라고 웃으시며 차를 드셨습니다. 이상하게도 저희가 좋은 일을 한 것처럼 착각할 정도였지요."

최근 일인가 했는데 삼사 년은 됐다고 했다. 단조로운 나날을 보냈던 나시다 미노루에게는 그 정도 일이 이 호텔에서 겪은 인상 깊은 일이었으리라.

4

—의심 가는 점이 있다면 오너나 지배인의 양해를 얻어 CCTV 기록을 확인해보시지요.

그렇게 말한 다카히라 가즈키는 오후 5시부터 이튿날 아침 9시까지 야근을 했으니 이미 퇴근하고 없었다. 호텔 근무제는 야근 다음날이 휴일이라고 한다.

사무실에서 미나에가 지켜보는 가운데 1월 13일부터 14일 새벽 사이의 CCTV 영상을 확인했다. 사건을 수사하고 있다는 실감은 느낄 수 있었지만 프런트 안쪽 천장 구석에 설치된 카메라가 기록한 것은 지극히 지루한 영상이라고 할 수밖에 없었다. 13일 오후 10시 반(레스토랑 폐점 시간이기도 하다) 이후에 현관을 출입한 사람은 한 명밖에 없다. 거무칙칙한 코트를 입은 낯선 남자로, 자정 전에 호텔을 나갔다가 오 분도 채되지 않아 돌아왔다.

"이 사람은?"

옆에 있는 미나에게 물었다.

"요로즈 마사나오 씨입니다."

"아아, 증권회사에 다니신다는 분이지요? 뭘 하셨던 걸까요?"

"갑자기 단팥죽이 먹고 싶어 근처 자동판매기에서 사왔다고 하셨습니다. 거기서 팔고 있다는 건 전부터 알고 계셨으니 사서 바로 돌아오신 거겠지요."

이 부근에는 스물네 시간 영업하는 가게가 없다. 사무실 빌딩 안에 편의점이 있기는 하지만 종일 영업하지는 않아 다리를 건너 '섬'에서 나가야만 한다.

"존재 이유가 수수께끼였는데, 자동판매기의 단팥죽도 수요가 있군요."

"달리기를 하시는 분들이 에너지를 보충하려고 드신다더군요. 이 부근 자판기에 다 있는 건 아니지만요. 강가를 따라 나카노시마를 일주하는 조깅 코스는 7.5킬로미터쯤 됩니다."

"잘 아시네요. 역시 나카노시마에 대해서는 뭐든 알고 계시군요."

솔직한 감상을 이야기했더니 "천만에요" 하고 민망해했다.

"요로즈 씨는 갑자기 단팥죽 생각이 났던 걸까요?"

"예." 미나에가 마치 대변하듯 말했다. "부인이신 기와코 씨가 웃으며 말씀해주셨어요. 남편 마사나오 씨는 뭔가 하고 싶다고 생각하면 바로 행동으로 옮기는 분이라, 어느 날은 '온천에 들어가고 싶네. 맛있는 중화요리도 먹고 싶어'라고 하시기에 이상한 조합이라고 생각했더니 '그래, 타이완에 가자' 하고……."

"이튿날 타이완 여행을 떠난 건가요?"

"이튿날은커녕 바로 그날 사모님을 끌고 타이베이에 가 저녁에 우라이 온천 여관에서 중화요리를 즐기셨다고 해요. 만나고 두 번째 데이트 때 프러포즈를 받는데, 영화를 보다가 갑자기 낭만적이지도 않고 의미도 없는 기차 폭주 장면에서 '좋아, 결혼하자' 이러셔서 진심인 줄 모르셨다고. 얼마 전 여행지에서 수족관에 들렀을 때는 갑자기 펭귄을 키워보고 싶다고 해서 크게 당황하셨다고 하시더군요."

엄청난 사람이다. 나는 그런 식으로 충동에 내맡기고 행동하지 못하는 남자다. 뭘 추진하려면 이유를 잔뜩 모아서 정밀하게 구축하고 타이밍을 따져야 한다.

그 요로즈 마사나오, 기와코 부부를 세 시간 후면 만날 수 있다. 어제 미나에가 연락해서 퇴근길에 긴세이 호텔에 들르기로 한 것이다. 나시다의 죽음에 대해서는 그들도 다소 불신을 품고 있는 듯했다.

요로즈 부부를 기다리는 시간을 이용해 시카우치 마리카의 이야기를 들을 수 있었다면 효율이 무척 좋았겠지만 일이 그렇게 잘 풀리지는 않았다. 뮤지컬소 연주자는 오후 일찍 외출해버렸다. 오늘밤은 오쓰 시에 있는 시가현립예술극장 비와

호 홀에서 콘서트가 있다고 한다.

"시카우치 씨는 언제부터 이 호텔에 묵고 계신가요?"

피곤해서 실례합니다, 라고 무뚝뚝하게 말하던 얼굴을 떠올리며 물었다.

"작년 시월부터입니다. 그전까지 함께 살던 남성과 싸워서 악기만 들고 맨손으로 뛰쳐나와, 전부터 궁금했던 이 호텔을 찾아오셨다고 들었습니다."

손님의 프라이버시에 속하는 정보도 어제만큼 망설이지는 않고 알려주었다. 일일이 신경쓰다가는 수사에 도움이 되지 않는다고 마음을 바꾼 모양이다.

"'여기가 마음에 드니 한동안 머물겠습니다'라고 하시며 헤어진 남성을 통해 짐을 받으셨습니다. 이 호텔은 벽도 문도 두꺼워 실내 소리가 밖으로 잘 새어 나가지 않습니다. 그 점이 악기 연습에 좋다고 하시더군요."

나시다가 누군가에게 살해당했다면 방음성은 범인에게도 유리했을 것이다. 또한 복도에도 빈틈없이 깔린 카펫은 발소리를 지워준다.

영상에서 새로운 정보는 얻을 수 없었지만 보고 나니 직성이 풀렸다. 여기에 나시다의 죽음의 진상을 암시하는 단서가 찍혀 있다면 경찰이 놓쳤을 리 없다.

"긴세이 호텔이라는 이름은 부모님 성함에서 따왔다고 들었습니다. 금슬 좋은 부부셨나 봅니다."

"발음하기 편해서 붙였겠지만." 그렇게 말한 뒤에 인정했다. "금슬은 좋은 편이었습니다."

"이 호텔이 생긴 1952년은 전후 혼란이 진정되고 한국전쟁 특수로 경기가 좋아진 후이고, 일본이 주권을 회복한 해이기도 하죠. 부모님께서는 그전에 무슨 일을 하셨습니까?"

"가쓰라기가家는 원래 오사카 서부 출신으로 가와치 솜으로 부를 축적했습니다. 엄청나게 벌어들였다고 해요. 다이쇼 시대에 오사카 시내에서 섬유 도매업을 시작해 쇼와 초기에 미도스지 확장 공사에 발맞추어 조부가 거주지를 나카노시마로 옮겼습니다. 지금도 이 부근에는 식당이나 국수 가게가 군데군데 있는데, 원래 나카노시마에는 평범하게 많은 사람들이 살고 있었거든요. 조부는 유럽에 다녀오신 일을 계기로 호텔에 매력을 느끼고 언젠가 경영해보고 싶다고 생각하셨습니다. 취향이 세련되어서 가업이었던 섬유 도매업을 별로 좋아하지 않으셨어요. 아버지도 그 영향을 받았습니다."

조부는 재산을 털어 한국이나 만주로 건너가 화려한 호텔을 짓는 꿈을 꾸었지만 전황 악화로 그런 소리를 할 수 없게 되었다. 1945년 3월 이후, B29 편대가 오사카 상공을 종횡무진 가로지르며 소이탄을 우수수 퍼붓기 시작하자 많은 사람들이 나카노시마에서 달아났다. 지금은 그 흔적도 사라져가고 있다. 과거 나카노시마 서부에는 주택이 많았는데, 가장을 공습으로 잃은 이웃에게 조부는 땅을 팔라고 제안했다. 대륙으로 건너가는 게 아니라 전쟁이 끝난 후에 이곳 나카노시마에 호텔을 세우기로 한 것이다.

"혼란기는 기회이기도 하지요. 패전 후 장사로 인맥이 넓었던 조부는 아버지와 함께 암거래로 큰돈을 벌었습니다. 그걸 자금으로 전쟁중에 손에 넣은 땅에 호텔을 지으려 했던 거지요. 악착같이 일했던 조부는 1951년에 과로가 탈이 되어 타계했고, 아버지가 호텔 건설의 꿈을 실현시킨 겁니다. 부인의 협조와 아리마 온천에서 여관을 경영했던 처가 쪽 원조도 컸다고 들었습니다."

서툰 암산에 끙끙대지 않아도 알 수 있는 사실이 있었다.

"그때 아버님은 상당히 젊으셨던 것 아닙니까?"

"부부가 둘 다 스물여섯 살이었습니다. 호텔 경영의 노하우도 전혀 모르면서 용감하게도 이곳을 세운 거지요. 부인의 친정에서 인력을 지원받아 무작정 시작한 겁니다."

어머니가 아니라 아버지의 부인이라고 부르는 것을 듣고 확실히 알았다. 1952년에 부부가 지은 호텔을 물려받은 딸치고 미나에는 너무 젊다. 그러려면 모친이 예순에 딸을 낳아야 한다.

"아버지의 부인, 호시미 씨는 서른다섯이라는 젊은 나이에 병사했고 제 어머니는 스물다섯 살이나 어린 후처입니다. 결혼할 때 아버지가 전처의 이름에서 한 글자를 딴 호텔의 이름을 바꾸지 않아도 되겠느냐고 물었고, 어머니는 '괜찮고말고요. 이렇게 멋진 이름을 바꾸다니 큰일날 소리'라고 대답했다고 해요. 어머니는 돌아가신 전부인에게 경의를 표하고 정성껏 이 호텔을 지키려고 노력했습니다."

나는 미나에의 이야기를 들으며 노트를 펼치고 긴세이 호텔과 그 관계자들에 대한 간단한 연표를 작성했다. 내용은 이러하다.

1926년(쇼와 원년) 긴지, 호시미 출생
1952년(쇼와 27년) 긴세이 호텔 설립(긴지, 호시미 26세)
1961년(쇼와 36년) 호시미 타계
1976년(쇼와 51년) 긴지 재혼
1986년(쇼와 61년) 다카시, 미나에 출생
1993년(헤이세이 5년) 다카시 모친 타계
1995년(헤이세이 7년) 한신·아와지 대지진

2011년(헤이세이 23년) 다카시와 미나에 결혼(25세)

2012년(헤이세이 24년) 긴지 타계

2013년(헤이세이 25년) 미나에 모친 타계

한신·아와지 대지진은 그냥 넣어봤다. 아까 들은 다카시의 이야기가 귓가에 남아 있는 탓이리라.

긴세이 호텔 연감을 편찬하려고 여기 온 건 아니다. 본래의 사명을 떠올리고 연표에 나시다 미노루의 정보를 추가했다.

2009년(헤이세이 21년) 나시다, 처음으로 긴세이 호텔에 투숙

2010년(헤이세이 22년) 나시다 장기 체류 시작

"그렇군요, 미나에 씨는 어머님께서 서른다섯에 낳으신 건가요. 당시로서는 고령 출산에 속하는군요."

"예. 우연히도 전처를 잃은 나이와 똑같아서, 아버지가 어찌나 걱정하셨는지 산부인과 대기실에서 무릎이라도 꿇을 기세로 아내와 아이가 무사하게 해달라고 기도했던 게 친척들 사이에 오랫동안 이야깃거리로 오르내렸지요."

"그렇게 태어난 아가씨니 애정을 듬뿍 받으며 자랐겠군요."

"교육은 엄격했어요. 당근이 싫다고 해도, 산수 시험 점수

가 나빠도 '그래서 호텔 일을 할 수 있겠느냐!' 이러시니 말 다 했지요."

"그렇게 나오면 할말이 없겠네요, 하하."

그렇게 웃으며 나는 연표에 한 가지 항목을 더 추가했다.

1945년(쇼와 20년) 나시다 출생

그리고 물었다.

"할아버님, 긴지 씨, 호시미 씨, 미나에 씨 어머님과 나시다 씨가 옛날부터 아는 사이였을 가능성은 없을까요?"

"없습니다. 짐작 가는 바가 전혀 없어요."

"부모님과 나시다 씨가 만났을 가능성은?"

"아버지는 잘 알고 계셨어요. 아버지가 건강하셨을 때 나시다 씨가 오셨거든요. 어머니는 병환 치료 때문에 호텔에 얼굴을 내밀지 못해 그럴 기회는 한 번도."

"그런가요."

나시다가 이 호텔에 집착하는 이유를 찾아내보려고 연표를 다시 살펴보았지만 눈에 보이는 건 없었다. 그래도 계속 화살을 날려보았다.

"호텔을 지은 지 얼마 되지 않았을 때 장기 체류했던 분이 계시다고 들었는데, 어떤 분이었습니까?"

"옛날 일이라 자세히는 모릅니다. 암시장 시절에 신세를 진 분인데 이제 현세에서 남들과 경쟁하는 데 지쳤다, 몸도 마음도 너덜너덜하다며 은거 생활을 하셨던 모양이에요."

"몇 년쯤 계셨습니까?"

"삼 년 가까이 계셨다더군요. 시코쿠 산촌 출신이라는데 '고향으로 돌아가 숯을 구울 거야, 긴 씨, 건강하게'라고 말하고 떠나셨다고 들었습니다. 그리고 이 년도 지나지 않아 태풍으로 인한 토사 붕괴로 돌아가셨다는 이야기를 아버지 추억담으로 들었습니다."

나시다와 연결될 것 같지 않다.

"저…… 만약 아리스가와 씨만 괜찮으시다면 이 호텔에 묵어보지 않으시겠어요? 물론 객실 요금은 받지 않겠습니다. 식사도 자유롭게 하세요."

미나에가 갑자기 그런 제안을 했다.

"제가 여기에? 아니, 방을 차지하는 건 죄송한 일입니다. 하물며 식사까지 얻어먹을 수는……."

"저희가 부탁드리는 겁니다. 그편이 조사도 원활할 테고 작가시니 호텔에서도 일하실 수 있잖아요. 이곳은 가게우라 선생님도 늘 이용하시니 소설 집필에 어울리는 환경이라고 자부합니다. 한방에 갇혀 있는 데 질리면 언제든지 자택으로 돌아가셔도 상관없습니다."

유히가오카의 맨션에서 여기까지는 지하철이나 게이한 전철을 갈아타고 삼사십 분 거리다. 숙박도 그런데 체류라니 솔직히 과하다. 그렇게 생각해 사양했는데 미나에가 거듭 부탁하니 마음이 조금씩 움직였다. 1월 13일부터 14일 사이 숙박객이나 종업원의 이야기를 듣기에도, 나시다가 어떤 마음으로 401호에 오래도록 머물렀는지 조사하기에도 그편이 낫기는 하겠지. 여기는 지내기도 편할 것 같고 거주지인 오사카에서 호텔에 체류한다는 사치는 이런 기회가 아니면 불가능하다.

"어떠세요?" 눈을 똑바로 보며 묻는 미나에에게 나는 "예" 하고 승낙하고 말았다.

"고맙습니다." 그녀는 가슴 앞에 깍지를 끼고 말했다. "그럼 쇠뿔도 단김에 뽑으라고, 오늘부터 묵으셔도 되는데……."

"갈아입을 옷도 없으니 내일부터 신세지겠습니다."

아무 방이나 상관없는데 미나에는 402호를 권했다.

"가게우라 선생님하고 같은 책상을 쓰시는 게 좋겠지요? 그 방 책상은 크답니다. ……맞은편이 401호인 게 거북하시면 다른 방을 준비하겠습니다."

나시다의 유령이 떠돌아다닐 리도 없으니 개의치 않는다.

유일하게 예약 가능한 스위트룸을 쓰는 게 미안할 따름이다.

"그럼 일이 있어 잠시 실례하겠습니다. 요로즈 씨 내외분이 오실 때까지 편히 계세요."

산책 겸 도지마에 있는 준쿠도 서점까지 가볼까 싶어 사무실을 나서는데 누가 "저기……" 하고 불러 세웠다. 프런트 안에서 일본 인형이 이쪽을 쳐다보고 있었다.

"예, 무슨 일이라도?"

미즈노 유키가 무례하게 불러 세운 것을 사과하며 이런 말을 했다.

"별일 아닐지도 모르지만 나시다 씨에 관해 한 가지 기억나는 게 있습니다. 벌써 사 년 전 일입니다만."

손님의 프라이버시 문제라 지금까지 말하기를 꺼렸던 모양이다.

"드문 일이지만 고민 상담 봉사 활동을 하시는 센터에서 '나시다 씨 좀 부탁합니다'라고 전화가 왔었습니다. 그 전화를 401호에 연결해드렸을 때……."

맹세코 나시다가 울고 있었다는 것이었다. 참지 못하고 흐느끼며 전화를 받았다고 한다.

"무슨 일인가 하는데 수화기에서 텔레비전 음성이 희미하게 들렸습니다."

"거의 사 년 전이라면……."

그녀는 끼어들려는 나를 무시했다.

"오후 5시경이었습니다. 금요일이었던 것도 기억합니다."

거기까지 기억하는 건 너무나 특별한 날이었기 때문이다.

"……3·11입니까?"

"예. 나시다 씨는 도호쿠 지진 뉴스를 보고 계셨습니다. '쓰나미'나 '이시노마키'라는 단어가 똑똑히 들렸습니다."

'등불'에서 걸려 온 전화는 유례없는 대재해와 관계가 있었을 것이다.

"뉴스에서 쓰나미 영상을 보며 저도 눈물을 흘렸습니다. 하지만 나시다 씨의 반응은 평범하지 않았어요. 필사적으로 감정을 억누르며 전화를 받으셨지만 도저히 울음을 참을 수 없는 것처럼. ……어쩌면 나시다 씨는 지진으로 소중한 분을 잃은 경험이 있는 게 아닐까요?"

이 정보는 그의 죽음의 수수께끼를 푸는 데 유익할지도 모른다. 아직 '소중한 분'에 해당하는 인물은 나오지 않았고, 도호쿠 지방에 친한 친구가 있었을 가능성도 있지만.

"고맙습니다. 큰 도움이 됐습니다."

내가 인사하자 미즈노는 고개를 꾸벅 숙였다.

5

호텔을 나선 나는 도지마 강변 산책로에서 등불에 전화를 걸어 우에모토 사무국장에게 2011년 3월 11일의 상황을 물어보았다. 그날 일을 상세히 기억하고 있었던 그녀가 미즈노 유키의 말이 맞다고 이야기해주었다. 멀리 떨어진 도호쿠 지방의 대지진이었지만 그들이 도울 수 있는 일도 있을 것 같았고, 뉴스를 보고 한신·아와지 대지진을 떠올리고 상처 입은 사람도 있으리라. 그런 이야기를 미팅 때 나누고 싶으니 뭔가 의견이 있으면 그 자리에서 발표해달라고 전화한 것이었다.

"일부러 전화한 건 미팅에 앞서 나시다 씨의 의견을 들어보고 싶었기 때문입니다. 멤버로 들어온 지 얼마 되지는 않았지만 최고 연장자의 생각을요. 그런데 나시다 씨는 흐느끼는 목소리로 심하게 동요하는 기색이었어요. '텔레비전을 보니까 괴로워서'라고 하셨죠. '저희가 할 수 있는 일을 찾아서 힘냅시다'라고 위로해드린 기억이 납니다."

"나시다 씨는 친한 분을 지진으로 잃었던 걸까요?"

만약 그렇다면 그 미팅 때 털어놓았을 법도 한데.

"아니요, 그런 말씀은 듣지 못했습니다. 그런 일이 있었다면 자연히 털어놓을 기회도 많았는데. 제 생각에 나시다 씨는 많은 사람들이 비참한 일을 당하는 것 자체가 견디기 힘들어우셨던 게 아닐까 싶어요."

특정한 누군가를 떠올리며 슬퍼했던 게 아니라는 뜻인가. 그것도 있을 법한 일이다. 평소에는 불쾌한 뉴스가 많아 텔레비전을 보지 않았을 정도니. 꼭 부처님 같다고 생각했지만 입밖에 내지는 않았다.

"나시다 씨는 인간 세상의 슬픔이나 고통을 짊어지는 분이셨던 것 같은데, 본인의 구체적인 고민에 대해 말씀하지는 않으시던가요?"

"예. 하지만 아무 일도 없었다고 생각하진 않습니다. 아뇨, 없었을 리 없는데 말씀하려 하지 않으셨어요. 상담자의 마음을 여는 건 능숙하셨는데 본인의 문은 꼭꼭 닫은 채로……."

생사가 걸린 상담을 해온 우에모토의 코멘트가 겨우 그런말로 끝나서는 곤란하다.

"'아무 일도 없었다고 생각하진 않는다'고 말씀하시는 근거는 뭔가요? 경험으로 짐작할 수 있는 일이 있다면 알려주십시오."

"아리스가와 씨, 그건 대답할 수 없는 질문입니다. 사람의마음은 깊이를 헤아릴 수 없습니다. 고민 전화 상담을 몇십년씩 해도 정확히 꿰뚫어 볼 수는 없어요. 제가 할 수 있는 말은 그분이 뭔가를 꾹 참고 있는 듯했다는 것뿐입니다. 그리고 말로 하지는 않았지만 짐의 무게에 짓눌릴 것 같으면 언제든지 제게 털어놓으라는 태도로 대했습니다."

우에모토의 당당한 입매에서 수많은 고민에 귀를 기울여온 자의 긍지가 느껴졌다.

"알겠습니다. 한 가지만 더 여쭙겠습니다. 나시다 씨는 수면제를 상용하셨습니까?"

"아니요, 처음 듣는 이야기입니다."

"잠을 못 이루어 힘들다는 이야기도?"

"오히려 푹 잔다고 말씀하셨어요. 요즘은 건강도 기분도 좋아 보였습니다."

마지막에는 나를 격려해주었다.

"힘내세요. 궁금하신 점이 있으면 언제든지 다시 찾아오세요."

통화하며 천천히 걸었는데 어느새 와타나베바시까지 왔다. 요쓰바시스지 도로 저편에 아사히 신문사와 페스티벌 홀이 있는 나카노시마 페스티벌 타워가 우뚝 서 있다. 2012년에 완공한 건물로, 과거에 그 자리에 있었던 신아사히 빌딩에는 개업 당시 동양 최고의 호텔이라고도 불렸던 리가 그랜드 호텔이 있었다.

그 맞은편의 아사히 신문 빌딩은 철거되었는데, 2017년에 새 빌딩으로 탈바꿈해 요쓰바시스지 도로를 사이에 두고 초고층 트윈 타워가 될 예정이다. 리가 로열의 새로운 호텔이 그곳에 들어갈 계획이라고 들었으니 긴세이 호텔이 지금 모습으로 존속하기는 어려울지도 모른다.

가쓰라기 부부의 고충이 떠올랐다. 돌연 죽음이 찾아오지 않았더라도 나시다가 긴세이 호텔에 머무르는 시간은 한정될 수밖에 없지 않았을까?

강에서 차가운 바람이 불어왔다. 나는 전화기를 주머니에 넣었다.

6

도지마에 있는 준쿠도 서점에서 실컷 시간을 때우다가 서점에서 빈손으로 물러날 수 없다는 지병 같은 습성에 따라 몇 권의 책을 사서 긴세이 호텔로 돌아오니 6시가 넘었다. 미나에가 나와서 402호를 바로 쓸 수 있도록 마련해두었다고 했다. 배려에 감사하며 1층 라운지에서 서일본국이 독립하는 소설을 읽고 있노라니 눈 깜짝할 새에 시간이 흘러 7시가 되었다. 요로즈 부부가 나란히 들어왔다. 두 사람 다 마흔 중반이라고 들었는데 조금 더 젊어 보였다.

니와가 준비해준 코멧 개별실로 들어가 어젯밤과 다른 코스 메뉴로 또 디너를 얻어먹게 되었다. 임페리얼 플로어에서 보낸 며칠 전 밤을 시작으로, 인생에서 이렇게 연속으로 후한 대접을 받은 적이 또 있었을까?

"여기는 말입니다, 아리스가와 씨, 아침에는 일본 가정식이 나온답니다. 밥 종류를 고를 수 있는데 죽이 일품이라 가게우라 선생님도 좋아하시지요. 그렇죠, 니와 씨?"

마사나오가 말하자 부지배인은 "예" 하고 미소를 지었다. 본디 이름표를 달고 있어도 호텔 직원을 이름으로 부르는 건 고객의 매너에서 다소 벗어난 행동이지만 상대에게 양해를 구했는지도 모르고, 이 호텔에는 그게 또 어울리는 것 같기도 했다.

"장기 투숙 손님을 위해 일식은 빼놓을 수 없습니다. 밖으로 나가면 다양한 가게가 있지만 호텔 안에서 일식을 먹을 수 없으면 아무래도 체류 기간이 짧아집니다."

니와가 허리를 살짝 굽히고 부드러운 목소리로 말했다. 과연, 그런 사정도 있구나. 인사를 마치자 니와는 "느긋하게 즐기십시오"라고 고개를 숙이고 롤러블레이드라도 신은 것처럼 매끄럽게 물러났다.

"나시다 씨 일은 정말 안타깝습니다. 명복을 빌지 않을 수 없어요."

마사나오가 차분하게 말했다. 소문과 달리 행동은 침착했는데, 말투도 어느 쪽인가 하면 느린 편이었다. 하지만 눈빛은 상당히 날카롭고 눈동자가 쉴 새 없이 움직였다. 내가 별 뜻 없이 테이블 위의 양초를 쳐다보면 그의 시선은 나를 앞지를 기세로 양초에 쏠렸다. 수완 좋은 증권투자가겠구나 싶었다.

"슬픈 일이에요. 그런 행동을 하실 기미는 느끼지 못했는데."

광고 대리점에서 일하는 부인 기와코는 나이와 어울리지 않는 높은 목소리로 말했다. 짧은 헤어스타일에 비즈니스 정장이 완벽하게 어울렸지만 목소리가 약간 어렸다. 콧날이 시원하다. 단적으로 말해 미인이었다.

나시다 미노루와는 몇 번 이야기를 나누었을 뿐이라는데, 문제는 대화의 양보다 질이다. 부부는 처음에는 정체 모를 미스터리 작가를 경계했지만 내가 진심을 담아 이야기하는 사이 서서히 경계를 풀었다. 나시다의 유산을 노리고 고인의 신변을 캐고 다니는 수상한 작자가 아닌가 경계했던 건지도 모른다.

마사나오가 와인을 음미하며 말했다.

"그분이 호텔에 오래 머무른 이유는 모릅니다. 좋은 표현은 아니지만 아내와 반쯤 농담 삼아 상상해보기도 했지요."

아내가 끼어들었다. "도망자설, 스파이설."

"그래요. 도망자설의 반대로 잠복중인 형사라는 가설도 나왔지만 대체 몇 년이나 잠복하는 건가 싶지요."

"잠복중인 형사는 아닐지 몰라도 뭔가를 감시하고 있었던 건지도 모르잖아요. 그 방, 401호실이었나? 거기서만 보이는 뭔가를 감시하고 있었다거나."

부부는 나시다의 방에 들어가본 적은 없었다. 재미있는 가설이기는 하지만 과연 거기서 감시할 대상이 있었을까? 맞은편 빌딩을 오 년에 걸쳐 쌍안경으로 들여다봤을 것 같지도 않은데.

"아리스가와 씨는 어떻게 생각하십니까?"

마사나오는 왼쪽 팔꿈치를 테이블에 얹으며 물었다. 준비한 대답은 없지만 미스터리 작가로서 뭐라도 말해야 한다.

"그러게요." 시간을 벌자. "이런 견해는 어떨까요? 401호에 계속 머무는 것 자체가 나시다 씨의 목적이었다."

"호오."

"어머나."

부부가 나란히 상체를 움찔 젖혔다.

"그건 무슨 뜻입니까? 조금 더 자세히 가르쳐주시지요."

마사나오가 말했다.

그때 웨이트리스가 수프를 내주며 살갑게 설명해주었다. 그 잠깐 사이에 나는 생각을 정리했다.

"다시 말해 이 호텔에서 가장 좋은 방을 독점하기 위해 장기 체류를 한 겁니다. 다른 사람이 쓰지 못하게 말이에요."

"어째서요?"

기와코가 이유를 물었다. 거기에 논리정연하게 대답할 수 있다면 내가 왜 이 고생을.

"유감이지만 현실적인 이유는 찾지 못했습니다. 오 년이나 방에 숨겨진 뭔가를 찾았다고 한다면 뭘 찾았는지가 수수께끼고……."

"요컨대 아리스가와 씨도 합리적인 가설이 떠오르지 않는다는 말씀이군요."

마사나오가 깔끔하게 정리해주었다.

"예. 힌트가 될 만한 걸 하나 찾긴 했는데."

매달 16일, 나시다가 봉사 활동도 쉬어가며 반드시 외출했다는 사실을 말해보았다. 하지만 요로즈 부부 역시 짐작 가는 바가 없다고 했다.

"나시다 씨가 어디를 다니셨는지는 모르겠지만 매달 그날은 밖에서 무슨 일이 있었던 거군요. 그렇다면 그게 긴세이 호텔에 머물러야 할 이유가 되지는 않겠지요."

기와코가 대단히 지당한 말을 했다. 내가 주운 것은 수수께끼를 풀 힌트조차 아니었던 건가.

오늘의 메인은 참돔 로티에 닭새우를 곁들인 생선 요리로 어제 먹은 개구리와는 스타일이 완전히 달랐다. 생선살을 부드러운 크림소스에 담뿍 찍어 먹었다.

"아리스가와 씨는 가게우라 선생님 부탁으로 이 일에 끼, 아니, 관여하게 되었다면서요?"

마사나오는 끼어들게 되었다면서요, 라고 말하고 싶었던 것 같다.

"가게우라 선생님, 상당히 집착하시네요. 아아, 아니, 그렇게 말하니 이상한 뜻으로 들릴 수도 있겠군요. 하지만 서로 방을 오갔을 정도니……."

"여보." 기와코가 타일렀다. "아리스가와 씨가 오해할 만한 소리는 하지 말아요. 가게우라 선생님 귀에 들어간다고요."

남편은 이제 만날 일도 없으니 들어가면 어떠냐고 반박하다가 실수했나, 하고 웃었다.

"만날 일이 없다는 보장은 없지 않습니까? 이 호텔을 또 방문하실 때 선생님이 계실지도 모르잖아요."

나는 놀리듯 말하고 방금 전 마사나오가 한 말의 진의를 확

232

자물쇠 잠긴 남자

인했다.

"가게우라 선생님과 나시다 씨는 친한 편이었습니까? 다른 층에 묵으셨으니 두 분이 방을 오갔어도 모를 것 같은데요."

"본인이 말씀하셔서 아는 겁니다."

"본인이라면 어느 분 말씀입니까?"

"나시다 씨입니다. '또 방에 차를 마시러 와주셔서, 흥미로운 이야기를 들을 수 있었습니다. 그런 고명한 작가 선생님과 이야기를 나눌 수 있다니 이 호텔에 머무는 덕에 얻는 덤이지요'라고 말씀하셨지요."

그때가 바로 나시다가 룸서비스를 부탁하는 몇 안 되는 기회였다.

"가게우라 선생님에게 어떤 이야기를 들었을까요?"

"집필중인 신작 이야기라던데요. 그건 드문 행운이죠. 나시다 씨는 역사를 좋아하셔서, 요도도노의 파란만장한 생애에 대해 두 분이서 열심히 이야기를 나눴다고 들었습니다. 자랑은 아니지만 저는 일본사도 세계사도 전혀 몰라 요도도노라는 말을 듣고도 어떤 사람인지 잘 몰랐지만요. 아내는 일본사에 박식합니다. 이곳 니와 씨를 만나자마자 이름표를 보더니 '니와 나가히데의 후손이신가요?'라고 물었을 정도예요. 요도도노가 전국시대 으뜸가는 미녀라는 오이치 님 따님이었나? 오이치 님은 오다 노부나가의 여동생이니, 노부나가의 조카인가. 어릴 적 이름은 자차고, 노부나가 사후에 도요토미 히데요시와 혼인해 요도노카타가 된 거 맞나?"

아내가 손가락으로 OK 사인을 만들었다.

"맞아요. 내 강의를 성실하게 들었나 보네."

"당신이 갑자기 시험을 내곤 하니까 진지하게 듣지. 굉장한 인생이야. 오이치라는 인물도 그렇지만 딸도 너무 기구해."

"오이치의 첫 번째 남편은 누군지 기억해?"

와인잔을 한 손에 들고 기와코가 남편의 지식을 체크했다.

"기타오미 지방의 아자이 나가마사. 아사이가 아니라 아자이라고 읽는 거지? 노부나가 말을 듣고 결혼했는데 아네가와 전투인지 뭔지가 복잡하게 얽혀서 노부나가가 아자이 가문을 멸하고 말지."

"정답. 오다니 성은 불에 타버렸고, 장남 만푸쿠마루는 처형당했지만 오이치와 세 딸은 목숨을 건졌어. 오이치의 두 번째 남편은?"

"자꾸 떠보네. 노부나가가 혼노지의 변으로 죽은 뒤에 중신 시바타 가쓰이에와 결혼했잖아. 그러다가 패권 싸움으로 히데요시하고 시즈가다케 전투인지 뭔지가 벌어져서 가쓰이에의 기타노쇼 성이 함락되었고. 오이치는 그 안에서 남편과 함께 자해. 이번에도 살아남은 세 딸 중 장녀가 차차. 제대로 외웠지? 결국 차차는 원숭이에 대머리 쥐 소리를 듣던 히데요시의 측실이 되고 말지."

"두 번째 정실이었다는 말도 있지만."

"까다롭게 따지네."

"그래서 어떻게 됐어?"

"어쨌거나 아내가 되어서 그때까지 후사가 없던 히데요시의 아이를 낳고, 요도 성에 살게 되어 요도노카타, 요도도노로 불렸지. 히데요시 사후, 도요토미 히데요리에게 충성을 다하겠노라 맹세했던 도쿠가와 이에야스가 '그런 약속, 전쟁통에서 지킬 리 있나' 하고 침공해서 세키가하라 전투에서 승리해 마지막까지 눈엣가시였던 도요토미 가문을 오사카 전투에서 뿌리 뽑지. 요도도노는 끝내 항복하지 않고 불타는 성에서 아들과 함께 숨을 거두었어. 그게 지금으로부터 정확히 사백 년 전. 굉장하지, 요도도노. 인생에서 세 번이나 자기 성이 불에 타버렸으니."

나를 내버려두고 부부끼리 역사 퀴즈인가 생각하면서 메인 요리에 손을 뻗었다. 비프는 어제 먹어서 어린 양고기 로스트를 미리 골라두었다. 두 사람의 대화는 계속되었다.

"역사에 정통한 부인께 여쭙겠는데 히데요리는 정말 히데요시의 아들이야? 히데요시는 쉰이 넘도록 후사를 보지 못했는데 요도도노만 둘이나 낳았다니 이상하다고 의심하는 소리도 있던데."

"궁합이 좋았던 거지."

"히데요시가 명나라 침공 준비로 규슈에 가 있는 사이에 히데요리를 회임했다는 말도 들었는데."

"명나라인 줄 용케 알고 있네. 말도 안 되는 소리잖아. 남편이 성을 비웠는데 다른 사람하고 아이를 만들면 그 시대에도 계산이 안 맞는다고 소동이 벌어질 게 뻔한데. 천하를 차지한 히데요시가 자기 자식이라고 믿을 리 없지."

"아아, 그렇지. 아리스가와 씨, 주식은 하십니까? 닛케이 평균은 만 칠천 엔대를 오가고 있지만 올해 안에 이만 엔까지 오를 거라는 예측도 있는데."

화제가 갑자기 튀었다. 주식보다 펭귄을 사고 싶다고 말해 줄까.

"주식은 아직⋯⋯. 착실하게 쌓아가는 게 성격에도 맞고 밑천도 없습니다."

"착실한 거, 좋지요. 만약 관심이 생기면 아까 드린 명함에 적힌 번호로 연락하십시오. 사실 나시다 씨한테도 그런 말을 했는데 이제 와서 보니 민망하네요. 어느 정도 저금이 있어

은퇴 생활을 하시는 줄은 알았지만 상상을 뛰어넘는 금액이었습니다. 검소하게 사셨다고 하니 수중의 자금을 어떻게 굴릴지 고민할 필요도 없었던 거겠지요."

"돈에서 자유로웠던 거야."

기와코의 한마디에 마사나오는 고개를 끄덕거렸다.

"응, 절묘한 비유네. 돈에서 자유로운 사람 앞에서 내 영업은 맥을 못 추지."

그들이 나시다와 어떤 이야기를 나누었는지 물어보았지만 하루 일과에 대한 잡담이나 요로즈 부부의 업무에 관한 잡담이 대부분이고 깊은 내용은 없었다. 나시다가 화재를 당했다는 이야기도, 지진으로 가까운 사람을 잃었다는 이야기도 들은 바가 없었다고 한다.

"어떤 일을 했는지는 말씀을 꺼리셨어요. '지인하고 국도변에서 양판점을 했습니다'라고 간단히 말씀하실 뿐이었죠. 장사와 인간관계에 지쳐서 은퇴하셨다는데, 너무 열심히 일해서 기력이 다하셨던 걸까."

"당신도 조심해요."

"괜찮아. 일에 분골쇄신하는 척하면서 적당히 힘을 빼고 있으니까."

"너무 빼도 안 돼. 아직 대출이 있으니까."

부부간의 대화는 인테리어 공사로 깔끔해진 집에 돌아가서 해주면 좋겠다.

"함께 양판점을 운영했던 지인에 대해 뭔가 말씀하신 건 없습니까? 그 사람에게 물어보면 나시다 씨가 어떤 분인지 조금 더 알 수 있을 것 같은데."

부부는 모른다고 했다.

"히로시마에 살았다는 이야기는?"

"간사이보다 서쪽, 규슈보다는 동쪽에서 장사를 했던 것 같기는 했습니다. 시코쿠는 아닌 듯했어요." 마사나오가 말했다. "이야기를 듣다 보니 거기까지는 파악했는데, 히로시마에 계셨는지는 잘 모르겠습니다."

이 대답도 너무 모호했다.

"나시다 씨 앞으로는 연하장 하나도 오지 않았다더군요. 그 지인하고도 연락을 주고받지 않았다니 싸우고 절교했나 하는 생각도 해봤는데……."

그 언저리 사정도 잘 모르겠지 싶으면서도 말해본 건데 기와코가 뜻밖의 반응을 보였다.

"싸웠을지는 몰라도 계속 사이가 틀어진 상태는 아니었을 거예요. 연초에 나시다 씨가 전화를 걸었다고 했으니."

나시다가 과거의 지인에게 연락을 취했다니 새로운 사실이다. 덥석 매달리지 않을 수 없었다.

"자세히 말씀해주세요. 연초 언제, 어떤 전화를 했던 겁니까?"

나이프로 고기를 자르려던 부인이 손길을 멈추었다.

"그게 중요한가요? 자세히 말해달라고 하셔도 나시다 씨에게 들은 얘기가 전부예요. 그분이 돌아가시기 이틀 전쯤이었을까요."

기와코의 말에 따르면 이러했다.

그날 기와코는 마사나오에게 야근으로 늦는다는 연락을 받고 방에서 조용히 독서나 즐기려고 1층 라운지에 있는 책장을 살피러 내려왔다. 금방 읽을 수 있는 얇은 소설이 좋겠지 하고 보는데 나시다가 다가왔다. "안녕하세요." 인사는 자연스레 대화로 이어졌다. 나시다는 다 읽은 책을 반납하러 온 것이었다.

"『세인트 안셈 923호실』, 코넬 울리치. 무슨 소설인가요?"

기와코는 나시다가 책장에 돌려놓은 책등을 보며 물었다.

"뉴욕의 낡은 호텔 923호에서 일어난 일곱 가지 이야기를 다룬 소설입니다. 해설에 따르면 작가는 굉장히 유명한 추리 작가라는데, 이 작품은 호텔방을 통해 인간의 인생을 그린 드라마더군요."

책을 꺼내보니 추상화를 사용한 표지가 세련되었다. 표지 제목에는 923호실이 숫자로 적혀 있는데 책등에는 한자로 되어 있는 건 일부러 그런 걸까, 실수일까, 업무로 인쇄물을 다루는 사람이라 신경이 쓰인다. 원제는 'HOTEL ROOM', 1958년 작품이다.

19세기 말에 화려하게 개업한 호텔. 그곳의 어느 방을 스쳐가는 다양한 숙박객과 호텔이 낡고 쇠락해 철거되는 과정을 그렸다고 한다. 인간에 빗댄 호텔의 일생을 테마로 한 것도 재미있어 보였고 별로 두꺼운 책도 아니라 방에 가져가기로 했다.

"읽어볼게요. 전 죽이네 죽었네 하는 소설은 정말 못 봐요. 여가 시간에 그런 소설만 읽는 사람들 속을 알 수가 없다니까요. 그런 내용은 아니겠지요?"

"예. 아까도 말씀드린 것처럼 추리소설은 아닙니다. 아아, 그래도 여섯 번째 에피소드에는 깜빡 속아넘어갔지 뭡니까. 추리소설가한테는 방심하면 안 된다니까요."

해설을 훑어보니 작가는 모친과 둘이서 호텔에서 살았다고 한다. 어머니가 돌아가신 뒤 칠 년의 침묵을 깨고 이 소설을 발표하고 죽을 때까지 호텔 생활을 했다고 하니 점점 더 관심이 갔다.

"호텔에서 평생을 보내는 사람도 있군요. 나시다 씨도 그
럴 생각이세요?"

그만 그런 질문을 했는데 나시다는 불쾌한 내색도 하지 않
고 대답해주었다고 한다. "그럴지도 모르지요." 어쩐지 기분
이 좋아 보였다.

"친구분을 만나기도 하시나요?"

"아니요."

"어머, 그러세요? 요전에 말씀하신 업무 파트너였던 분하
고도 연락하지 않으세요?"

"예. ……아니."

미묘한 대답이라 캐물어보았다. 말을 꺼리는 척하면서 사
실은 들어주길 바랐는지도 모른다.

"혹시 만나셨어요?"

"아니요, 만나지는 않았는데 연초에 마음이 싱숭생숭해 전
화를 걸었습니다. 거리의 불빛을 바라보는 사이 문득 사람이
그리워진 거겠지요. 저도 모르게 눈에 들어온 공중전화로 다
가가서. 어울리지 않지요. 구 년…… 십 년 만인가. '잘 지내
고 있어. 그쪽은 별일 없고?' 그 정도 연락이었습니다."

"멀리 사는 분인가요?"

"신칸센을 타면 금방이지만 물리적 거리는 심리적 거리와

또 다르지요. 그 사람과는 '잘 지내나. 그거 다행이네' 그 말이면 족합니다."

"'또 전화할게'라고 말씀하셨어요?"

"아니요."

기와코는 코가 찡했다. 그녀 몫이 아닌 고독 때문이었다.

"……대충 그런 상황이었어요."

그 지인의 이야기를 꼭 들어보고 싶었는데 어디 사는 누구에게 전화를 했는지로 연결되는 정보가 없는 게 아쉬웠다. 기와코가 끈질기게 물었어도 과거를 철저히 숨겼던 나시다가 말했을 리는 없지만.

"나시다 씨는 왜 기분이 좋았던 걸까요?"

지푸라기라도 잡는 심정으로 물었는데 기와코가 쓴웃음을 흘렸다. 그렇게 보인 건 그녀의 주관적 견해일 따름이고 그와 나눈 대화에서는 좋은 일이 있었다는 말조차 나오지 않았다고 한다.

"마사나오 씨는 달콤한 걸 좋아하십니까?"

13일 밤 상황으로 화제를 바꾸려고 운을 떼자 증권맨이 이를 드러내며 웃었다.

"아리스가와 씨는 갑자기 화제가 튀는군요." 이 사람에게 그런 소리를 듣다니. "그럼요, 좋아하고말고요. 초콜릿부터 단팥죽까지. 나시다 씨가 돌아가신 밤에도 충동적으로 팥죽이 먹고 싶어 근처에 사러 나갔습니다. 자동판매기에서도 팔거든요."

"잠옷 바람이었는데 긴급 출동하듯 옷까지 갈아입고 말이지." 아내가 놀렸다.

"팥죽을 사러 나갔을 때 호텔 주변에서 수상한 인물을 보지는 못하셨습니까?"

"수상한 사람은 못 봤습니다. 나시다 씨가 살해당했을 가능성을 찾으려고 물어보시는 거겠지만 대체 어떤 사람이 세상을 등지고 살던 온화한 그분을 노렸겠습니까?"

"저도 동감이에요. 나시다 씨에게 원한을 품은 사람이 있었던 건가요?"

부부가 진지한 눈빛으로 묻자 모른다고 대답할 수밖에 없었지만, 나시다가 병원 자원봉사 동료들에게 했다는 말이 뇌리를 스쳤다.

—이쪽에 잘못이 없어도 불쾌한 일을 당하는 건 피할 수가 없군요.

그는 깨닫지 못한 무언가가 죽음을 불러들였을지도 모른다. 그렇다면 나시다와 일면식도 없는 내가 그 원인을 알아낼 수 있을까, 나약한 불신이 고개를 쏙 내밀었다.

"나시다 씨가 알려준 소설, 정말 재미있었는데."

기와코는 『세인트 안셈 923호실』을 단숨에 읽고 몹시 만족했다고 한다. 아무렴, 좋은 소설이다.

"좋은 마지막 선물을 받은 기분이에요. 그 작가의 다른 작품도 읽어보고 싶은데, 그쪽에서는 살인 사건이 일어나겠지요?"

어렸을 때부터 여러 호텔에서 살았던 코넬 울리치는 윌리엄 아이리시라는 다른 이름으로 더 유명한 작가로, 서스펜스 소설의 거장이다. 대표작은 『환상의 여인』과 『새벽의 데드라인』. 히치콕 감독의 〈이창〉이나 트뤼포 감독의 〈상복의 여인〉은 그의 소설이 원작으로, 일본 서스펜스 드라마에도 많은 원작과 소재를 제공했다. 그가 쓰는 소설에는 온통 살인 사건뿐이다.

"예, 잔뜩 죽습니다. 사람이 죽지 않는 소설도 좋지만 살인 사건을 통해서 그려낼 수 있는 주제도 있으니까요."

미스터리 작가의 자기변호로 들릴 것 같아 자세히 말하지는 않았다.

울리치＝아이리시는 내가 무척 좋아하는 작가로, 엘러리 퀸 연구가로도 유명한 프랜시스 M. 네빈스 주니어가 쓴 평전도 읽었다. 건강을 돌보지 않아 알코올의존증과 당뇨병에 시달린 아이리시는 만년에 오른쪽 다리를 절단하고 휠체어 생활을 하다가 의식불명에 빠진 것을 호텔 종업원이 발견했다. 그리고 며칠 뒤, 64세로 생애를 마친다.

아이리시는 호텔방은 전 세계 어디를 가나 비슷하므로 거기에 틀어박혀 지내는 생활은 "현실적으로, 즉 세상 본연의 모습을 그리려는 자세를 가진 작가에게는 치명적이리라"라고 말하면서도 "그렇지만 다행히 나는 상상력의 작가다"라는 말을 남겼다. 자존심에서 나온 말이리라. "나는 내가 그렇게 뛰어나다고 생각한 적은 없다. 다만 진실을 말하려고 애써왔다"고 말한 적도 있다.

불후의 명작 『환상의 여인』의 헌사는 이러하다. "(이제는 그곳을 벗어났다는 데) / 무한정 감사하는 마음을 담아 / 호텔 M 605호실에 바친다". 호텔에 대한 뒤엉킨 애증이 보인다.

아이리시는 병원에서 숨을 거두었기에 그 점은 나시다와 다르지만 호텔에서 살았던 것 외에 두 가지 공통점이 있었다. 하나는 물건을 멀리하려 했다는 것. 아이리시가 쓴 막대한 원고의 대부분은 유품 속에 없었다. 자기 작품마저도 지인이나 호텔 종업원들에게 증정해 거의 남아 있지 않았다. 또 하나는 거액의 재산을 가진 채로 세상을 떠났다는 점. 다만 그건 나시다와 달리 유언장에 따라 처리되었다.

요로즈 부부와 함께 한 인터뷰 디너는 이런 느낌으로 막을 내렸다. 내가 여기 체류하게 될 것 같다고 말하자 두 사람은 "또 만나 뵈러 들르겠습니다"라고 했는데, 과연 빈말인지 진심인지.

부부는 니와에게 인사를 하고 돌아갔고, 나는 지배인 부부에게도 인사를 한 다음 호텔을 나섰다. 지하철 히고바시 역으로 향하려다가 등뒤에 시선을 느끼고 돌아보았지만 착각이었다. 고개를 드니 눈에 들어온 4층 창문은 402호, 나시다가 묵던 방은 아니었다.

7

혼마치와 다니마치 4가에서 두 번 환승해서 집에 도착하니 거의 10시였다. 부재중 전화도 팩스도 수신 이력 없음. 컴퓨터를 켜고 이메일을 확인했다. 어째서 이런 게 오기 시작했지 싶은 뉴스레터를 여덟 통 지우고 나니 남은 건 두 통, 둘 다 편집자가 보낸 것이었다. 냉장고에서 페트병에 든 시원한 엽차를 꺼내 그대로 입을 대고 마시며 읽었다.

홋카이도 출장에서 돌아온 가타기리의 용건은 "가게우라

자물쇠 잠긴 남자

선생님이 부탁하신 건은 어떻게 됐습니까? 어떤 용건이었는지 지장이 없다면 살짝 귀띔해주세요"였다. 입단속을 당한 건 아니지만 설명이 길어지니 "오사카에서 조사를 의뢰받았습니다. 다음에 만날 때 느긋하게 이야기해드리겠습니다"로 넘어가기로 했다.

도이 사키에의 정중한 메일은 긴세이 호텔의 대응은 어땠는지 염려하는 내용이었다. 가게우라가 그녀를 통해 재촉하지 않는 것에 안도했다. 중압감 때문이 아니라 가게우라가 그렇게 성급하거나 교만하다고 생각하고 싶지 않았기 때문이다. 에도 기질을 가졌다면 '그 사람한테 맡기기로 했으니 잠자코 대답을 기다리면 돼'라고 말하는 대범함이 어울린다.

호텔이 전면적으로 협조해준다는 사실을 정확하게 전했다. 가게우라가 미리 말을 해준 덕도 있지만 오너인 가쓰라기 미나에가 진상 규명에 열성적인 부분이 크다. 중간 보고로 알릴 수 있는 내용은 얼마 되지 않았지만 지난 이틀 동안 무엇을 조사했는지 간략하게 적어 답장을 썼다. 그리고 나시다가 매달 16일에 봉사 활동을 쉰 이유에 대해 가게우라에게 짐작가는 바는 없는지 물어봐달라고 했다. 갑작스럽지만 내일부터 호텔에 머물게 되었다는 이야기도. 나시다가 품고 있던 비밀에 대해 조사할수록 끌려 들어가는 것 같다는 말도 덧붙이

고, "뭔가 알아내면 바로 연락하겠습니다"라는 말로 마무리
하고 발송 단추를 클릭했다.

자, 이제.

내일부터 외박이다. 뭘 가져갈지 고민하다가 히무라에게
전화해볼까 하는 생각이 들었다. 사회학부 입시는 2월 5일이
라고 했으니 사흘 후인가. 수험생 제군은 막바지 공부도 해야
하고 신불에도 기도하느라 바쁘겠지만 부교수가 집에 일거리
를 가져갈 정도로 눈코 뜰 새 없이 바쁠 리는 없다.

기본 요금을 내고 있으니 이 녀석도 좀 써줘야지. 집전화로
걸어보니 바로 받았다. 지금 시간 되느냐고 물으니 비딱하게
군다. "없지는 않아." 있나 보군.

"그 건을 조사하고 있는데, 난항을 겪고 있어."

"그렇겠지. 경찰하고 달리 조직의 힘도 과학의 힘도 없이
수사하고 있으니 당연한 거야."

"어제하고 오늘, 사망한 나시다 미노루가 어떤 생활을 했
는지 물어보고 다녔어. 자원봉사를 했던 곳에도 가봤는데, 무
슨 일을 했는지는 알아도 무슨 생각을 했는지를 모르겠어. 자
기가 어떤 사람인지 들키지 않으려고 자물쇠를 걸어놓은 것
만 같아."

수화기 너머에서 달칵 소리가 났다. 라이터로 담뱃불을 붙

인 모양이니 한동안은 어울려주겠지. 나는 엽차 페트병을 옆에 내려놓았다.

나시다의 잔영을 추적한 지난 이틀에 대해 내가 하는 이야기를 히무라는 말없이 끝까지 들은 뒤에 짤막하게 말했다.

"그렇군."

"꼭 조사해야 할 것들을 알아보고는 있는데, 뭐 놓친 게 있을까?"

"아니, 그렇지 않아. 소설로 먹고살기 힘들어지면 사립 탐정으로 전직해도 될 만큼 잘하고 있어."

결과는 없지만 일정 수준의 평가를 얻었다.

"오너가 부탁해서 내일부터 그 호텔에 묵게 됐어. 아직 제대로 이야기를 들어보지 못한 시카우치 마리카라는 뮤지션도 만날 수 있겠지. 뭔가 조언해줄 게 있으면 말해줘. 나시다가 연초에 전화한 옛친구를 찾아봐야 할까?"

"그건 고생에 비해 성과를 별로 기대할 수 없을 거야. 히로시마 현을 기점으로 주고쿠 지방 양판점에 전부 전화로 문의해도 찾을 수 있을지 의심스러워. 나시다와 함께 경영했던 가게가 아직 있다는 보장도 없고, 그쪽도 은퇴했을지 모르지. 그가 나시다의 죽음의 진상을 알고 있는 게 확실하다면 경찰에 부탁하고 싶지만 지금 시점에서는 그것도 기대하기 어렵겠군."

"그러게. 어쩌지?"

대화가 끊겼다. 히무라도 바로 묘안을 내놓지는 못하는 모양이다.

"네가 열심히 하고 있는데 찬물을 끼얹는 것 같아 미안하지만." 그렇게 단서를 달더니 이런다. "자살이라는 경찰의 견해를 뒤집기는 어려워. 상대는 법의학적 근거에 기초해 그런 판정을 내렸으니까."

이제 와서 그런 소리를.

"어, 히무라 선생님이 그 정도로 경찰을 신뢰하는 줄은 몰랐네. 경찰이 자살이라고 판단하면 틀림없이 자살이야? 실수는 없다? 나는 평범한 일개 시민이고 딱히 경찰을 의심하거나 적대시하지는 않지만 전폭적으로 신뢰하지도 않아. 막대한 업무량을 끌어안은 사람들이 모인 조직이니 실수도 많겠지. 실제로 중요한 증거품을 과실이나 고의로 분실하기도 하고, 어이없는 실수가 뉴스에 오르는 경우도 있잖아. 이 자식 설마, 평소 그 거대한 조직에 협조하는 사이에 경찰 신봉자가 된 거야?"

일부러 도발적으로 말해보자 히무라는 "부추기지 마"라고 했다.

"시게오카라는 경사가 네게 좋지 않은 인상을 준 모양이군."

"그래, 좋지는 않았어. 연고 없는 고령자가 죽었으니 자살로 처리해도 아무도 뭐라고 하지 않겠지, 그렇게 생각한 거 아니겠어? 아니, 잠깐만. 나시다는 이억 엔이 넘는 예금이 있었어. 사실은 그 돈을 동물 애호 단체나 어딘가에 기부하겠다는 유언장을 썼는데 은폐한 걸지도 몰라. 유산이 그대로 국가에 넘어가도록."

물론 진심으로 하는 소리는 아니지만 재미있는 농담도 아니라는 점은 반성해야겠다. 하아, 하는 히무라의 한숨 소리가 들렸다.

나는 여기서 가게우라 나미코에게 배운 필살기를 쓰기로 했다.

"경찰의 실수로 눈앞에서 완전범죄가 성립될지도 몰라. 히무라 히데오가 간과해도 될까?"

"아주 내 하트에 불을 붙이네."

안 되겠다, 웃는 얼굴이 눈에 선하다.

"대단히 소설가다운 선정적인 문구였어. 네 노력은 인정하지만 나시다 미노루의 실상을 알아낸다 해도 그걸로 자살인지 타살인지 판정할 수 있을까? 사체검안서를 꼼꼼히 조사하는 편이 **빠를** 것 같은데. 거기에 일절 모순이 없다면 타살설은 나설 자리가 없을지도 몰라."

"사체검안서라. 보여달라고 할게. 아마추어가 그걸 보고 모순을 찾을 수 있을지는 일단 차치하고."

내가 지적할 수 있을 만큼 초보적인 사실을 놓친 수사관이 있다면 당장 사표감이다.

"네 직감이라는 이름의 나침반 바늘은 여전히 자살을 가리키고 있어?"

호칭을 '이 자식'에서 '너'로 바꿔서 그런 건 아니겠지만 히무라로부터 뜻밖의 대답이 돌아왔다.

"아니, 살인일지도."

드디어! 자리에서 벌떡 일어날 뻔했다.

"왜 생각이 바뀌었어?"

"나시다가 수면제를 복용했다는 말을 들었으니까. 자살하는 사람의 행동으로 이상할 건 없지만 약봉지가 현장에 남아 있지 않았다는 건 부자연스러워. 다만 나시다가 의외의 방법으로 약을 보관했을 가능성도 있으니 자살로 단정할 근거로는 너무 약해."

"흐음. 그러면 어떤 사실을 찾아내면 타살의 근거가 되는데?"

"그게 난제야. 가령 나시다의 수첩에는 1월 14일 이후의 예정도 적혀 있었지?"

"있었어."

"일정이 가득차 있고, 비싼 오페라 티켓을 몇 장이나 사두었고, 호텔 지인들에게 '다음주에 볼링 대회를 엽시다' 하고 행사 전단지를 나눠줬다고 해서 그런 사람이 자살할 리 없다고 단언할 수는 없어. 인간은 충동적으로 죽음을 선택할 수도 있으니까. 법의학적 근거 없이 자살이 아니라고 증명하기는 불가능에 가까울지도 몰라."

"가차없네."

내가 아무리 발이 닳도록 뛰어다니며 나시다의 인물상이나 그가 처했던 상황을 밝혀내도 심리적 요인만으로는 자살설을 무너뜨릴 수 없다는 말인가.

"비관론밖에 말하지 못해 미안하군."

"현실을 직시하면 그렇게 되니 사과할 필요는 없어. 그렇다면 투명한 범인에 의해 완전범죄가 성립되는 건가?"

"내가 가장 싫어하는 말을 반복하지 마."

"와안저언—."

"쳇."

가게우라가 직접 전수해준 필살기는 제대로 먹혀들었다. 히무라는 뜨거운 정의감으로 완전범죄를 저지르려 한다기보다 그저 그것을 꾸미는 자를 증오하는 것이다. 자세히 말하려

들지는 않지만 그 사악함이 과거 그의 안에 깃든 적이 있기 때문으로 보인다. 아아, 여기에도 자물쇠 잠긴 남자가 있다. 그렇게 생각하지 않을 수 없었다.

히무라는 에이토 대학을 졸업하고 부교수가 된 후에도 여전히 사쿄 구 기타시라카와의 낡은 하숙집에서 살고 있다. 많았던 하숙생들은 그를 제외하고 다들 떠나 지금은 집주인 할머니와 둘이서 산다. 주워 와 기르는 고양이가 세 마리 있고, 하숙집과 호텔은 다르지만 체류 연수 십오 년은 나시다 미노루 저리 가라다.

"할 수 있는 일은 해보지." 마침내 히무라의 입에서 그 말을 끌어냈다. "넌 긴세이 호텔에 머물면서 나시다 미노루의 신변을 최대한 조사해. 사건 당일 밤 숙박객이나 호텔 종업원들과 적극적으로 대화하고. 질문거리가 떨어지면 잡담이라도 상관없으니 상대의 이야기를 끌어내. 나시다의 죽음에 관여한 사람이 있다면 말실수를 할지도 모르지. 그 안에 범인이 없다 해도 무심결에 중요한 정보를 떠올릴 수도 있어. 전화라도 좋으니 가게우라 나미코의 이야기도 다시 들어봐. 나시다가 죽기 직전에 취한 행동도 조사해볼 가치가 있겠군. 그가 누구와 만났는지, 무엇을 보고 들었는지 등등. 401호는 지금 비어 있다고 했지? 훼손되지 않고 남아 있는 증거가 있을지는 모르겠지만, 가급적 지금 상태 그대로 보존해줘."

줄줄이 쏟아지는 말은 괄목할 만큼 참신한 내용의 지시는
아니었지만 히무라가 진지하게 생각해준다는 게 기뻤다.

"다 알겠어. 사체검안서도 손에 넣어야 하지?"

"그건 내가 후나비키 씨한테 손을 써서 어떤 방법으로든
네게 보내도록 하지."

"긴세이 호텔 402호 앞으로 보내줘. 나는 이제 호텔의 주
민이 될 거니까."

"섬사람이 되겠군."

"그래. 오사카에 살면서."

내일이 되면…… 어딘가 먼 타향으로 떠나는 듯한 착각에
사로잡혔다. 얼마나 머물게 될까. 벽에 걸린 달력을 보는데
잊고 있던 의문점이 생각났다.

"나시다는 매달 16일에 뭘 했을까?"

히무라가 선뜻 대답했다.

"누군가의 기일 날짜에 맞춰 매달 성묘를 갔던 것 아닌가?"

듣고 보니 당연한 발상이라, 가장 먼저 떠오를 법한 생각인
데 내게는 맹점이었다. 나시다가 정말 천애 고독한 처지였다
면 수많은 핏줄들과 친구, 지인들과 사별했으리라. 기일 날짜
에 맞춰 매달 꼭 찾아가는 무덤이 있었다고 생각해도 자연스

럽다.

"만약 그렇다면 어지간히 인연이 깊었던 인물, 혹은 특별한 관계였던 인물이겠지. 그게 어디 살던 누구 무덤인지 조사하려면 단서가 필요해. 나시다가 버스나 철도 선불카드를 가지고 있었어? 선불카드를 이용했다면 거기에 승하차 기록이 남아 있을지도 몰라."

"호텔이 보관하고 있는 유품 중에 충전식 카드는 없었어. 오사카 시 교통국이 판매하는 일회용 회수 카드 새것 한 장이 전부야."

"그럼 소용이 없군."

"뭐, 아등바등 조사해볼게." 가망은 별로 없어 보이지만. "어디 사는 누군지 모르지만 그 무덤에 잠들어 있는 인물은 한신·아와지 지진 때 사망한 건 아닌 것 같지?"

그 지진은 1월 17일에 발생했으니 기일로는 하루 빠르다. 지진으로 부상을 입어 다음달 16일에 세상을 떠났을지도 모르지만.

"성묘가 확실한 것도 아니야. 별로 일반적이지 않은 사정이라면 현시점에서는 추측할 재료가 너무 부족해서 알 수 없어."

"별로 일반적이지 않은 사정이라. ……잠깐만. 기계로 조사해보자."

나는 전화를 한 손에 들고 컴퓨터 앞으로 가서 '매달 16일'
로 검색해보았다.

"뭐 나왔어?" 급하기는.

"2005년 2월 16일에 지구온난화 방지 교토 회의에서 교토
의정서가 발효된 이후로 매달 16일은 에코의 날이래. 환경에
유익한 활동을 하는 날이라는데, 알고 있었어?"

"세상에나. 교토에 살면서도 몰랐군. 죄스럽게도 지난달
16일도 지하철이 다니는 곳에 가솔린차를 끌고 갔어."

에코의 날 외에 검색된 결과는 없었다.

"오늘 전화 수사 회의는 여기서 마무리하지. 다음에는 뭔
가 수확을 알리는 전화면 좋겠군." 부교수는 하품을 참고 있
다. "내일 아침 일찍 나가야 해서, 일을 정리하고 나는……."
참지 못하고 하품. "잘 거야."

입을 쩍 벌린 주인에게 호응하듯 고양이 한 마리가 야옹 울
었다.

전화를 끊어 졸음이 가득한 남자를 풀어주고, 차를 마셨
다. 나도 오전부터 돌아다니느라 피곤해서 냉큼 호텔행 준비
를 마치고 쉬고 싶다.

뭔가 가져갈 건 없나, 작업실에 들어가보니 책장에 나란히
꽂힌 『코넬 울리치의 생애』 상하권 세트가 눈에 들어왔다. 호

텔과 관계없는 내용 중에서 마음에 남는 문장이 있었던 것을 기억한다. 분명 하권이었는데. 책을 꺼내 글귀를 찾아보니 바로 나왔다.

231페이지. "다만 진실을 말하려고 애써왔다"라는 문장 몇 줄 뒤에 그의 사후 발견된 쪽지에 적혀 있던 문장이 인용되어 있었다.

어느 날엔가 어둠이 덮쳐와 나를 지워버리리라는 것을 알고 있었다. 나는 그저 잠시 동안 그것을 극복하려 했던 것이다. 죽은 후에도 아주 조금 오래 살아보려 했던 것이다. 이 세상을 떠난 뒤에도 빛 속에 머물러, 잠깐이라도 더 산 사람들과 함께 있고 싶었다.

잠깐은커녕 앞으로도 영원히 살아 숨쉴 작품을 낳은 서스펜스의 거장과 나를 비교하는 건 우습지만 아이리시와 나의 생각은 일치한다. 죽어버린 뒤에도 아주 잠깐이라도 좋으니 내 작품을 통해 산 사람들과 함께 있기를 바란다. 그 소망 앞에서는 한때 얼마나 많은 독자들에게 인기를 끌었나 하는 한시적인 성과는 큰 의미가 없다. '잠깐'이라고 말하지만 이것은 작가에게 커다란 야망이다.

—당신, 사람이 싫지요?

가게우라의 목소리가 들렸다. 살아 있을 때는 사람들에게 불평불만을 퍼붓는 주제에 죽고 나서도 '잠깐'이라도 산 사람들과 함께 있기를 원한다. 그것이 바로 사람을 싫어하는 사람의 전형적인 모습일지도 모른다.

그 부분에 부전지를 붙이고 책을 덮기 전에 페이지를 들췄다가 우연히 눈에 들어온 어느 문장에 정신이 번쩍 들었다. 그것은 아이리시의 일기에 있던 메모로, 뭔가의 인용인 듯하지만 출전은 알 수 없다고 한다.

한 사람을 죽이는 자는, 세상을 죽이는 것이다.

히무라라면 내가 부전지를 붙인 자리는 거들떠보지도 않고 이 한 문장에 어지러이 새빨간 밑줄을 긋지 않을까. 펜 끝이 긁히는 소리가 들리는 것만 같았다.

제4장

그 원죄

1

2월 3일.

가까우니 언제든지 집에 돌아갈 수 있다고 해도 막상 호텔에 머문다 생각하니 정리해두고 싶은 일이 이것저것 나와서 오전을 다 보내고 말았다. 인스턴트 라면으로 점심을 때우고 갈아입을 옷을 넉넉히 담은 여행 가방을 들고 맨션을 나서는데, 화단에 물을 주던 관리인이 "여행 가십니까?" 하고 물었다.

"잠깐 섬에요."

"오키나와는 따뜻하겠군요."

"아뇨, 나카노시마입니다."

하하하, 서로 웃음을 주고받고 지하철역으로 향했다. 긴세이 호텔에 1시 반에 체크인했다. 마중나온 가쓰라기 부부가 402호 열쇠를 건네주었다. 그때 두 가지 규칙을 정했다. 하나는 스위트룸을 희망하는 손님이 나타나면 바로 방을 비우겠다는 것. 또 하나는 1박당 나시다와 같은 금액의 객실 요금을 내겠다는 것. 부부는 둘 다 받아들이려 하지 않았지만 이번에는 내가 밀어붙였다.

"원하셔서 머무는 게 아니라 저희 요청으로 머물러주시는 건데."

미나에의 반대가 특히 심했다.

"방에서 제 작업도 할 건데 무료는 죄송해서요. 게다가 긴세이 호텔 같은 곳에 묵는 건 작가로서 좋은 경험이 될 테니 저를 위해서 묵는 겁니다."

나로서는 적지 않은 지출이지만 반드시 부담해야 하는 비용이었다. 허세나 체면 때문에 하는 말이 아니다. 무료로 묵게 되면 나라는 사람은 매사 '죄송합니다'라고 말할 성격이라 그런 상태가 싫었다. 모처럼 호텔에 묵는 거니 어디까지나 손님으로 행동하고 싶다. 또한 이건 그들에게 말할 수 없지만…….

나시다의 죽음이 타살로 확정되어 더 깊이 조사해보면 호텔 관계자가 범인이었다는 결말이 나올 수도 있다. 그럴 때

필요 이상으로 원망을 사고 싶지 않다는 생각도 품고 있었던 것이다.

코멧에서 대접받는 것도 앞으로는 사양해야지. 레스토랑에 기여하지 않는 손님이 될지도 모르지만 어쩔 수 없다. 섬 안에 적당한 음식점도 있고, 섬에서 나가 도보 십오 분 거리로 행동반경을 넓히면 내 주머니 사정에 어울리는 가게는 수백 개나 된다.

방으로 안내해주려는 다카히라에게 사양하려다가 마음을 바꾸어 방 열쇠와 여행 가방을 맡겼다. 사건 당일 밤 숙박객이나 호텔 종업원들과는 적극적으로 대화하라는 히무라의 말을 떠올렸기 때문이다. 상대가 다가와주는 기회를 놓칠 이유는 없다.

"들어가시지요."

다카히라가 열어준 문을 넘어 402호에 한 걸음 들어서니 주방이 없고 거실이 다소 작을 뿐, 401호와 큰 차이는 없었다. 당연히 창문이나 장식품의 위치는 거울에 비친 것처럼 반대였다.

"침실 면적은 맞은편 객실과 똑같습니다. 편히 쉴 수 있으실 겁니다."

다카히라는 용건이 있으면 내선 9번으로 연락해달라는 기본 안내 사항을 전하고 바로 물러나려 했다. 나는 "잠깐 괜찮으실까요?" 하고 불러 세워 나시다의 매달 16일 외출에 대해 물어보았다.

"그 문제라면 지배인도 뭔가 생각나는 게 없느냐고 물었지만, 저는 아무것도⋯⋯."

"인터넷으로 조사해보니 그분이 돌아가신 전달, 그러니 작년 12월 16일은 종일 비가 내렸더군요. 화요일이라 전화 상담 봉사를 가는 날이었는데, 센터 자원봉사 일은 쉬었다고 합니다. 그날 나시다 씨의 태도에서 특별한 점은 없었습니까?"

"기억나는 바가 없습니다."

이쪽의 시선을 피하는 것처럼 느껴지는 건 나의 지나친 생각일까? 이어서 질문을 던지고 싶었지만 당장 생각나는 게 없었다.

"아리스가와 님께서 뭔가 물어보시면 언제든 정중하게 대답하라는 명령을 받았습니다. 편히 말씀하십시오."

그렇게 말하기에 이번에는 그냥 보내주기로 했다. 다카히라가 야근하는 날이 천천히 대화해볼 기회일지도 모른다.

침실과 욕실을 들여다보고 1층으로 내려가니 라운지에 사람이 있었다. 히네노야 아이스케와 쓰유구치 요시호였다.

"아아, 아리스가와 씨. 여기서 묵으신다면서요?"

나를 알아본 포목점 주인이 먼저 말을 걸어왔다.

"예. 호텔에서 마감 기분을 맛보기 위해 연박을 할 생각입니다."

"굴 요릿배, 오늘밤에라도 가볼까요?"

어지간히 좋아하나 보다. 그 말을 들은 쓰유구치가 아쉬워했다.

"좋겠다. 저도 다음에 올 땐 불러주세요. 한 일주일 후에 또 와야 할 것 같으니."

그녀 뒤에 핑크색 여행 가방이 놓여 있었다. 저녁 비행기로 일단 도쿄로 돌아간다고 한다. 미나에가 늦게 체크아웃할 수 있도록 배려해준 모양이다.

"부모님께서 비용을 대주셔서 저렴한 항공권으로 왕복하고 있어요. 다음주 친족 회의에서 복잡한 일들이 마무리되면 더는 오사카에 올 일도 없으니 여기에는 당분간 못 오겠지요."

"그거 섭섭한데." 히네노야가 말했다. "그럼 나도 다음주에 또 묵으러 와야겠네."

이 아저씨, 장사에 전념할 생각은 없는 모양이다.

"미나에 도움을 많이 받았어요."

"친구에게 감사해야지. 옛날부터 사이가 좋았던 거지?"

"걔가 친절한 거예요. 옛날부터 우등생이라 누구에게나 친절했죠. 호텔을 이어받을 예정이라 다른 애들보다 말씨도 정중하고 자세도 반듯했어요."

"음, 어쩐지 상상이 가. 쓰유구치 씨는?"

"성적 나쁜 심술쟁이."

"그렇게 보이지는 않는데."

그녀가 호텔을 떠나기 전에 확인해야겠다 싶어 가벼운 환담에 끼어들어 매달 16일의 수수께끼에 대해 물어보았다. 역시나 두 사람 다 아무것도 몰랐다.

"정말 알 수 없는 사람이었네." 히네노야가 말했다. "과거가 수수께끼에 싸인 '나니모 나시다◆', 나시다 씨로군. 비밀의 베일에 싸인 채로 세상을 떠나버렸어."

"천국에서 누구를 만나고 계실까요?"

나시다의 죽음의 진상을 궁금해하는 분위기가 아니라 전부 끝난 일로 받아들이고 그저 그의 명복을 비는 것 같았다. 이게 당연한 반응일지도 모른다. 협조적이었던 그저께와 달리 나시다에 대해 조사하는 나를 바라보는 눈이 싸늘했다.

"방금 전까지 쓰유구치 씨하고 얘기했는데, 나시다 씨는 자살하신 걸로 보면 안 됩니까? 경찰도 그렇게 판단했잖아

◆ 일본어로 '아무것도 없다'는 뜻.

자물쇠 잠긴 남자

요. 정말 자살하신 거라면 돌아가신 분을 조사해봤자 시간만 낭비할 텐데. 가만히 두는 게 어떨까요? 그렇죠, 쓰유구치 씨?" 히네노야가 말했다.

"예. 사람은 마가 낄 때가 있어요. 나시다 씨는 자살이라는 마물에 사로잡혔던 게 아닐까요? 고통 없는 세상으로 떠나 평온히 잠드신 거니까 주위에서 소란 피우지 말고 조용히 두는 게 좋을 것 같아요. 게다가……."

쓰유구치는 잠시 말을 끊고 프런트 쪽을 힐끗 쳐다보더니 말을 이었다.

"진실을 확인하려는 미나에의 태도는 훌륭하지만 여기가 살인 사건이 벌어진 호텔이 되는 건 좋지 않아요. 속으로는 남편분도 당혹스러워하고 있지 않을까요?"

"부인을 존중해 동조하고는 있지만 지배인의 본심은 다르다고 생각하시는 겁니까?"

내가 확인하자 쓰유구치는 그렇다고 대답했다. 이 호텔이 처한 어려운 상황을 그녀 나름대로 감지하고 굳이 마이너스로 작용할 사실을 캐내려는 친구의 우등생 같은 태도에 속이 타는 듯했다. 사람이 좋고 나쁜 것을 떠나 현실주의자인 것이리라.

히네노야가 거듭 말했다.

"가게우라 선생님께 직접 부탁받은 아리스가와 씨 입장은 이해하지만 적당히 수사하다가 마무리해도 되지 않겠습니까. 호텔에 묵어가며 노력했습니다, 이 정도면."

호의에서 나온 충고인 듯했다. 그는 세 손가락을 세우며 말했다.

"제 생각에 인간이란 뭔가 실행에 옮길 때 대개 세 가지 이유가 갖춰지면 결심이 서는 법입니다. 나시다 씨가 자살하셨다면 저희가 모를 뿐이지 죽을 이유가 세 개쯤 겹치고 만 게 아닐까요? 따로 보면 큰 의미가 없는 것 같아도 세 개가 겹치면 자기를 에워싼 경치가 훅 바뀌는 거지요. 명백한 자살 동기가 보이지 않는다고 고민하는 건 소용없는 일일지도 모릅니다."

"세 가지 이유 중 하나 정도는 짐작이 가십니까?" 그렇게 물어보았다.

"고독이겠지요. 나머지 두 개는 모르겠습니다. 노화에 따른 기력 저하나 앞날에 대한 막연한 불안, 뭐든 생각해볼 수 있지요. 전화 상담 자원봉사에서 남 일 같지 않은 이야기를 듣고 정신적으로 우울했다거나, 병이라고 할 만큼은 아니지만 몸 상태에 변화가 있었다거나, 그런 이유가 세 개쯤 겹쳐서 그 사람을 움직이게 만든 게 아닐까. 전 그렇게 생각합니다."

짐을 끌고 긴세이 호텔에 입성하자마자 기선을 제압당했지만 그런 말로는 납득할 수 없다고 논쟁을 벌일 수도 없으니 흘려듣는 수밖에 없다. 그러는 사이 "슬슬 가볼게요" 하고 쓰유구치가 일어섰다. 리무진 버스 정류장이 있는 오사카 마루빌딩까지 가야 한다고 했다. 할 일 없는 히네노야가 중간까지 가방을 끌어주겠다고 해서 둘이서 호텔을 떠났다.

라운지에 혼자 남아 있는데 전화가 왔다. 누군지 받아보니 덴마 경찰서의 시게오카였다.

"오늘부터 긴세이 호텔에 묵으신다면서요. 열의에 고개가 수그려집니다."

빈정거리는 것처럼 들리기도 했지만 이것도 흘려듣기로 했다.

"시간이 있으면 뵙고 싶었는데, 관내에서 강도 상해 사건이 발생해 실례지만 전화로 말씀드리겠습니다. 나시다 미노루 건으로 말씀드릴 일이 생겼습니다. 자살이 타살로 바뀔 만한 발견을 한 건 아니지만……. 사실만 말씀드릴 테니 정보가 갖는 의미는 그쪽에서 판단해 수사에 참고하십시오."

유난히 과장스러운 단서를 달기에 제법 대단한 정보를 알려주려나 하면서도 동시에 과도한 기대는 버리고 듣기로 했다.

"나시다 미노루의 정체를 알아냈습니까?"

"아리스가와 씨하고 대화하는 사이 형사의 본능이 꿈틀거려, 일하면서 짬짬이 조사를 해봤습니다. 자살로 판단한 사안에 그렇게까지 할 생각은 없었는데……."

"빼지 말고 알려주세요."

경사가 작게 심호흡을 하는 기척이 났다.

"나시다 미노루는 사람을 죽게 한 과거가 있었습니다."

충격적인 내용이었지만 역시 그런 사정이었나 싶은 생각도 들었다. 세상을 등지고 문화적인 이벤트로 무료함을 달래는 것 외에는 금욕적으로 살았고 사회봉사 활동에 적극적으로 참가했다. 그런 나시다의 삶에서 어딘가 속죄하는 것 같은 태도를 느꼈기 때문이다.

죽게 했다는 표현으로 보아 반사적으로 과실치사를 상상했다. 기계 조작을 실수했다거나 업무상과실일지도 모른다.

"구체적으로는 무슨 일이 있었던 겁니까?"

"지금으로부터 삼십 년 전, 쇼와 60년 8월 16일 오후 10시 50분경, 음주운전으로 76세 남성을 치고 아무 조치도 하지 않은 채 달아났습니다. 피해자는 발견되었을 때 심폐 정지 상태였습니다. 방치하지 않았다면 목숨을 건질 수 있었을지, 그건 알 수 없습니다. 목격 증언으로 사건 이튿날 나시다가 수사 선상에 올랐지만 행방이 묘연했는데, 이틀 뒤 8월 18일에 출두했습니다."

귀를 의심하고 싶었다. "장소는 어디였습니까?" 그렇게 묻는 게 고작이었다.

"효고 현 니시와키 시 근교입니다. 정확히는……."

"죄송합니다, 잠시만 기다려주세요."

갑작스러운 일이라 노트가 없어 주머니에서 수첩을 꺼내 메모했다. 나시다가 사고를 일으킨 일시도 다시 불러달라고 했다.

"쇼와 60년이면…… 1985년이군요."

"예. 오래된 일이지요."

생일이 지났으니 당시 나시다는 마흔 살이려나. 그만큼 오래전 사건이라면 인터넷으로 검색해도 나오지 않았을 만하다.

"음주운전 뺑소니. 피해자가 사망했다면 최악의 교통사고 군요."

"최악 중에서도 최악이지요. 자택 차고에 사고 차량을 숨긴 채로 도주하려 했으니까요. 사고를 냈을 때는 제한속도를 삼십 킬로미터나 초과했고, 직전 알코올 섭취량도 상당했던 모양입니다."

할말을 잃은 사이 시게오카는 몰아붙이듯 말을 이었다.

"아직 더 있습니다. 나시다는 도주중에 한 가지 죄를 더 저질렀습니다. 모습을 감추기 전에 지인 남성을 찾아가 차와 돈을 빼앗은 뒤 떠밀어 큰 부상을 입혔습니다. 이 건은 운도 나빴지만요. 때리거나 걷어찬 건 아니었지만 상대가 사찰 돌계단에서 굴러떨어져 어깨뼈와 요추가 골절되었다고 하니까요."

들으면 들을수록 심각하다. 신사는커녕 인간으로서도 실격 아닌가?

"어떻습니까, 기가 막히지요?"

그렇게 묻는 시게오카는 이미 실컷 비난한 뒤이리라.

"예. 저와 상관없는 일인데도 화가 나는군요. 음주운전으로 사망 사고를 낸데다가 상해 사건이라니. ……그런데 정말 나시다 씨가 그런 짓을 저질렀을까요?"

"무슨 말씀이신지?"

"만나본 적도 없으니 이런 말은 이상하지만 그 정도로 악한 인물 같지는 않아서, 이미지가 잘 바뀌지 않네요."

"설마 자기가 한 짓이 아닌데 누군가를 감싸고 출두했다고 생각하시는 겁니까? 천만에, 그럴 리는 없습니다. 저희가 가장 신중하게 확인한 부분이고, 그 사고의 경우 여러 목격 증언이 있었던 모양이라. 사람은 겉보기로는 알 수 없어요. 본 적도 없고 소문만 들은 거라면 더욱 실상과 다른 법이지요."

"그래도……."

어두운 국도 위에서 피를 흘리며 쓰러지는 노인의 모습을 생생하게 상상하고 말았다.

"나시다는 '사람을 친 줄 몰랐다. 이튿날 아침에 차 상태가 이상한 것을 깨닫고 두려워서 달아나고 말았다'고 말했다더군요. '몰랐다'는 표현은 뺑소니범들이 하는 상습적인 변명이니 정말인지 아닌지는 알 수 없습니다."

"대개는 거짓말이겠지요."

사실이라면 완전히 제정신이 아니었다는 말이니 취기가 심각했다는 뜻이 된다. 그런 상태로 차를 운전했다니 용서가 안 된다.

"아리스가와 씨, 맹렬하게 화가 나신 모양인데……." 시게오카가 말투를 누그러뜨렸다. "나시다는 재판을 받고 육 년 육 개월 징역형을 살았습니다. 우리 사회는 그걸로 죄를 갚았다고 봅니다. 바로 지금 사람을 치고 도망 다니고 있는 게 아닙니다. 하물며 이미 죽은 고인입니다."

"형사처벌은 받았다 치고, 피해자의 유족에게는 제대로 보상한 건가요? 손해배상이나 위자료를 내고."

"아니, 그게……."

피해자의 이름은 후지니시 후쿠조. 현장에서 이백 미터가량 떨어진 집에 사는 독거노인이었다.

"긴세이 호텔에 있었던 나시다와 똑같습니다. 연고자가 한 명도 없는 남성이라 손해배상도 위자료도 발생하지 않았습니다. 생길 수가 없었죠."

너무 부조리하게 느껴졌다.

"좋은 표현이 아니라는 건 알지만 그런 경우의 가해자는 운이 좋군요. 민사책임에서 벗어나니."

"맞는 말씀입니다. 형사처벌만 받으면 속죄가 끝나지요. 법률로 정한 일이니 어쩔 수 없습니다."

그의 말이 맞다. 그리고 흥분이 가라앉으니 육 년 육 개월이라는 징역이 길게 느껴졌다. 당시에는 위험운전치사상죄라는 죄목이 없어 음주 뺑소니로 사망 사고를 일으켜도 처벌은 그보다 훨씬 가벼웠을 터였다. 그 점에 대해 시게오카가 설명을 덧붙였다.

"육 년 육 개월이라는 형벌은 대단히 중합니다. 요즘 세상에는 믿기 어려운 일이지만 그 무렵에는 음주운전 자체에 형사처벌을 내리지 않았으니, 사람을 죽게 해도 보통은 업무상과실치사로 금고 일 년 반 정도였어요."

"음주운전으로 사람을 죽게 했는데 그건 너무 가벼운 것 아닙니까?"

"정확히 말하면 나시다의 경우는 음주운전도 아닙니다. 술을 잔뜩 마신 건 사실이지만 사고를 일으킨 직후에 호흡 측정을 받지 않았으니 음주운전이 성립하지 않아요. 그런데 징역 육 년 육 개월을 받은 건 지인 남성에 대한 강도 상해가 가산되었기 때문이고, 전과까지 있어 양형이 무거워진 거죠."

"전과가 있었다고요?"

경악의 연속이다.

"사망 사고 오 년 전, 고베 모토마치에서 주정뱅이끼리 싸움을 벌였습니다. 시비는 상대가 걸었지만 나시다가 먼저 폭력을 써서 상대가 부상. 젊었을 때는 혈기가 왕성했던 모양입니다. 집행유예로 그쳤고 근무처 사장이 인정을 베풀어 해고당하지는 않았는데, 또 어리석은 짓을 하는 바람에 무거운 판결을 받았지요. 상해를 입힌 지인 앞으로는 손해배상과 위자료가 발생했을 겁니다."

"상대 남성에 대해 자세히 알 수 있을까요?"

"제가 본 기록에 거기까진 없었습니다. 조사하면 알 수도 있겠지만."

말로 하지는 않지만 그 정도 여유는 없다는 뜻이다.

"다만 나시다는 뺑소니에 대해서는 전부 시인했지만 강도 상해는 사실관계를 부정한 모양이더군요. 돈은 친구 사이라 빌린 것뿐이고 상대를 돌계단에서 떠밀 생각은 없었다고요."

그 주장은 통하지 않았고 재판관의 심증만 나빠졌는지도 모른다. 나시다는 고베 지방재판소가 1986년 5월에 내린 판결을 받아들이지 않고 항소했다. 하지만 도지마가와 강을 사이에 두고 나카노시마 맞은편에 있는 오사카 고등재판소에서도 판결은 바뀌지 않았고 1987년 4월에 결심이 선고되었다.

"가코가와 교통형무소가 아니라 오카야마 형무소에 수감되었는데, 육 년 반을 거의 다 살고 나왔습니다. 1993년 10월에 출소했으니 나시다가 마흔여덟 살 때였을까요."

전부 메모했다. 마흔여덟 살에 사회에 복귀한 그가 어떻게 재출발했는지는 알 수 없지만 예순네 살에 처음으로 긴세이 호텔을 찾았고 이듬해부터 장기 체류를 시작했다. 그사이 십육 년 동안 무슨 일이 있었나? 알고 있는 건 지난달 사망했을 때 이억 이천만 엔이 넘는 돈을 지니고 있었다는 사실뿐이다.

시게오카는 알아낸 사실을 전부 털어놓더니 "이상입니다" 하고 자랑스레 말했다.

"귀중한 정보를 주셔서 감사합니다. 그런 사실이 갑자기 튀어나오다니 머리가 터질 것 같네요."

"표정은 보이지 않아도 깜짝 놀라신 것 같군요. 하지만 얼마나 참고가 될지."

"되고말고요."

경사는 "그렇습니까?" 하고 말했다. "나시다가 사망 사고와 상해를 저지른 건 삼십 년이나 지난 일입니다. 그게 나시다의 죽음에 영향을 미쳤다고 생각하기는 어렵지 않겠습니까?"

입으로는 그렇게 말하면서도 무시할 수 없어 내게 전화를 해준 것이다. 형사의 본능에 감사해야겠다.

"열심히 조사해보겠습니다."

신인상 가작으로 입선했다는 소식을 들었을 때, 전화를 받기 전과 받고 난 후에는 눈에 보이는 주위 경치가 완전히 달랐다. 그때만큼은 아니지만 이 전화를 받기 전후로 나시다 미노루의 인물상은 극적으로 바뀌고 말았다.

"뭐, 힘내십시오."

통화를 마친 나는 소파에 기대 저도 모르게 "아아" 하고 탄성을 흘렸다. 사람 잘못 봤습니다, 나시다 씨, 그런 마음 때문이리라.

통화에 집중하고 있어 몰랐는데 관엽식물 건너편에 붉은 다운재킷을 입은 사람이 서 있었다. 예쁜 핑크베이지로 염색한 곱슬곱슬한 매시 쇼트커트. 뮤지컬소 연주자 시카우치 마리카였다.

"다 들었어요."

길쭉한 눈으로 이쪽을 지그시 바라보며 말했다.

"……뭘 말입니까?"

"'정말 나시다 씨가 그런 짓을 저질렀을까요?'라고 말씀하시기 조금 전부터 여기서 듣고 있었어요. 나시다 씨가 뭔가 범죄에 얽혀 있었던 모양이네요."

뭐라고 대답하면 좋을지 망설이는데 시카우치가 "산책을 나온 참이었어요"라면서 두 손을 주머니에 넣었다.

"아리스가와 씨라고 했죠? 같이 가시겠어요?"

2

흐린 하늘 아래서 나란히 동쪽으로 걸었다.

요쓰바시스지 도로를 건너 나카노시마료쿠도라 불리는 산책로를 따라 일본은행 오사카 지점 쪽으로. 왼편에는 초고층 오피스 빌딩이 늘어서 있고, 도사보리가와 강을 사이에 두고 오른쪽 맞은편 강가에는 미쓰이스미토모은행 오사카 본점의 중후한 건물이 보인다.

"그저께는 실례했어요. 회의다 뭐다 지쳐서, 굉장히 무뚝뚝했죠."

시카우치가 말했다. 일부러 사과하는 걸 보니 그게 평소의 모습으로 보이는 건 싫은 모양이다.

"호텔에 막 돌아오신 분을 붙잡고 말씀을 들으려 했으니 저야말로 실례가 많았습니다. 활약하시느라 바쁘신 것 같더군요. 어제는 오쓰까지 가셨다고."

"조금이라도 팔릴 때 벌어둬야 하니 필사적이에요. 저 같은 사람이 뜬 건 죄송할 정도지만, 톱 음악에 관심을 가져주는 사람이 늘어난 건 솔직히 기쁩니다."

빈말 같지는 않았다. 반항적인 캐릭터인가 했더니 겸허한 아티스트 아닌가? 매서워 보인다는 첫인상은 철회하겠지만, 누구에게나 거리낌없이 생각한 바를 그대로 말하는 타입인 것 같기는 했다.

"어째서 뮤지컬소를 시작하셨나요?"

"고등학생 때 어떤 곳에서 사키타 하지메 씨의 연주를 들은 게 계기였어요. 아시나요? 미국에서 열린 뮤지컬소 페스티벌에서 두 번이나 우승하신 세계적으로 유명한 연주자인데."

"압니다. 오사카 분이시죠. 시카우치 씨의 스승이신가요?"

"아뇨. 사키타 씨가 독학으로 그렇게 굉장한 연주를 한다는 이야기를 듣고 저도 독학했어요. 독학 스타일 특유의 대담함이 개성이라고 칭찬해주는 분도 가끔 계시죠."

미도스지를 가로질러 오사카 시청 부근까지 왔을 때 시카우치가 나시다에 대해 물었다.

"그래서 무슨 일이 있었던 거죠?"

이런저런 이야기를 나누면서 어떤 태도를 취할지 정해두었다. 시카우치는 통화 내용을 거의 다 들었을 테니 괜히 숨기지 않는 게 낫겠다. 상세한 내용은 생략했지만 시게오카에게 들은 내용을 그대로 말했다. 지금까지는 몸을 데우려고 빠르게 걸었는데 차츰 걸음이 느려졌다. 부츠 코를 높이 치켜드는 그녀의 걸음걸이는 여전히 활기차고 시원스러웠다.

"그런 일이 있었군요."

끝까지 들은 시카우치가 조용히 말했다. 어느 정도 미리 들어서 그런지 놀라는 기색은 없었다.

"무거운 과거를 안고 계셨군요. 그걸 알고 되돌아보니 나시다 씨의 조용한 삶이 어쩐지 이해가 가네요."

그녀도 나와 똑같은 감상을 말했다.

"아리스가와 씨에게 전화한 형사님은 나시다 씨가 돌아가신 것과 그 일 사이에 관계가 있다고 생각하시던가요?"

"아니요. 삼십 년이나 지난 일이라 얼마나 참고가 될지 모른다고 하셨습니다. 나시다 씨가 출소하고 나서도 이십 년 이상 지났으니."

"삼십 년 전이면 난 아직 태어나지도 않았네." 그녀가 혼잣말처럼 중얼거렸다.

도서관을 지나 공회당 옆을 터덜터덜 걸었다.

"이곳 지하에서 파는 오므라이스, 맛있어요. 점심때만 팔지만."

그녀가 불쑥 공회당 지하 레스토랑 '나카노시마 클럽'으로 이어지는 계단을 가리키며 말했다.

"삼십 년이나 지난 옛일이 현재에 영향을 끼쳤을 것 같지는 않네요."

오므라이스를 칭찬하더니 이어서 그런 코멘트가 나왔다.

"상식적으로 생각하면 그렇죠."

"어떻게 생각하면 연결되는데요?"

"아직 모르겠습니다. 이제부터 조사해볼 생각입니다."

"뭘 어떻게 조사하면 알 수 있어요?"

역시 가차없는 타입이다.

"나시다 씨가 과거에 일으킨 사고를 이제 와서 다시 떠올리게 된 계기가 있었을지도 모릅니다. 그게 방아쇠가 되어……."

"자살을?"

이건 아닌데. 내가 찾는 건 타살 가능성이다.

"단정할 근거는 없지만요."

"뭐가 방아쇠가 되었는지 모르겠지만 결과가 바뀌지 않는다면 굳이 과거를 들먹일 필요가 있을까요?"

뒷말은 생략했지만 그런 짓을 해도 죽은 나시다 미노루의 영혼이 기뻐할 리 없다고 말하고 싶은 것이다.

"자살이라고 단정지을 수는 없다고 말하는 겁니다."

"흐음. 그럼 타살인가요? 삼십 년 전 일이 어떻게 타살로 이어지려나?"

만화라면 내 머리 위에 주르륵, 땀이 흐르는 의태어가 나올 장면이리라.

"사고로 돌아가신 건 피붙이 없는 노인이었다고 하니 자녀나 손주가 복수하러 왔을 리는 없어요. 복수를 한다 해도 삼십 년이나 지난 뒤에 그런다는 건 이상해요. 그 점은 어떻게 생각하시죠?"

"이상합니다." 그렇게 말할 수밖에 없다.

"나시다 씨가 떠밀어서 돌계단에서 떨어진 사람이 그랬을까요? 그럴 리도 없고."

만약 후유증이 생겨 계속 원망했다 해도 이제 와서 나시다가 사는 곳을 찾아내 호텔에 침입해 자살로 꾸며 살해하다니 지나치게 비현실적이다. 역시 말이 안 된다.

"나이가 들면서 자기가 죽게 한 노인을 떠올리게 됐는지도 모르겠네요. 그래서 새삼스럽게 자책감이 치밀었다……. 이런 건 엉성한 소설 같나요?"

"아뇨, 현실에는 그런 일도 있을지 모르지요." 이것도 부정할 수 없다. "소설로 쓰면 엉성하다는 소리를 듣겠지만요."

"아리스가와 씨는 표현이 냉소적이군요."

그게 어떻다는 걸까? 그래서 좋다는 건지 싫다는 건지, 시카우치는 말하지 않았다.

"그건 그렇고……."

매달 16일에 나시다가 외출한 이유를 아는지 그녀에게도 물어보았다.

"아는 게 없어요. 나시다 씨는 과거에만 비밀이 있었던 게 아니라 현재진행형 비밀도 있었던 건가요……."

"미스터 미스터리죠. 매달 특정한 날의 용건이라니 성묘가 아닌가 하는 가설을……."

다음 순간, 눈뜬 장님이라고 스스로를 욕하며 주머니에서 수첩을 꺼내 펼쳤다. 나시다가 음주운전으로 뺑소니 사고를 낸 날짜가 똑똑히 적혀 있다. 쇼와 60년 8월 16일.

"제가 멍청했습니다. 여기 답이 멀쩡히 있었네요. 16일은 나시다 씨가 사고로 죽게 한 남성의 기일과 같은 날짜입니다."

"그럼 매달 성묘를?"

"예. 그게 타당할 것 같습니다. 그분의 묘소가 어디 있는지 모르겠지만 니시와키 시 인근이라면 아침에 호텔을 나서면 저녁에는 돌아올 수 있겠지요."

 겨우 수수께끼가 하나 풀렸다. 그게 정말 정답인지 판가름
해줄 사람은 없지만 그 이상의 해답은 없을 것이다. 하지만
무턱대고 기뻐할 일도 아니다.

 "현재진행형 비밀은 16일의 외출이 아니라 긴세이 호텔에
줄곧 체류했다는 사실이었지요. 그분의 과거의 한 자락을 드
디어 찾아냈지만, 정작 중요한 문제는 아직 수수께끼네요."

 시카우치가 턱을 쑥 치켜들었다. 하늘에서 뭔가 떨어졌나
했는데 그게 아니었다.

 "전 알 것 같아요……."

 "호오. 꼭 들어보고 싶군요."

 오사카 시립동양도자미술관을 지나 계속 동쪽으로 걸으며
말했다. 주위에는 사람이 적어, 대학생 정도 되어 보이는 커
플이 강을 보며 이야기를 나누고 있을 뿐이었다. 아무것도 모
르는 사람 눈에는 우리도 연인 사이로 보일지 모른다.

 "말이 그렇지 어렴풋한 이미지일 뿐이에요. 전 줄곧 궁금
했거든요. 나시다 씨는 뭘 기다리는 걸까 하고."

 무언가로부터 몸을 숨기거나 뭔가를 감시하고 있다는 가능
성은 생각했지만 그런 발상은 하지 못했다.

 "나시다 씨가 긴세이 호텔에 계속 머무른 이유가 누군가가

찾아오기를 기다렸던 거라고요? 휴대전화도 없이, 누구와도 먼저 연락을 취하려 하지 않았는데?"

"사람이 아닌 다른 무언가일지도 모르지요."

"뭔가가 일어나기를 기다렸다는 뜻입니까?"

"거기에도 여러 종류가 있겠죠. 어떤 일이 생기길 기다렸다거나. 뭔가가 끝나거나 사라지길 기다렸다거나. ……근거 있는 가설도 뭣도 아니에요, 어렴풋하죠?"

"어렴풋하지만 정답에 근접한 추측일지도 모릅니다. 좋은 이야기를 들었습니다."

그녀는 또 턱을 치켜들었다. 그런가, 하고 생각했을 때의 버릇인 듯했다.

"알 것 같다고 말한 것도 거짓말처럼 들리네요. 나시다 씨는 뭔가를 기다린 게 아닐까 하고 생각한 적은 있지만, 저도 그게 현실적인 생각 같지는 않아요. 대상이 뭔지는 모르지만 보통 호텔에 틀어박혀 그렇게 오래 기다릴 수 있을까요?"

"시카우치 씨와 나시다 씨는 연령이 완전히 다릅니다. 나시다 씨에게 오 년은 이십 대인 당신의 시간보다 훨씬 짧았겠지요."

"그래도 오 년이에요. 게다가 자택에서 기다리는 거면 또 몰라도 호텔에서."

"당신과 나시다 씨는 인생에 서 있는 지점도 달라요. 그 사람은 일흔을 바라보며 인생을 어떻게 마무리지을까, 어떤 결말을 내릴까 고민했을 겁니다. 이십 대인 당신이나 삼십 대인 저와는 감각이 상당히 달랐을 거예요. 기다릴 수밖에 없는 일이라면 총결산을 위해 기다렸을지도 모르지요. ……저야말로 막연한 소리를 하고 있군요."

"사람 마음속 수수께끼니 깔끔하게 딱 떨어지지 않는 게 당연하지 않을까요? 억지로 답을 내려 하면 전부 거짓말이 되어버릴 것 같아요."

사카이스지를 넘어 계단을 내려가 겐사키 공원을 둘러보는 게 시카우치의 산책 코스라 했다. 우리는 나카노시마 동쪽 끝까지 갔다가 되돌아왔다. 화제는 일단 나시다에서 벗어나 서로의 직업에 대해 흥미 위주의 질문을 주고받았다. 이문화 교류는 즐겁다.

"미스터리란 뭐든 답을 내는 소설이라고 생각하면 될까요?"

"예. 그런 점이 비문학적이고 깊이가 없어 시시하다고 생각하는 사람도 있지만 이해해주지 않는다면 어쩔 수 없죠. 문학은 답이 없는 수수께끼를 다루지만, 미스터리는 답이 있는 수수께끼를 다루니까요."

"어떻게 살아야 하나, 사랑이란, 우정이란 무엇인가. 그런 게 답이 없는 수수께끼란 말이죠?"

"주제는 얼마든지 있지요. 세상이란, 사회란 무엇인가, 가족이란 무엇인가, 용서란 무엇인가. 그런 건 유일무이한 답이 있는 게 아니니 독자의 사고가 확장되거나 심화되면 그만인 겁니다. 읽고 나서 오히려 의문이 부풀어 오르는 경우도 있지요. 문학 작품을 끝까지 읽고 '유일한 답이 아니잖아'라고 화내는 사람은 없습니다."

"하지만 미스터리라면 '이런 진상은 받아들일 수 없어' 하고 화내는 사람이 있다?"

"과정을 즐기기 위한 거니 자칫하면 호되게 야단맞습니다. 풀리는 수수께끼만 쓰니 문학적이지 못하고 천박하다고 생각하는 사람도 있고, 결말을 받아들일 수 없다고 화내는 사람도 있어요. 모든 사람의 흥미를 충족시킬 수 있는 소설이란 건 없으니 그러려니 하지만요."

투정으로 들려서는 안 된다.

"미스터리도 답이 없는 수수께끼를 그려보면 어떨까요?"

"그건 이미 미스터리가 아닙니다. 이 세상에는 풀리는 수수께끼도 있다는 사실을 제시하는 게 미스터리니까요. 처음부터 풀리지 않는다는 걸 아는 수수께끼에 도전하는 건, 쓰기에 따라서는 얼마든지 대충 써도 되니 편하기야 하지요."

"냉소적인 게 아니라 독설가네요."

시카우치가 처음으로 하하 웃었다. 누가 더 독설가인지 히무라하고 다투었을 때는 서로 "너"라고 상대에게 손가락질을 한 적도 있다.

냉소적인 작가보다 독설적인 작가가 그나마 나을지도 모른다. 씁쓸하고 냉소적인 결말로 끝나는 소설은 눈물을 뽑는 소설에 필적할 만큼 쓰기 쉬우면서도 어지간해서는 작가가 멍청해 보이지 않는다는 이점을 갖고 있다. 빈정거리며 편한 길을 가기보다 독기 있는 소설에 도전하는 게 차라리 낫다.

그런 이야기를 나누며 동양도자미술관 근처까지 돌아왔다. 1977년에 경영 파산한 종합 회사 아타카 산업과 아타카 에이이치 회장이 수집한 고려, 조선과 중국의 도자기, 통칭 아타카 컬렉션이 주된 소장품이다. 거대 기업의 창업가가 미에 심취하면 저렇게나 모을 수 있나 싶을 정도다. 세라믹 타일에 싸인 차분한 외관의 박물관인데 지금은 공사중이라 비닐 시트가 덮여 있었다.

"여기에 호텔이 있었던 건 아세요?"

시카우치가 박물관에 시선을 던지며 물었다.

"아니요. 공회당 앞, 이런 장소에요?"

"메이지 시대에 맛있는 요리를 내주는 지유테이라는 여관이 생겼는데, 청일전쟁이 끝날 무렵 오사카 호텔이라는 벽돌 건물로 바뀌었다고 해요. 오사카 최초의 호텔은 나카노시마에 있었던 거지요. 그후 화재로 불에 타 새로 짓기도 하고 오사카 시에 매각되기도 했다가 우여곡절 끝에 1941년에 폐업했어요."

박물관 옆에 이곳이 오사카 호텔의 터라는 사실을 알리는 비석이 있었다. 이 박물관 주변은 번화해서 미도스지 확장, 지하철 건설, 오사카 성 텐슈카쿠天守閣 재건 등 수많은 공적을 남긴 전설적인 민완 시장 세키 하지메의 공적비와 조각상, 오사카 여름 전투에서 전사한 기무라 시게나리(기무라 나가토노카미 시게나리)의 충정비 같은 것도 있다.

"돌아다녀보면 나카노시마는 기가 막힐 정도로 좁지만." 시카우치가 말했다. "다양한 것들이 있어요. 여기 있는 다리 하나하나의 유래며 디자인도 재미있고요. 센단노키바시, 호코나가시바시, 스이쇼바시, 니시키바시……. 모두 멋진 이름이고."

나카노시마만 그런 게 아니라 다리 이름이란 어디나 운치가 있는 법이다.

"잘 알죠? 오너에게 들었어요. 그 사람, 여기서 자라서 모르는 게 없어요. 할아버지한테 철저하게 교육받았다던데. 이쪽 중앙공회당 얘기도 굉장해요."

"이와모토 에이노스케 말이군요."

기타하마에서 활약한 주식 중개인으로 러일전쟁 종결 시 주가 폭락 등으로 막대한 부를 쌓았다. 자선사업에도 열심이었던 이와모토는 오사카에 당시 최고로 훌륭한 홀을 짓도록 현재 가치로 수십억 엔을 기부했다. 그렇게 건설된 게 붉은 벽돌에 청동 돔 지붕을 얹은 네오 르네상스 양식의 중앙공회당이다. 완공은 1918년이었지만 그는 완성을 보지 못했다. 제1차세계대전 때 상장 흐름을 잘못 읽고 파멸해, 처자를 남기고 권총으로 자살했기 때문이다. 주위에서 오사카 시에 기부한 금액을 조금 돌려받으면 어떻겠냐고 권했다는데, 그런 건 '오사카 상인의 수치'라며 거부했다고 한다. 오사카에서는 투기꾼도 상인의 긍지를 가지고 있었던 것이다.

무사는 충의를 위해 거침없이 목숨을 내놓고, 명예를 위해서라면 주저 없이 할복했다. 가혹하기는 하지만 그들은 그러지 않으면 살아서 치욕을 당하는 처지였다. 당당해 보이지만 사실은 비참한 죽음이 얼마나 많았을까. 자기 뜻으로 할복하지 못하고, 그 때문에 굴욕을 맛본 모리 오가이의 「아베 일족」은 일종의 희비극이다. 나는 "기부금을 돌려받으면 어떻겠냐"는 주위의 말을 받아들이지 않았던 이와모토에게서, 때

때로 상인이 위기에서 보여주는 삶의 모습에서 무사들보다 더 처절한 의지를 느낀다.

"오므라이스도 그렇고, 아리스가와 씨는 공회당에 대해 잘 알고 계시네요. 이와모토 에이노스케가 공사중인 공회당이 보이는 방에서 죽었다는 것도 어쩐지 감동적이에요."

"그 이야기도 미나에 오너에게?"

"그건 나시다 씨에게 들었어요. 공회당 지하에 있는 이와모토 기념실 전시를 보고 아셨대요. 저하고 함께 듣고 있던 가게우라 씨도 '나카노시마에 그렇게 드라마틱한 일이 있었군요' 하고 감탄했어요."

가게우라가 이 도시의 기억이라고도 할 만한 에피소드를 들었다니 다행이다.

"가게우라 씨와 나시다 씨는 친했습니까?"

"단골손님 중에서는 연령이 가장 가까웠으니 말이 잘 통했 겠지요. 티타임 친구고 방도 맞은편이라 서로 오갔던 모양이 에요. 가게우라 씨 입장에서는 기분 전환하기에 좋은 기회 아니었을까요?"

"시카우치 씨는 방에서 연주해달라는 나시다 씨의 요청을 거절하셨죠?"

"아아, 누구한테 들으셨어요?" 시카우치가 쓴웃음을 지었다. "컨디션이 나빠 짜증스러울 때 그러서서 험악하게 거절해버렸어요. 아직 수양이 부족하죠. 하필 그딴 식으로 말해가꼬."

억양은 간사이풍이지만 말끔한 표준어를 쓰는데, 마지막 말처럼 자기 내면을 향해 말할 때는 오사카 사투리가 나오는 모양이다.

시카우치는 도서관 옆에서 걸음을 멈추었다. 나시다가 이곳에 책을 빌리러 자주 왔다는 정보를 내게 가르쳐주기 위해서다.

"아리스가와 씨도 자료를 찾으러 자주 오시나요?"

"아주 가끔요. 이곳은 고문서나 오사카 관련 문헌을 모아놓은 도서관이라 일반적인 책이나 자료는 없습니다."

"알아요. 나시다 씨는 언제나 다른 공립 도서관에 있는 책을 요청해서 빌리곤 했어요. 봐요, 이거." 시카우치가 게시물을 가리켰다. "1월 5일부터 3월 31일까지 보수 공사로 임시 휴관이라고 적혀 있죠? 나시다 씨는 처음에는 실망했지만 예약 대출이나 반납용 창구를 운영한다는 말을 듣고 기뻐하셨어요. 이제는 빌리러 오지 못하시지만."

폐쇄된 본관 정면으로 돌아가보기로 했다. 이쪽은 네오 바로크 양식인가 하는 스타일로 네 개의 원기둥이 삼각형 맞배지붕을 지탱하는 모습은 그리스 신전을 방불게 한다. 지금은 안에 들어갈 수 없지만 로비 바로 위의 둥근 돔을 올려다보니 천창에서 부드러운 빛이 쏟아져 2층으로 이어지는 계단의 우아함에 시선을 빼앗겼다. 이 훌륭한 건축물은 스미토모가※의 기부로 세운 것으로, 오사카라는 도시는 분명 '백성의 도시'라 할 수 있다. 오사카 제국대학도 교토에 제국대학이 있다는 이유로 국가에서 좀처럼 지어주지 않아 경성이나 타이베이보다도 뒤로 밀렸다.

"산책을 하는데 저기서 나오는 나시다 씨와 마주친 적이 있어요. '안녕하십니까' 하고 한 손을 올리다가 옆구리에 끼고 있던 책이 떨어질 뻔해서 허둥거리셨죠. ……당장이라도 불쑥 나타나실 것만 같아요."

우리는 도서관 앞을 지나 도지마가와 강을 따라 산책을 계속했다.

3

한 걸음 뗄 때마다 위아래로 출렁거리며 삐걱거리는 짧은 잔교를 건너서 들어간 요릿배는 작은 별천지였다. 다다미 넉장 반 크기지만 간사이식 구조라 같은 면적의 맨션보다 훨씬 넓다◆. 서화류 장식은 없었지만 길이가 일 미터나 되는 호리

병이 구석에 세워져 있었다.

간유리가 붙은 문을 빼꼼 열어보니 바로 밑에 강이 있고 눈앞에는 시청이 있었다. 요도야바시 건너편에 조명을 받아 빛나는 돔 지붕의 일본은행이 보인다. 이제 겨우 7시가 지났을 뿐이라 퇴근하는 사람들이 다리 위를 바삐 오가고 있었다. 지금까지 줄곧 다리 위의 사람이었는데, 히네노야가 초대해준 덕분에 오늘밤 처음으로 배 안의 사람이 되었다.

"지금은 여기밖에 안 남았지만 본고장 히로시마의 맛있는 굴을 내주는 배가 전후에도 나카노시마 부근과 도톤보리를 중심으로 열 척 넘게 있었다고 합니다. 오사카 굴 요릿배는 에도 시대부터 있었어요. 이 가게는 창업한 지 백 년 가까이 되는데, 다이쇼 시대에 히로시마에서 굴을 싣고 온 배라고 합니다."

맥주로 건배한 뒤 히네노야의 강의를 들으며 두툼하게 썬 잿방어 회와 청주로 삶은 굴을 음미했다. 옆에서는 여자 종업원이 국물에 조미 된장과 생강을 듬뿍 풀어 굴 전골요리를 준비해주고 있었다.

"나시다 씨, 그날도 이 전골을 들면서 참 기뻐하셨는데."

◆ 교토를 중심으로 한 간사이 지방의 다다미 크기가 955mm×1910mm인 데 비해 맨션 등 현대 건물에 사용되는 다다미는 850mm×1700mm로 그보다 작다.

1월 13일 밤을 말하는 것이다.

　"최근의 나시다 씨는 기분 좋은 일이 많으셨던 모양이네요." 내가 말했다.

　"음, 이유는 모르겠지만 그랬어요. 전 말입니다, 그 사람이 싱글거리기에 안심하고 있었어요. 부루퉁하거나 조금 쓸쓸한 표정을 보이면 혼자라는 사실이 재미없는 걸까 하고 괜히 걱정이 돼서. 남 걱정할 처지는 아니지만."

　"좋은 일이 있었던 걸까요?"

　"일본주를 따르면서 딱 한 번 물어보았습니다. '뭐 좋은 일이라도 있으셨어요?' 하고요."

　대놓고 물어본 셈이다. 이런 비밀스러운 장소에서 맛있는 요리를 먹으며 그랬다면 속마음을 드러낼 것 같다.

　"뭐라고 대답하셨습니까?"

　"'조금요'라더군요. '뭐가 조금이란 말입니까?' 하고 연예계 리포터처럼 끈질기게 물었더니 '아니, 제 신상에 좋은 일이 있었던 건 아닙니다' 하고 뒷말을 흐렸습니다."

　종업원이 그릇에 담아준 굴 요리를 먹고 있으니 생강 때문인지 몸이 따끈따끈해졌다. 4인분은 되어 보이는 양이었는데 맛이 깔끔해서 그런지 자꾸 들어갔다. 틈틈이 다른 접시에 담긴 굴튀김에 젓가락을 뻗었다.

"히네노야 씨, 연예계 리포터는 거기서 물러나지 않아요."

"암요. 상대가 달아날 수 없는 이 장소를 이용해 거듭 캐물었지요. '혹시 사랑이라도?' 하고요. 좋아하는 여성이 생기면 살아가는 데 활력이 생깁니다. 그게 아닌가 하고 넘겨짚어본 거지요."

이 역시 생각도 못한 발상이었다. 나이가 나이인 만큼 나시다 주변에 로맨스를 암시하는 요소는 없었지만 사람은 나이와 상관없이 사랑할 수 있으니, 연애 쪽을 조금 더 고려했어야 했다. 가게우라와 얼마간 친밀했다는 말은 들었지만 시카우치와 마찬가지로 티타임 친구라고만 생각했는데, 과연……

"나시다 씨의 반응은?"

"너털웃음을 터뜨리셨죠. '그만 놀리십시오' 하고요. 그 이상은 아무래도 결례가 되니 추궁을 그쳤습니다."

사실 여부는 모르지만 사랑이라면 본인 안에서 일어난 심리현상이다. 굳이 '제 신상에'라는 표현을 써가며 부정하는 건 이상하다.

"남의 신상에 좋은 일이 있었다는 뜻일까요?"

"으음, 글쎄요. 그런 뜻인가? 올해 들어 세상이 확 밝아진 것도 아니니."

나시다가 쾌활했다는 사실과 대조해보면 과거에 자기가 일으킨 사건, 사고를 떠올릴 계기가 있어 자살로 치달았다는 견해는 역시 잘못된 것 같다. 그를 기쁘게 만든 무언가. 그것이 일변해 나시다가 살해당할 이유가 되었다면 나시다는 큰 오해를 하고 있었던 걸까?

삼십 년 전 일에 대해서는 입을 다물기로 했다. 히네노야뿐만 아니라 가쓰라기 부부와 가게우라 나미코에게도 당분간은 말하지 않을 작정이다. 혼자서 여분의 카드를 한 장 더 가진 채로 게임을 진행하기 위해서이기도 하고, 시카우치의 말에 영향을 받았기 때문이기도 하다. 그녀는 이렇게 말했다.

—이 일은 비밀로 하는 게 좋을 거예요. 나시다 씨의 죽음과 아무 상관 없을지도 몰라요. 사람들에게 말하면 나시다 씨가 저지른 과거의 죄만 폭로하는 꼴이에요.

불필요하게 고인의 얼굴에 먹칠을 하지 말라는 뜻이다. 앞서 말한 이유와 함께, 그러기로 했다.

"시카우치 씨하고 다녀온 데이트는 어땠습니까?"

우리가 산책을 마치고 돌아오니 히네노야는 라운지에서 책을 읽고 있었다. 그때도 뭔가 말하고 싶은 눈치였는데 시카우치의 눈치를 보느라 입을 다물었던 모양이다.

"데이트 기분을 맛보기는 했는데 운치 있는 대화는 나누지 않았습니다."

"돌아가신 분 이야기를 나누었나요? 그것뿐이라면 확실히 운치가 없네요."

"음악이나 소설 이야기도 나눴어요."

"어떤 이야기를 나눴을지 상상이 가는군요. 뭐, 그 친구하고는 초면이나 다름없으니 그게 보통이겠지요. 시카우치 씨는 당분간 호텔에 머물 테니 발전을 기원하겠습니다."

뭘 오해하는 건지, 오지랖이 과한 건지, 이상한 소리를 한다.

"아, 아리스가와 씨에게 여자친구가 있다면 죄송합니다. 그렇지 않다면 그렇다는 말이니까요. 있나요? 없다고요. 그럼……."

입을 다물게 하려고 맥주를 따랐지만 그 정도로는 히네노 야의 입을 막을 수 없었다. 본인은 사랑하는 아내와 알콩달콩 지내지 못하면서 서른 중반 독신에게는 안정된 삶을 권하는 부류인 것이다. 결혼하려면 일단 사랑을 해야 한다고. "신경 쓰이는 여성도 없어요?" 하고 묻기까지 했다.

신경쓰이는 여성이 있었던 것도 같은데, 아니, 가까이 있기는 한데 지금 이대로는 진전될 기미가 없다. 진전시키는 게 좋은지 판단이 서지 않기 때문이다. 십 대 시절 사랑은 재난처럼 들이닥쳤지만 이 나이가 되면 꼭 그렇지만은 않은 모양

자물쇠 잠긴 남자

이다. 나는 아직 그런 상황에 익숙하지 않은 것이다. 이런 내게 범상치 않은 인생을 보낸 나시다 미노루의 죽음의 수수께끼를 풀 수 있느냐고 묻는다면 대답할 말이 궁하다.

"천천히 드세요. 나중에 굴솥밥을 가져오겠습니다." 종업원이 물러났다.

"가게우라 선생님의 소설, 오사카 여름 전투 사백 년 기념에 맞춰서 조만간 출판되지요? 나시다 씨가 볼 수 있었으면 좋았을걸. 기대하고 계셨는데."

히네노야는 요도도노에 대해 떠들기 시작했다. 어린 나이에 두 번의 낙성落城을 겪고, 아버지를 두 번 잃고, 어머니도 빼앗겼다. 그리고 원치 않게 결혼한 히데요시가 천하를 얻고 지은 오사카 성이 불길에 휩싸이는 모습을 보며 죽어간 전국 시대 히로인의 비운을 뜨겁게 동정했다.

"어머니인 오이치도 기구했지만 그토록 파란만장한 인생은 드물 겁니다. 그런 운명 아래 태어난 걸까요? 요도도노 정도는 아니라도 사건사고에 반복적으로 휘말리는 사람은 있어요. 자꾸 교통사고를 내는 사람은 사고를 많이 내는 팔자라느니 사고를 자주 내는 성격이라느니 하는 말들을 하잖아요. 그건 본인 성격이나 운전 솜씨 문제가 크지만."

배 한 척이 엔진 소리를 내며 지나가자 굴 요릿배가 휘청

흔들렸다.

"교통사고뿐만 아니라 유난히 사건사고를 많이 경험하는 사람이 있잖습니까? 타고 있던 비행기 바퀴가 안 나와서 동체 착륙을 했다거나, 아이가 유괴당했는데 이틀 뒤에 무사히 찾았다거나, 직장에서 일어난 살인 사건의 범인으로 오해받아 체포당했다거나, 야구를 보는데 파울볼이 날아와 크게 다쳤다거나, 라스베이거스에서 난생처음 해본 슬롯머신으로 천만 엔 넘게 벌었다거나. 하나만으로도 큰일인데, 그런 일을 전부 경험한 사람이 저희 고객 중에 계시거든요. 그런 건 신의 장난이겠지요?"

또 친구의 얼굴이 떠올랐다. 히무라라면 태연히 말하겠지. 기적 같은 게 아니라 임의의 결과에 지나지 않는다고. 모두가 비슷한 횟수의 사건이나 사고를 당하는 게 아니라 단순한 편중이라는 뜻이다.

"사건 다발형 인간이라고나 할까요. 그런 신기한 사람이 있다니까요. 나시다 씨도 그런 경향이 있지 않았을까요?"

어떻게 삼십 년 전 일을 알고 있지 하고 놀랄 뻔했는데, 히네노야는 그 일을 빼고도 '사건 다발'이라고 보는 것이었다.

"과거에 있었던 큰일이 원인으로 긴세이 호텔에서 조용히 살기 시작한 것 아닐까요? 그만한 돈을 가지고 있었던 걸로 봐서 장사할 때도 수라장을 잔뜩 겪었을 겁니다. 화재로 돈 이외의 모든 것을 잃었다는 것도 대사건이죠. 그리고 그 마지막. 어쩌면 호텔에서 보낸 날들이 유일하게 안정된 시간이었을지도 모릅니다. 그전의 인생에서 자극이 너무 많아 조용한 생활을 바란 거겠지요."

"일리가 있군요."

거기에 삼십 년 전 사건사고까지 있으니 사건 다발형 인간이라고 할 수밖에 없다. 더욱이 지진과 얽힌 일도 있는 것 같다.

구리솥에 지은 굴밥이 나왔다. 반은 그대로, 반은 국물에 말아 먹었다. 배가 잔뜩 불러서 서 있기도 힘들 정도다. 히네노야는 내일 아침 체크아웃할 예정이라 오늘밤 간곡히 나를 이곳으로 부른 듯했다.

"마누라가 전화로 '그만 돌아와. 당신이 아니면 안 되는 일이 생겼어'라고 부탁해서 좋아하는 간식거리라도 선물로 사서 돌아갈 생각입니다. 다음주쯤 또 하루이틀 묵으러 올 생각인데, 아리스가와 씨는 그때까지 계실 건가요?"

"애매하네요. 성과가 너무 없으면 군자금에도 한계가 있으니 퇴각할지도 모릅니다."

"또 뵙고 싶군요. 내일부터는 뭘 하실 겁니까?"

이미 정했지만 히네노야에게는 말할 수 없다. 나시다를 아는 자원봉사자들을 찾아다닐 거라고 둘러댔다.

"궁금한 게 있으면 언제든지 전화하십시오. 가게로 돌아가면 이제 낮잠도 못 자니, 접객이나 상담하고 있을 때만 아니면 바로 받을 수 있습니다."

또 배가 지나가 요릿배가 흔들렸다.

4

2월 4일.

오늘은 날이 맑다. 기온도 10도 이상 오른다고 한다.

나는 맛있기로 정평이 난 죽으로 배를 채우고 일단 집으로 돌아가 차를 끌고 나카노시마로 돌아왔다. 그리고 와타나베바시 북서쪽 끝에서 시카우치 마리카를 태워 한신 고속도로를 지나 주고쿠 자동차도로로 들어갔다. 노쇠한 블루버드를 몰고 오로지 서쪽으로, 목적지는 니시와키 시다.

뮤지컬소 연주자는 어제와 같은 붉은 다운재킷을 걸치고 있었는데 차 안에서 재킷을 벗으니 가을에 어울리는 면 셔츠를 입고 있었다. 안에 티셔츠를 겹쳐 입은 듯한데 역시 복장이 얇다. 청바지와 부츠는 똑같았다.

"한 달 만에 받은 온전한 휴일에 일정을 만들어버려서 죄송하네요.”

내가 계획을 흘리지 않았다면 시카우치는 방에 틀어박혀 연습을 할 예정이었다.

“제가 데려가달라고 부탁한 거니까요.” 조금 무뚝뚝하게 말했다. “저야말로 죄송해요. 사실은 불편하신 것 아닌가요?”

“천만에요. 다만 앞으로 뭔가 발견해도 발설은 삼가주십시오.”

“약속할게요.”

그렇게 말하며 그녀는 스마트폰을 조작했다. 스케줄이라도 확인하는 것이리라.

그나저나 스마트폰이라는 기계와 단어는 언제까지 현역으로 버텨줄까? 순식간에 과거의 유물이 될 것 같아 소설에 쓰기 거북한데, 달리 대체할 명칭이 없으니 쓸 수밖에 없다.

“나시다 씨가 9시 이후에 호텔을 나섰다면 9시 45분 오사카발 히메지행 신쾌속 열차를 탈 수 있어요. 가코가와에서 가코가와선으로 갈아타 니시와키 시 역에 도착하는 게 11시 30분. 생각보다 빠르네요. 소요 시간은 한 시간 사십오 분이에요. 10시 45분 오사카에서 출발하는 신쾌속도 있네요.”

“그런 걸 조사하고 계셨어요? 신쾌속과 가코가와선 환승 한 번으로 끝난다면 그게 가장 편한 경로겠군요. 돌아올 때는 그렇게 맞아떨어지지 않더라도 철도를 이용해 네 시간 정도면 왕복할 수 있나. 충분하네요."

"충분해요."

물론 나시다가 찾았던 무덤이 바로 역 앞에 있을 리는 없으니 거기에 얼마간 시간을 더해야겠지만, 니시와키 시내에 있다면 아침에 호텔을 나서서 저녁에 돌아오는 게 불가능하지는 않을 것 같다. 다만 피해자 후지니시 후쿠조가 니시와키 시에 살았어도 묘지는 다른 곳에 있을지도 모르니 그 점을 확인해야만 했다.

우리가 찾아가는 곳은 나시다 미노루의 집이 있었던 장소다. 그 근처에서 그에 대한 정보를 수집해 후지니시 후쿠조의 묘소를 찾아내기 위한 원정이었다.

다키노야시로 나들목에서 고속도로를 벗어나 175번 국도를 동북쪽으로 달렸다. JR 가코가와선이 오른편의 가코가와 강 맞은편을 나란히 달리고 왼편에는 삼각김밥 모양의 산이 줄줄이 나타났다. 이 부근을 지도로 보니 산간부는 온통 골프장이었다.

니시와키 시는 기타하리마 지방의 중심부로 인구 약 사만 이천 명. 효고 현 중앙에서 약간 동쪽으로 치우쳐 있는데 동경 135도선과 북위 35도선이 만나는 지점이라 오키나와를 포함한 일본열도의 중심에 해당한다는 점에서 '일본의 배꼽'이라고 선전하고 있다. 이 도시에서 태어난 유명인 중 하나가 요코오 다다노리◆.

니시와키 시 역 앞 로터리로 나가보니 "'배꼽의 도시'에 오신 것을 환영합니다"라는 입간판이 있었다. 거기 적힌 선전 문구만 봐도 이 도시 특산품이 직물, 낚싯바늘, 소고기라는 사실을 알 수 있었다. 오사카 한복판에 있다가 와서 그런지 하늘이 탁 트였다. 그리고 인적이 적고 조용하다. 역 앞 번화가는 물론 상점도 거의 보이지 않았다. 번화한 건 한 역 떨어진 신니시와키 역 주변인 것 같았다.

네비게이션을 따라 지방도로를 북쪽으로 서쪽으로 달리기를 십여 분. "목적지에 도착했습니다" 하고 안내해준 장소에는 나시다가 살았을 집은 없고 지은 지 십 년쯤 되어 보이는 새집이 있었다. 근처 용수로 옆에 차를 세우고 인터폰을 눌렀다.

텔레비전으로 얼굴이 알려진 시카우치 마리카를 이런 조사에 끌어들이기가 망설여졌지만 본인이 강하게 희망하기도 했고 혼자 다니는 것보다는 의심을 덜 살 것 같아서 동행을 부탁했는데 바로 효과가 나온 듯했다. 낯선 남자가 "여쭙고 싶

◆ 일본의 미술가, 그래픽디자이너. 전후 일본 팝 문화의 기수로 불린다.

은 게 있어서" 하고 찾아왔는데도 집에 있던 사람은 "잠깐만
요" 하고 나와주었다. 모니터로 우리 모습을 확인했으리라.

밖으로 나온 사십 대 초반쯤 되는 여성에게 옛날에 여기 살
던 나시다 미노루라는 사람을 아는지 묻자 모른다고 했다. 구
년 전에 이사 와 아무것도 모른다고.

"삼십 년 전 일이라면 요 앞 이노우에 씨에게…… 함께 가
드릴까요?"

친절하게도 우리를 이노우에 석재상까지 안내해주고 찾아
온 이유까지 전해주었다. 목에 수건을 걸친 작업복 차림의 어
르신을 보고 나는 제대로 찾았다 싶었다. 나이는 일흔 전후,
오래전부터 있는 석재상인 듯했다. 나시다와 같은 세대다. 깍
두기처럼 바짝 자른 하얀 머리카락하며, 장인의 위엄이 넘치
는 풍모였다.

"미노루라면 잘 알지. 중학교까지 같이 다녔으니. 그 녀석
이 왜?"

최고의 증인이다. 나는 준비해둔 설명을 했다. 나시다가
오 년 전부터 오사카의 호텔에서 살았다는 사실. 1월 14일에
방에서 숨을 거둔 채로 발견되었다는 사실. 자살 같다는 점.
우리는 그의 자원봉사 동료로 연고자가 없는지 찾고 있다는
사실. 마지막만 거짓말이다.

자물쇠 잠긴 남자

어르신은 중간부터 세븐스타를 피우며 듣고 있었는데 설명이 끝나자 "추우니 안으로" 하고 우리를 작업장으로 안내했다. 고마이누◆부터 완성한 묘비까지 석재가 늘어선 공방이었다. 옆 사무소에서는 젊은 남성이 컴퓨터 앞에 앉아 있었다. 건축가처럼 CAD로 묘비를 설계하는 것이다.

　어르신이 휴식 공간 같은 곳으로 파이프 의자를 가져왔다. 사장이라고 불러야 할까? 맞은편에 앉은 우리에게 쉰 목소리로 이렇게 말했다.

　"호텔에서 자살이라. 불쌍하게도. 무슨 생각으로 그런 짓을······."

　차마 말이 나오지 않는지 발밑에 놓인 물을 담은 대형 깡통에 담배를 내던졌다. 치지직 하는 소리. 이노우에가 고인에게 어떤 감정을 지니고 있었는지 모르지만 죽음에는 깊이 동정하는 것 같았다. 호텔에서 화장 처리해 유골을 보관하고 있다고 전하자 기운 없이 말했다.

　"그런가. 나시다가家 묘소는······ 음, 하마사카 쪽이었나. 원래는 동해 쪽 출신이거든. 거기에 납골하면 되는데 찾아갈 사람도 없으니······."

◆　신사나 절 앞에 마주 놓는 한 쌍의 석상으로 사자와 흡사하게 생겼다.

묘지 스페셜리스트라 그런지 유골의 행방을 우려하고 있었다. 하지만 내가 궁금한 건 나시다가의 묘소가 아니라 후지니시 후쿠조가 잠든 묘소의 위치였다. 그걸 묻기 위해 우리가 삼십 년 전 사고를 알고 있다는 사실을 이 타이밍에 밝혔다.

"잠자코 있으려 했더니 이미 알고 있었나? 후지니시 후쿠조? 아아, 죽은 영감님 이름이 그랬지."

"그분 무덤은 이 인근에 있나요?"

"아니. 그건…… 어디였지. 가코가와였나 다카사고였나, 그쪽 묘지에 무연고자로 묻혔을 거야. 기억해내라고? 말도 안 되는 소리. 잊어버렸어."

가코가와도 다카사고도 산요 본선으로 갈 수 있고 니시와키보다 오사카에 가깝다. 나시다가 매달 찾아가는 곳에 피해자의 무덤이 있었다는 사실은 확인할 수 있었다.

난방이 들어오지 않아 작업장 안도 추웠다. 다운재킷 앞자락을 여미며 시카우치가 물었다.

"저희가 아는 나시다 씨는 그렇게 끔찍한 사고나 사건을 일으킬 분 같지 않았는데, 옛날에는 달랐나요?"

이노우에가 대답하기 전에 "당신, 어디서 본 것 같은데……"라고 중얼거렸다. 시카우치가 "흔한 얼굴이라서요" 하고 웃으며 얼버무리자 상대는 덩달아 싱긋 웃었다.

"어렸을 때는 곤타였지만 사고는 안 쳤고, 약한 아이들을 괴롭히는 녀석들을 혼내주기도 하고, 좋은 면도 있었어. 곤타가 뭔지 알아? 말썽꾸러기 말이야."

오사카에서도 쓰는 말이라 알고 있다. 『요시쓰네 천본앵』에 나오는 문제아 곤타에서 유래한 유서 깊은 단어다.

나시다의 부모는 이 부근에서 의류점을 했는데 미노루가 성인이 되고 나서 이혼해 둘 다 마을을 떠났다. 일가는 뿔뿔이 흩어졌고, 미노루만 이웃에 집을 빌려 살았다고 한다. 휴일에 마음이 내키면 히메지나 고베 쪽으로 차를 몰아 놀러가는 것 외에는 조용히 살았다. 술을 좋아해 가끔 이노우에도 함께 어울렸지만 무턱대고 마시지는 않았다고 한다.

"그랬는데 그런 일을 저질렀으니 깜짝 놀랐지. 사람 목숨만 앗아간 게 아니라 자기 인생까지 망친 게야. 상등신이."

똑같이 어리석다는 뜻이지만 등신보다 더 심한 욕설이라고 고베 출신 지인에게 들은 적이 있다.

이노우에가 시카우치 상대로 더 편하게 말하는 것 같아 잠시 그녀에게 말 상대를 부탁했다.

"어른이 된 후에 음주운전이나 뺑소니를 저지를 만한 사람으로 바뀌었다는 뜻인가요?"

"아이지." 상대가 단호하게 부정했다. 이 부근에서도 '아니다'를 '아이다'라고 하나. 생각보다 사용되는 범위가 넓다.

"그럼 왜 놀랐겠어. 그런 사내가 아니었어. 시절이 오래됐
으니 술이 조금 들어간 채로 핸들을 잡는 일은 있었겠지만.
뺑소니는 그 녀석답지 않아. '사람을 친 줄 몰랐다'라는 말만
큼은 진짜일지도 몰라."

"상당한 속도로 달렸다던데, 어째서 그렇게 속도를 냈을까
요?"

이노우에는 얼굴을 찌푸리고 또 세븐스타를 입에 물었다.
귀찮은 질문에 시간을 끌려는 것처럼. 한 모금 피우더니 한숨
섞인 목소리로 대답했다.

"이런 소문이 있었다, 정도로 흘려들어. 오래전 얘기라 기
억이 어렴풋한 부분도 있으니 그것도 감안하고."

추위가 아니라 다른 이유로 몸이 바르르 떨렸다. 나시다 미
노루가 닫은 문이 마침내 열리려는 순간이었다.

"미노루는 동료에게 속았던 모양이야. 그 녀석 이름이야
아무려면 어때. 말하라고? 기억이 안 나. X라고 치자. 제법
센스 있지? X는 미노루의 직장 동료였어. 두 사람 다 시내 물
류 센터에서 일했지. 거기 이름? 문 닫은 지가 언젠데. 시시
콜콜 따지지 말고 잠자코 들으라니까."

내가 끼어들어 질문하는 게 마음에 들지 않는 눈치다. 잠시

입을 다물기로 했다.

"미노루와 X는 원래 성격이 맞지 않았던 모양이야. 그래서 그런 장난을 쳤겠지."

이야기 속에 X 외에 또 한 사람의 인물이 등장했다. 나시다가 마음에 품고 있던 여성으로 이노우에는 그 이름도 기억하지 못했다. 임시로 A라고 부르기로 했다. 직물 회사에 다녔다고 한다. A와 나시다는 니시와키 시내 길거리에서 처음 만났는데, 친구 집에 놀러가다가 길을 잃은 그녀에게 미노루가 길 안내를 해준 게 계기였다. 길을 가면서 이야기를 나누는 사이 말이 잘 통했는지 두 사람은 전화번호(물론 당시에는 휴대전화가 아니었다)를 주고받았고 교제를 시작했다.

"분위기가 좋았던지, 작은 마을이라 금세 소문이 퍼졌지. 둘이서 걸어가는 걸 나도 길에서 몇 번 봤어. 미인이었지. X가 그걸 시샘한 거겠지."

시샘할 정도로 매력적인 여성이었던 것이다.

"사고가 났을 때 A는 여자 친구들하고 여름휴가로 하와이인지 괌인지에 가 있었어. 미노루도 알고 있었는데 X라는 상등신이 꼴같잖은 짓을 해서. 미노루에게 전화로 'A가 여행을 갔다는 게 정말이냐, 방금 전에도 보았다' 이런 거지. 어디어디 모텔에 다녀오는 길인데 거기 접수처에서 남자와 함께 있는 A를 봤다는 거야. 그 말을 들은 미노루는 잔뜩 화가 나서 차를 몰고 집에서 뛰쳐나간 거지."

"겨우 그런 일로요?"

시카우치가 눈썹을 찌푸렸다.

"짐작 가는 구석이 있었던 게지. 하지만 A 책임은 아니야. 회사에 들락거리는 영업 사원이 집적대서 난처하다고 미노루에게 투덜거렸던 모양이야. 뭐, 그래도 보통은 X의 전화에 홀랑 속아넘어가지 않지. 하지만 운 나쁘게 전화를 받았을 때 미노루는 취해 있었어. 고등학교 때 친구들과 진탕 마시고 누가 차에 태워줘서 집에 도착한 직후였다니까, 정상적인 판단이 불가능했겠지."

A가 얼마나 난처한 상황이었는지는 알 수 없다. 어쩌면 직장 생활에 대한 단순한 푸념이었는지도 모른다. 하지만 그 말을 들은 미노루로서는 마음의 평안을 잃을 정도로 안절부절 못했던 게 아닐까? 그런 질투의 불꽃에 X가 기름을 부었다.

"X의 거짓말은 금세 들통났어."

전화로 들은 모텔에 가보니 최근 들어 폐업한 곳이었다. 불빛이 꺼진 건물 앞에서 멍청히 서 있는 젊은 나시다 미노루의 모습을 떠올렸다. 속았다는 분노보다도 A의 외도가 거짓말이었다는 사실에 대한 안도가 몇 배는 더 컸으리라.

"거기서 취기가 깬 다음 돌아왔으면 좋았을 텐데. 타임머신으로 되돌아갈 수 있다면 미노루는 그랬을 테지."

하지만 장난에 휘둘렸다는 사실을 깨달은 나시다는 당장 집으로 돌아가 자고 싶었다. 일 때문에 쌓인 고단함을 감추려고 술을 들이켰던 모양이니 피로가 왈칵 밀려들었으리라.

돌아가는 차 안에서 X를 어떻게 혼쭐내줄까 고민했을 것이다. A를 믿으니 처음부터 거짓말인 줄 알았다고 우기는 방법도 있었다. 바다 저편에서 휴가를 즐기는 A를 생각하며, 취기와 졸음과 싸우며 차를 몰았으리라 상상해보았다. 그만 속도가 붙어 노인을 친 순간에는 일시적으로 의식을 잃었는지도 모른다.

"어느 시점에 자기가 저지른 일을 깨달았는지는 모르겠네. 아침이 되어 차고에 넣어둔 차를 보고 깜짝 놀랐겠지. 후지니시 씨가 차에 치였다는 소식을 먼저 들었을지도 몰라. 경찰에는 그런 사정도 자세히 말했겠지만."

나시다는 이미 돌이킬 수 없는 일을 저질렀지만 그다음에도 말도 안 되는 행동을 했다. 사고를 낸 건 기억나지 않지만 아무래도 자기 소행 같다고 경찰에 출두해야 하는데 마을에서 도망쳐버린 것이다. 더욱이 그 도중에 X에게도 범죄 행위를 저질렀다.

"사찰 돌계단에서 떠밀었다던데…….."

이노우에가 말을 삼가자 시카우치가 넌지시 운을 뗐다.

"X는 절 경내에 있던 집을 빌려서 살았거든. 거길 찾아가 차와 돈을 빌려달라고 했던 모양이야. 부탁했는지, 협박했는지, 두 사람의 주장은 판이하게 달랐어. X가 말하기로는 돈을 빌려달라며 멱살을 붙잡았다, 돈을 빼앗기고 나서 어제 농담은 웃고 넘어가달라고 매달렸더니 돌계단 위에서 떠밀었다 그러더군. 크게 다쳐서 아프다고 비명을 지르는 X를 내팽개치고 배기가스를 뿜으며 달려가버렸다지. 미노루 말로는 '차와 돈을 빌리러 갔더니 켕기는 구석이 있어서 그런지 X는 순순히 따랐다. 어디 가느냐고 귀찮게 굴기에 떼어냈을 뿐이다. 돌계단에서 떠밀 생각은 없었다'라는 거야. 제삼자가 있었던 것도 아니니 답은 나오지 않았고, 그러면 가해자가 불리하지. 지갑을 가져오라고 해서 이만 엔을 빼앗고 차를 타고 달아난 건 사실이니까."

나시다는 이틀 뒤 고베 시내 후키아이 경찰서에 출두했지만 그때까지 어디서 무엇을 했는지는 밝히지 않았다. 죄의식에 시달리면서도 경찰에 맞설 용기가 없어 낮이고 밤이고 거리를 헤맸다고 말할 뿐이었다. 어쩐지 신빙성이 부족하지만 경찰에게 그 부분은 아무래도 상관없었을지 모른다.

"나시다 씨가 정말 사람을 쳤을까 하는 생각도 했는데 증인이 있었다고요."

시카우치가 빈틈없이 물었다.

"사고 현장을 목격한 건 아니지만 미노루의 차가 오락가락하며 엄청난 스피드로 달리는 걸 본 사람이 몇 명 있었다더군. 운전했던 미노루의 얼굴까지 봤고. 그 녀석 차를 조사하니 후지니시라는 사람을 친 증거가 잔뜩 나와서 빼도 박도 못한 게지. 다른 사람이 그 차를 운전할 기회는 없었으니까."

이노우에는 아는 사실을 전부 말해주었다. 그 이상의 정보를 바라는 건 염치가 없지만 아무래도 X의 이름이 궁금했다.

"잊었다고 했잖아. 당시 이야기를 듣고 싶어서 그러는 건지 모르겠지만 안 돼. 벌써 저세상 사람이니."

"돌아가셨습니까?"

나는 저도 모르게 얼굴을 쑥 내밀었다.

"아주 달려들 기세네. 당신들, 왜 그렇게까지 알려고 하지? 나시다가家 묘소는 어디 있는지 묻지도 않으면서."

몇 대째인지 모를 담배를 문 이노우에가 수상쩍어하면서도 내 질문에 대답해주었다.

"사건 몇 년 후에 결혼해서 아이도 생기고 평범하게 살았던 모양인데, 젊은 나이에 무슨 병으로 죽었어. 부인? 이 부근에는 안 살아. 좋은 재혼 자리가 나와서 멀리 가버렸어. 그게 벌써 이십 년 전 일이야."

그렇다면 X의 관계자가 나시다의 죽음과 연결되어 있다고 생각하기는 어렵다.

"X가 죽기 전에 '나시다에게 몹쓸 짓을 했다'고 눈물을 흘렸다고 말하는 사람이 있었어. 그거야말로 뜬소문이지. 사실인지 아닌지 확인할 길이 없어."

나시다의 증언이 사실이라면 그 남자는 마지막을 앞에 두고 개심할 일이 많았으리라. 자기가 뿌린 씨라고는 해도 불쌍하다.

"A에 대해 뭔가 알고 계시는 건 없나요? 가능하다면 나시다 씨가 돌아가셨다는 걸 알려드리고 싶은데."

이노우에는 노골적으로 불쾌한 표정을 지었다.

"그만둬. 그 여자하고는 한때 깊은 사이였을지 모르지만 대단한 인연은 아니야. 난 봤다고."

"무엇을요?" 내가 물었다.

"미노루가 사고를 내고 일 년 반인가 이 년쯤 지났을 때. 그 녀석이 형무소에 들어간 지 얼마 되지 않았을 때였을까. 마누라하고 고베 모토마치에 갔는데 거기 있었어, 그 A가. 아이를 태운 유모차를 밀고 있었지. 미노루에게 정이 떨어져 냉큼 다른 남자를 찾은 게야."

"남편하고 함께 있었습니까?"

"아니, 일행은 없었어."

"그 사람이 낳은 아이가 아닐지도 모르잖아요."

"그럴 리가 있나. 진짜 모자지간인지 아닌지 척 보면 알 수 있어. 함께 본 마누라도 '결혼해서 아이를 낳았나, 빠르네'라고 했다고. 아니, 나쁘다는 게 아니야. 그 사람이 행복을 찾은 건 좋은 일인데…… 미노루가 가여워서 그렇지."

이노우에는 A에 대한 질문을 차단했다.

"그만하지, 그 사람 얘기는. 삼십 년 전에는 많이 괴로웠을 거야. 그걸 잊고 행복하게 사는데 마음에 파란을 일으키는 소식을 전하러 가면 못써. 자원봉사를 하는 사람들이면 알 만하잖아. 더 할 얘기는 없네."

일손을 멈추고 한 시간 가까이 할애해 이야기해주었다. 우리는 친절함에 감사했다. 이노우에는 천천히 일어나 바지에 묻은 담뱃재를 털었다.

"미노루가 어떻게 살았는지, 어떻게 죽었는지는 알려줄 필요 없네. 들어도 괴롭기만 할 테니."

그렇게 말하는 목소리가 돌처럼 단단했다.

5

니시와키에 거주하던 시절의 나시다에 대해 말해줄 사람은 없는지 물어보았지만 이노우에는 "내가 제일 잘 알아"라고 쌀쌀하게 대답할 뿐이었다. 근처를 둘러보니 공터나 골재 야적장 사이에 흩어져 있는 집들은 새로운 분양주택이거나 빈집이 많아, 용기를 내 인터폰을 눌러보았지만 아무도 없었다. 금세 점심시간이 되어 탐문을 포기하고 차로 돌아갔다.

"그 아저씨 이야기를 들을 수 있었던 것만으로도 만족해야 하지 않을까요?" 안전띠를 매면서 시카우치가 말했다. "나시다 씨의 수수께끼가 풀렸으니까요."

나는 그렇게 생각할 수 없었다.

"숨은 과거 중 중요한 부분은 알아냈지만 수수께끼는 아직 남아 있어요. 커다란 사고를 일으켰다고 호텔에 틀어박힐 필요는 없잖아요? 본인의 의지로 칩거 근신했다는 것만으로는 도저히 설명이 안 됩니다. 알아낸 건 나시다 씨의 원죄라고 할 수 있는 사실뿐이고 호텔에 장기 체류한 이유도, 복역을 마치고 긴세이 호텔에 자리를 잡게 된 경위도 전혀 몰라요."

내가 운전대에 손을 얹은 채로 조수석을 보자 시카우치가 턱을 치켜들었다.

"호텔에 흘러들어오기 이전의 일은 몰라도 될 것 같은데. 형무소에서 나온 뒤로 억만장자로 성공할 때까지 피와 땀으로 얼룩진 사연이 있었다, 이거겠죠. 호텔에서 벗어나지 않았던 건 역시 기다리느라 그랬던 거예요."

"무엇을?"

"죽음."

차 안이 침묵에 싸였다.

"……죽음을 기다렸다니 무슨 뜻이죠?"

"말 그대로예요. 나시다 씨는 과거의 죄를 떨치기 위해 필사적으로 일에 전념했겠지요. 성공해서 거금을 모으고, 나이가 들었어요. 지쳐서 은퇴했겠죠. 더는 새로운 목표를 찾을 수 없고, 아무 변화도 바라지 못하고 죽음이 찾아오기만을 기다리는 인생이었다, 그런 것 아닐까요? ……죽음을 기다리다 지쳤는지도 몰라요."

자살설로 골인인가. 결론이 뜻에 맞지 않아 하는 말은 아니지만 아무래도 수긍하기 어렵다.

"죽음을 기다렸다면 긴세이 호텔 말고 다른 곳도 있었을 텐데요."

"마음에 들어서 최후의 보금자리로 삼은 거예요."

"최근의 나시다 씨는 쾌활했다는 이야기를 들었습니다. 느리게 다가오는 죽음에 초조해하기는커녕 죽음에서 마음이 멀어져 있었던 것처럼 보여요. 그 점은 어떻게 생각하십니까?"

시카우치는 입술을 비죽거리며 한숨을 푹 쉬었다.

"듣고 보니 기분이 좋아 보였던 것 같기도 하지만, 그냥 그렇게 가장했던 걸지도 모르잖아요. 우울해서 오히려 밝게 행동했다고 해석할 수도 있어요."

안 되겠다, 지금 시점에서는 답이 나오지 않는다. 나시다가 연초에 '싱숭생숭해서', '문득 사람이 그리워져서' 옛날 파트너에게 전화를 했다는 것도 두 가지 뜻으로 해석할 수 있다. 삶을 향한 의욕이 그런 변덕을 부리게 했는지, 죽음의 유혹이 평소 하지 않는 행동을 부추겼는지는 지금 결론지을 수 없다.

히무라도 그렇게 말했다.

—인간은 충동적으로 죽음을 선택할 수도 있으니까. 법의학적 근거 없이 자살이 아니라고 증명하기는 불가능에 가까울지도 몰라.

속으로 복창하니 마음이 확 무거워졌다. 사체검안서에 전문가의 치명적인 실수가 있을 것 같지도 않고, 시신은 이미 화장도 마쳤다. 이노우에게 들은 사실이 가게우라에게 알릴 최종 보고가 될지도 모른다.

이노우에의 이야기가 시작되었을 때는 이것으로 마침내 나시다에게 걸린 자물쇠를 풀 수 있다고 생각했지만 열린 문 너머에 또 다른 문이 있었다. 그가 살던 스위트룸에 비유하자면 복도에서 거실로 들어간 것뿐이다. 안쪽 침실에는 다른 자물쇠가 잠겨 있어 들어갈 수가 없다.

"표정이 심각한데, 점심부터 먹고 나서 고민할까요?"

시카우치가 유익한 제안을 해서 신니시와키 역으로 이동해 주차하기 쉬운 패밀리레스토랑에서 점심을 먹었다.

"진짜 톱으로 연주하시나요?"

"아뇨, 악기용으로 만든 톱이에요. 주말 목공 취미에는 쓸 수 없지만 톱날도 붙어 있긴 해요."

"악보를 읽지 못하면 연주할 수 없겠죠?"

"악보를 못 읽어도 연주할 수는 있어요. 흥얼거릴 수 있는 곡이라면요."

"어, 그런가요? 휘파람 같은 건가요?"

"시험해보실래요? 기초 레슨."

"시카우치 씨 시간이 될 때 도전하게 해주세요."

사건 이야기는 삼가고 그런 대화를 나누며 식사를 했다.

레스토랑을 나와 니시와키 경찰서로 갔다. 사전 약속도 연락도 없이 무작정 쳐들어갔다. 효고 현 경찰 본부에 잘 아는 경감이 있는데, 이번 일에 대해서는 아무 이야기도 하지 않아서 그 이름도 꺼내지 않을 작정이다. 이렇게 표현해도 될지 모르겠지만 호텔에서 객사한 나시다의 자원봉사 동료라고 자기소개를 하면 거짓말이 되니, 시카우치가 고인의 지인이고 나는 그 동행이라고 했다.

"그런 이유로 삼십 년 전 사고와 사건의 관계자를 찾고 있습니다."

내 설명에 응대해준 중년 경찰은 당혹스러워했다.

"그런 이유라니, 어떤 이유인지 잘 모르겠는데요. 나시다 아무개라는 분이 관계자 중 누군가와 접촉했을지도 모르니 사망 소식을 상대에게 전하고 싶다고 하셔도……. 조만간 상대방이 먼저 연락하지 않겠습니까? 두 분이 뭔가 사정이 있어 서두르는 건지는 모르겠지만 여기에 물어도 그런 옛날 사안을 아는 사람은 한 명도 없습니다. 기록을 뒤진다고 상대가 누군지 알 수 있을 것 같지도 않고. 삼십 년도 지난 일을 물으신들."

여기보다 당시의 고베 신문을 찾아보는 게 나았을지도 모른다. 하지만 돌아가는 길에 도서관에 들러 마이크로리더실에서 웅크리고 자료를 찾을 마음은 들지 않았다. 그러면 X의 성명 정도는 알아낼 수 있겠지만 그가 나시다의 죽음에 관여했을 것 같지는 않고, A의 성명이 기재되어 있을 리도 없다.

"돌아갈까요?"

경찰서에서 나온 나는 그렇게 말할 수밖에 없었다. 시카우치는 어째선지 부루퉁한 얼굴로 말없이 차에 올라탔다. 가코가와를 따라 되돌아가는데 이윽고 혼잣말 같은 오사카 사투리로 말했다.

"나시다 씨, 거짓부레 하나 했네."

"무슨 뜻입니까?"

나는 정면을 똑바로 바라본 채로 물었다.

"동료를 떠민 건 돌계단에서 떨어뜨리려고 그런 거예요. 어깨뼈와 요추 골절로 그쳐서 그나마 다행이었지."

직접 본 것도 아닌데 단정을 짓는다 싶었다.

"그야 그렇잖아요? 연인이 다른 남자하고 있는 걸 모텔에서 봤다고 전화로 비열한 거짓말을 한 것만으로도 때릴 이유가 되는데, 그게 원인이 돼서 사람을 쳐서 죽게 만들고 말았어요. 연인을 믿지 않은 자신에게도 실망했겠죠. 상대를 두들겨 패도 분이 안 풀릴 거라고요. 죽일 작정으로 떠밀었어도 이상할 게 없어요. 제가 너무 폭력적이라 놀라셨나요?"

"과격하기는 해도 엉뚱한 소리는 아닙니다. 듣고 보니 그러네 싶기도 하고요. 입증은 할 수 없지만."

"정말 살의가 있었는지는 알 수 없죠. 하지만 차로 달아났다가 이틀 후에 출두했다니 꼴불견이에요. 각오를 다지는 데 그렇게 시간이 걸리다니."

시카우치는 조금 흥분한 기색이었지만 주고쿠 자동차전용도로로 들어설 무렵에는 냉정함을 되찾았다.

"아까는 머리가 혼란스러웠던 모양이에요. 나시다 씨가 취한 행동이 어떻다는 게 아니라, 겨우 그런 일로 인생이 망가지는 게 두려웠던 거겠지요. 장난전화를 건 X가 그런 심각한 결과를 예상했을 리도 없고, 그 사람도 술이 들어가 이성적으로 생각할 수 없는 상태였을지도 몰라요. 전화를 받은 나시다 씨가 '그런 수법에 넘어갈 줄 알고?' 하고 웃어넘겼으면 가장 좋았겠지만, 속았다고 해도 사고를 내지 않고 '농담에도 정도가 있지!', '미안! 저녁 한끼 살 테니 용서해줘!' 정도로 끝났으면 좋았을 텐데."

시카우치는 좌석에 몸을 깊게 묻었다.

"확실히 운명이란 건 무섭습니다." 내가 말했다. "어디서 어떻게 톱니바퀴가 어긋날지 모르고, 일단 크게 어긋나면 되돌릴 수 없으니까요. 석재상 사장님 말씀대로 타임머신이 있다면 그날 밤 사고도 없었던 일로 만들 수 있겠지만."

"……나도 필요한데, 타임머신."

자물쇠 잠긴 남자

겨우 알아들을 만한 목소리였다. 무슨 뜻이냐고 묻지 않고 못 들은 척했다.

시카우치는 그렇게 입을 다물더니 긴세이 호텔에 도착할 때까지 거의 아무 말도 하지 않았다. 뮤지컬소를 만져보는 건 다음 기회로 미뤄야겠다. 새 앨범 미팅 때문에 내일부터 3박 4일로 도쿄에 간다고 했다.

"오늘 어울려주셔서 고마웠습니다. 내일 출장 잘 다녀오세요."

3층에 도착해 엘리베이터에서 내리는 그녀에게 말하자 시카우치가 나른하게 고개를 끄덕였다.

6

수사 노트를 다시 읽어보는데 저녁 6시 반에 손님이 찾아왔다. 덴마 경찰서의 시게오카였다. 업무중에 짬을 내 찾아와준 모양이다. "시간이 없어서"라고 하기에 손님 없는 라운지에서 이야기하기로 했다. 그는 가방에서 A4 크기의 봉투를 꺼냈다.

"그 문서를 복사해 왔습니다. 방에서 읽어보십시오."

공손하게 받았다.

"직접 묵어보니 어떻습니까?"

"어제는 쾌적하게 잘 잤습니다. 베개가 잘 맞는 것 같아요."

"다행이군요. 그래서 진전은 좀 있습니까?"

니시와키에 가서 조사한 결과를 말하자 내 신속한 행동에 감탄했다. 어쩌다 보니 시카우치 마리카가 동행했다는 사실도 전했다.

"드라이브 기분도 맛보셨겠군요. 하지만 괜찮은 겁니까? 그 일이 자살이 아니라면 그 아가씨도 용의자 중 한 사람입니다. 탐정과 용의자가 콤비를 이루는 건 문제예요."

진지하게 충고하는 건 아닐 테지. 주름진 눈가가 웃고 있다.

"삼십 년 전 사건에 시카우치 씨가 얽혀 있을 리 없잖아요. 나시다 씨가 어떤 인생을 보냈는지 조사하러 갔을 뿐이니 1월 13일 문제와는 아무 상관 없습니다."

"아리스가와 씨, 사건 수사라는 건 뭐가 어디서 누구와 어떻게 얽힐지 모르는 법입니다."

그 말을 할 때는 진지한 표정이었기 때문에 "명심하겠습니다"라고 대답했다.

바로 그 시카우치가 일전에 관엽식물 뒤에서 우리 대화를 엿들었으니 주변을 잘 살펴야겠다고 두리번거리는데 프런트 카운터 안쪽에서 다카히라가 눈을 내리떴다. 목소리가 거기까지 들리지는 않을 테니 걱정할 일은 없지만 호텔리어의 태도가 저래도 괜찮을까? 우연히 이쪽으로 고개를 돌리고 있었던 것뿐일지도 모르지만.

나와 형사가 무엇을 비밀스레 쑥덕거리는지 궁금한 걸까? 그런 것 같기도 하고, 뭔가 내게 알리려다가 망설이는 것처럼 보이기도 했다.

"정말 서비스 많이 해드린 거니 앞으로는 기대하지 마십시오. 전화로 대답할 수 있는 범위라면 말씀드리겠지만."

"이제 충분합니다. 고맙습니다."

시게오카가 떠나기를 기다린 건 아니겠지만 프런트 안쪽 문이 열리더니 지배인이 나타났다. 나를 보더니 이쪽으로 천천히 다가왔다. 뭔가 도울 일은 없냐고 물었는데, 딱히 없었다.

"오늘은 내내 외출하셨던 것 같은데 어떠셨습니까? 괜찮다면 저쪽에서 커피라도."

사무실로 끌려갔지만 시카우치와 둘이서 니시와키에 원정을 다녀왔다는 이야기는 하지 않았다. 청소 자원봉사를 했던 사람을 만나고 왔다고 둘러댔다. 다카시는 주위에 사람이 없는지 확인하더니 헛기침을 했다.

"어려운 조사로 고생이 많으십니다. 만일 나시다 씨가 자살하셨다는 견해를 뒤집을 근거를 찾지 못하면 그때는 솔직히 말씀해주십시오. 가게우라 선생님이나 미나에도 현실을 받아들일 겁니다. 아내에게는 제가 잘 설명하겠습니다."

이게 그의 본심인가. 긴세이 호텔에서 살인 사건은 일어나지 않았다는 결론이 고마운 건 당연하겠지. 경영 상태가 좋지 않으니 더더욱 그러할 것이다. 그런 내 생각을 꿰뚫어 본 것처럼 이어서 말했다.

"호텔 체면을 생각해서 하는 말이 아닙니다. 그런 것보다 아무도 몰랐던 나시다 씨의 의외의 일면을 알게 되어 실망할까 봐 조금 두렵습니다. 좋지 않은 일이라면 이대로 모르는 편이 낫다는 게 솔직한 마음입니다."

의외의 일면은 이미 찾아내고 말았다. 언젠가 가게우라에게 보고하게 되겠지만 역시 지배인 부부에게는 알리지 않는 게 낫겠다. 나시다는 훌쩍 찾아와 긴세이 호텔에 한동안 머물렀던 수수께끼의 인물로 남는 게 좋지 않을까?

"쓰유구치 님도 히네노야 님도 체크아웃하셨습니다. 꼭 숙박할 필요가 없다면 아리스가와 씨를 억지로 붙드는 것도 죄송합니다. 부디 편하게 결정하십시오."

언제 돌아가도 괜찮다는 뜻인가? 진상을 밝히려는 다카시와 미나에의 마음에는 온도 차가 있다고 생각했지만 이 순간 확실해졌다.

호랑이도 제 말 하면 온다더니 안쪽 문이 열리면서 미나에가 고개를 내밀었다. 내게 고개인사를 하고 남편에게 뭐라 말을 꺼냈다.

　"지배인. 런치 메뉴 변경 건으로 니와 씨에게⋯⋯."

　"왜 일어났어?"

　다카시가 자리에서 일어나 다급한 기색으로 아내 곁으로 갔다.

　"누워 있어야지. 무리해서 쓰러지면 오히려 업무에 지장이 생긴다고 했잖아."

　"많이 좋아져서 내려온 것뿐이야. 이제 괜찮아."

　"아니, 아직 안색이 나빠. 옛날부터 당신은 너무 노력하는 게 흠이야. 런치 문제는 내가 들었으니 나중에 설명할게. 자, 방으로 돌아가."

　"아리스가와 씨도 계신데 호들갑스럽게⋯⋯."

　미나에는 남편의 어깨를 톡 두드리더니 알겠다고 했다. 그리고 내게 "실례했습니다" 하고 사과한 후 들어온 문 건너편으로 사라졌다.

　"부인께서 건강이 좋지 않으신가요?"

　"아뇨, 그런 건 아닌데 무리하려고 해서 걱정입니다."

　그저 사랑하는 아내를 걱정한 거라면 괜찮지만 내게 이야기하던 내용을 듣기고 싶지 않아 방으로 돌려보낸 것처럼 보이기도 했다. 다카시는 소파로 돌아와 "실례했습니다" 하고 지나치게 상큼한 미소를 지었다.

생각하는 바가 있어 401호를 다시 보고 싶다고 말하자 흔쾌히 응해주었다. 안내해주려고 하기에 혼자 가겠다고 열쇠만 받았다.

이미 익숙한 방. 안쪽 침실로 들어가 책상 서랍의 수첩들을 조사했다. 마음이 싱숭생숭해서 옛날 파트너에게 전화를 걸었다면 어딘가에 상대의 전화번호를 메모해두지 않았을까 기대했지만 그런 건 없었다. 전화번호 안내에 문의해 걸었던 모양이다.

자잘한 물건들이 잡다하게 들어 있는 서랍을 뒤지니 여기서는 새로운 발견이 있었다. 전에는 필기구 상자인 줄 알고 전혀 신경도 쓰지 않았는데, 지금은 환하게 빛나 보였다. 선향이다. 상자 덮개를 여니 반쯤 줄어 있었다.

매달 16일 사적인 외출의 목적은 성묘였다고 단정해도 될 것 같다. 가코가와인지 다카사고인지, 니시다가 이 방을 나가 두 시간 안쪽으로 갈 수 있는 묘지에 다녔던 것만은 밝혀냈다.

하는 김에 맨 위 서랍에서 앨범을 꺼내 니시다 미노루의 한 장뿐인 최근 사진을 다시 바라보았다. 희미한 미소가 '실컷 조사하신 모양인데 이쯤에서 그만 봐주십시오'라고 말하는 것 같았다. 이 사진을 찍었을 때, 사건 다발성 인간이었던 남자는 마침내 손에 넣은 평온한 생활에 진심으로 만족했을지도 모른다. 그 얼굴을 차분히 바라보니 벚꽃을 등지고 있는 표정이 환했다.

마지막 페이지를 펼치니 예의 부자연스러운 공백. 여기에 붙어 있었던 건 어떤 사진이고, 누가 언제 뜯어낸 걸까? 그것도 풀어야 할 수수께끼지만 어떻게 풀어야 할지 감도 오지 않는다. 앨범을 돌려놓고 가만히 서랍을 닫았다.

커튼이 쳐진 창문 너머로 밤이 다가와 있었다. 유리에 비친 나는 평소보다 영 인상이 나빴다. 비치는 각도가 그런 거겠지만 남의 비밀을 캐고 다니는 탓일지도 모른다.

401호에서 나와 문을 잠그고 맞은편 내 방으로 돌아와, 소파에 걸터앉아 시게오카가 가져다준 서류를 훑어보았다. 봉투에 들어 있던 건 사체검안서, 사체검안 조서, 그리고 감정서 전 단계에 쓰는 리포트인 임시 보고서의 세 종류였다. 거기에 어떤 난해한 기술이 줄지어 있나 했더니 극히 간소한 내용이었다. 사체검안서에는 사망한 사람의 성명, 성별, 생년월일, 사망 시각, 사망 장소 및 사망 원인란이 있었는데, '액사' 한마디가 전부였다. 요컨대 목을 매달아 질식사일 뿐, 정형이나 비정형 같은 구분까지는 적혀 있지 않았다.

　사인은 열두 가지로 분류하는데 외사인은 '9 자살 10 타살 11 기타 및 알 수 없는 외인'으로 나뉜다. 거기 11번에 동그라미가 쳐져 있었다. 외사인 추가 사항 '수단 및 상황'란에는 "바르비투르계 수면제에 의한 의식 저하 상황에서 침대 기둥에 묶은 커튼 끈 끝에 만든 고리에 경부를 넣고 자기 체중을 실은 액사"라는 내용이 덧붙어 있었지만, 그 이상으로 상세한 소견은 없었다. '기타 특별히 부언할 사항'란에는 "본 사망 건의 신체 소견은 사체검안 조서 검안 소견란에 기재"라고 적혀 있었다.

　그리고 "상기와 같이 검안한다"라는 인쇄 문구 밑에 오사카 대학 의학부 법의학 교실 의사의 서명과 날인. 오사카 대학 의학부라고 하면 이십 년 전까지 이 호텔에서 이삼백 미터 떨어진 곳에 있었다. 부속 병원과 함께 호쿠세쓰로 이전했는데, 그런 곳에서 부검을 받은 것도 섬사람을 자칭한 나시다의 기구한 운명이리라.

　"사체검안 조서라……. 이건가."

　검안 소견 '1 전신 소견'란에 자잘한 글자가 늘어서 있었다. 활로를 열어줄 새로운 사실을 기대하며 읽어보니 "① 선천적으로 양쪽 다섯 번째 발가락이 길다. ② 왼쪽 다섯 번째

　　　　　　　　　　　　　　　　　　자물쇠 잠긴 남자

발가락 윗부분 피하에 콩알 크기의 출혈을 한 군데 발견했다. 발을 찧은 타박상으로 추정된다." 쉽게 말해 그냥 '태어날 때부터 새끼발가락이 긴 탓인지 어디서 왼쪽 새끼발가락을 찧어 피멍이 들었다'는 것 아닌가? 범인과 몸싸움을 하다가 그렇게 됐을 리는 없으니 굴 요릿배에서 돌아와 슬리퍼를 갈아 신으려다가 의자 다리에라도 찧은 거겠지. 하찮다. 정말 하찮은 일이다.

표지도 없이 A4 문서 두 장을 스테이플러로 집은 임시 보고서에도 사망 추정 시각 등 다 아는 사실밖에 없었다. 다른 건 없나 봉투를 뒤집어 털어보았지만 허망했다.

"안 되겠어."

나는 서류를 테이블에 내려놓고 천장을 올려다보며 말했다. 히무라가 종용해서 일부러 받아냈는데, 이런 간단한 문서라면 바쁜 시게오카가 직접 가져다줄 필요도 없지 않았을까? 조금 더 내실 있는 충고를 해주면 좋겠다.

401호 열쇠를 프런트에 반납하고 저녁 식사를 하러 밖으로 나갔다. 도지마의 적당한 중화요리점에서 식사를 마치고 돌아오니 아직 8시 전이었다. 외출을 하고 들어오니 추워서 욕조에 뜨거운 물을 가득 받아 몸을 데웠다. 목욕을 마치고 냉장고에서 캔맥주를 꺼내 난방이 잘되는 방에서 시원하게 들이켰다. 그래도 이제 겨우 9시를 넘었을 뿐, 밤이 길다.

　오늘은 이쯤에서 나시다를 생각하는 건 그만두고 일찌감치 침대에 들어가 라운지에서 가지고 올라온 책, 나카노시마가 전함이 되는 소설을 읽으려는데 전화가 울렸다. 가게우라 나미코였다. 가운 차림이라 이런 모습으로 실례합니다, 라고 말할 뻔했다.

　"안녕하세요. 402호는 어떤가요, 아리스가와 씨?"

　"가게우라 씨의 은신처에 숨어들어 죄송합니다. 굉장히 좋은 방이네요."

　"그렇죠? 침실 둥근 테이블을 거실로 가져와 소파 끝에 걸터앉으면 노트북을 쓰기에 딱 좋답니다. 교정지를 손볼 때는 침실의 마호가니 책상. 높이도 넓이도 딱 적당해서 일하기 수월해요. 욕실 샤워, 뜨거운 물은 잘 나오던가요? 그래요. 그럼 밸브를 바꿨나 보네."

　호텔 객실이니 누구 소유물은 아니지만 이 방의 진짜 주인과 이야기하는 기분이었다.

　"고전하고 있는 것 아닌가요?"

　"이제 막 시작해서 힘든 건 모르겠습니다. 나시다 씨라는 분이 더 궁금해졌습니다. 만나본 적이 없어서 그런지 괜히 더 상상이 부풀어 오르네요."

"상상력은 구사해주시길 바라지만 공상으로 치닫지는 마세요. 우리는 거기서 탈선할 때가 있으니까."

별것 아닌 말이지만 가게우라의 입에서 나오니 함축된 의미가 있는 것처럼 들렸다.

"가게우라 씨는 나시다 씨와 꽃구경을 가신 적이 있더군요."

"조폐국 통로 말씀이죠? 예, 있어요. 작년 사월에 둘이서 갔죠. 혹시 나시다 씨 방에 그때 사진이?"

"예. 앨범에 붙어 있는 걸 봤습니다."

"버리지 않고 보관해준 건 기쁜데, 그보다 지금 앨범이라고 했죠? 그걸 보면 숨겨왔던 그의 과거가 보이지 않을까요?"

가게우라의 목소리에 힘이 들어갔다.

"붙어 있던 건 몇 장의 사진뿐이었습니다. 전에 살던 곳에 불이 나서 거의 다 타버렸다더군요. 불에 탄 자국이 있는 사진도 있었습니다. 화재에 대해 들으신 적은?"

"있어요. 지나가는 얘기처럼 말했을 뿐이지만. 싫은 기억일 테니 꼬치꼬치 캐묻지는 않았어요."

"최근 사진은 가게우라 씨가 찍으신 그 한 장뿐이었습니다. 사진 찍는 걸 싫어했던 건지, 찍힐 기회가 없었을 뿐이었는지는 모르겠습니다."

"제가 카메라를 들이댔을 때 '그만두세요. 찍힐 만한 얼굴이 아닙니다'라고 말씀하시긴 했는데, 부끄러웠던 것뿐이겠지요. '당신을 찍고 싶다고 여자가 카메라를 들이대는데 거절하는 남자가 세상에 어디 있나요! 스파이나 수배자라면 봐주겠지만 그렇지 않다면 안 돼요' 하고 제가 일갈했더니 바로 체념했어요."

얼른 찍어달라고 말하는 듯한 그 사진의 표정과 일치하는 상황이다.

스파이나 수배자라는 발상이 왠지 그립다. 나시다가 숨겼던 사실은 그런 게 아니었다고 생각하려다가 마음을 바꾸었다. 속죄하고 출소한 나시다가 그후에 새로운 죄를 저질렀을 가능성도 없지는 않다. 어느 나라의 첩보원이나 지명수배범은 아니더라도 세상의 이목을 피하기 쉬운 환경을 선택하는 찜찜한 사정이 있었던 것 아닐까? 진흙탕에서 조금은 탈출한 줄 알았는데 다시 미끄러져 처음으로 돌아갈 것만 같다.

"가게우라 씨와 나시다 씨는 서로 방을 오가셨다고 하던데, 그때는 어떤 분위기였습니까?"

"연인 무드가 아니었다는 것만은 확실해요. 이웃도 아니고, 젊은 사람이 보면 티타임 친구로 보였겠지요. 하지만 그런 것과도 달랐습니다. 전 삼십 대 때 혼자 유럽을 돌아다닌 적이 있어요. 여러 가지 일에 한계를 느끼고, 남편도 아이도 내팽개치고 내키는 대로 여행을 떠났답니다. 그때 코펜하겐에서 출항해 북유럽을 일주일 도는 크루즈에 참가했어요. 핵심은 피오르 관광. 그 투어에서 만난 미국 여성과 어떤 계기로 친해져서 사흘째 되던 날부터 자주 이야기를 나누었죠. 픽처 리스토러. 회화 복원가로 한 살 위인 사람이었죠. 저를 친근하게 대했다기보다…… 그녀는 제게 특별한 호의를 가지고 있었던 것 같아요. 저는 결코 응할 수 없는 종류의 정열적인 호의를. 제가 그걸 감지하고 넌지시 거부하자 그녀에게서 느껴지는 기척이 달라졌고, 저희는 배에서 내릴 때까지 우연히 만난 친구가 되었죠. 선상 갑판에서 어렸을 때 추억이나 일 때문에 힘든 이야기를 나누며 정말 즐거운 시간을 보냈어요. 깎아지른 듯한 절벽에서 바다로 떨어지는 수많은 폭포에 탄성을 지르며, 이대로 배가 어느 항구에도 도착하지 않으면 좋겠다고 한탄했죠. 연락처를 교환하지는 않고 배에서 내리자마자 손을 흔들며 서로 반대쪽으로 헤어졌어요."

맞장구도 치지 않고 듣고 있자 가게우라는 거기서 겨우 말을 끊었다.

"쓸데없는 얘기를 주절거렸군요. 나시다 씨는 그때의 그녀와 비슷해요. 그녀와 공유했던 것만큼 뜨거운 시간은 아니었지만 서로 난처할 때 달려가서 도와주는 사이가 아니라, 그저 이야기할 때만 성립하는 타인 같은 친구라는 의미로 어딘가 비슷했어요. ……물에 에워싸인 나카노시마라는 공간 때문에 배에서 만났던 그녀를 연상했을 뿐인지도 모르지만."

피오르를 도는 크루즈선이 되었다가 전함이 되었다가, 나카노시마도 참 바쁘다.

"나시다 씨가 『요도도노』완성을 기대하고 있었다는 이야기를 들었습니다."

"안타까운 일이에요. 하지만 그 사람에게만 신작에 담은 작가의 마음을 털어놓았으니 그나마 다행입니다. 그걸 알면 읽은 거나 마찬가지니까요."

구상이나 의도를 말해줬다고 해서 읽은 것과 똑같을 수는 없다. 구상과 의도가 정해지면 다 쓴 거나 마찬가지라고 말해주는 편집자는 존재하지 않는다는 게 그 증거다.

"작가로서는 작품의 의도를 이러쿵저러쿵 설명해서는 안 되지만요. 그 사람이 요도도노를 어리석은 여자라고 해서 그만."

"가게우라 씨가 옹호한 거군요?"

"도요토미가에 어떤 선택이 가장 좋았는지는 저도 모릅니다. 오사카 전투에서 사실은 승산이 있었다거나, 일 년만 더 버텼다면 이에야스가 죽었을 거라거나, 일본의 미래가 어떻게 바뀌었다거나, 그런 역사 애호가의 이야기에도 저는 관심이 없어요. 요도도노를 통해 인간의 운명을 그리고 싶었을 뿐입니다. 아들 히데요리를 너무나 사랑한 나머지 모든 걸 망친 어리석은 여자라고는 생각하지 않아요."

"······하아."

나는 그런 소리를 한 적이 없지만 나시다가 그렇게 평했으리라.

"그 사람은 말이죠."

나시다 얘기인가 했더니 아니었다.

"아버지도, 양부도, 어머니도, 오빠도, 두 개의 성도, 잃고, 잃고, 계속 잃어왔어요. 공주님이라는 대단한 신분으로 태어났지만 빼앗기기 위해 살아온 거나 다름없어요. 증오스러운 히데요시의 아내가 되어서도 열심히 살았고, 아이를 얻었나 했더니 바로 잃고, 마지막에 겨우 손에 넣은 게 히데요리예요. 무슨 일이 있어도, 무슨 짓을 하더라도 그 아이만큼은 놓칠 수 없었겠지요. 도쿠가와에게 항복? 어떤 형태로 굴복하더라도 겁쟁이 이에야스가 히데요리를 죽일 건 뻔해요. 나는 더이상 아무것도 잃고 싶지 않아, 내게서 아무것도 앗아가지 못하게 할 거야. 빼앗길 바에야 오사카 성도 불에 타버리면 돼. 요도도노의 혼백은 그렇게 외쳤던 겁니다."

"나시다 씨에게 그런 이야기를······?"

"예. 반론하실 줄 알았는데 고개를 연방 끄덕거리더군요. '작품을 빨리 읽고 싶습니다'라고 하시면서, 교정지를 수정하는 작업에 지쳐 있던 제게는 그게 격려가 되었는데."

"그런 대화를 나눈 건 언제였습니까?"

"1월 10일쯤이었을까요."

"돌아가시기 전에 나시다 씨가 쾌활해 보였다고 말하는 사람이 있습니다만."

"……듣고 보니 그랬을지도 모르겠네요. 하지만 사람 마음은 늘 변하는 법이에요. 조용히 사는 사람 마음에도 호숫가만큼 일렁이는 물결은 있겠지요."

가게우라는 마지막으로 못을 박기를 잊지 않았다.

"뭔가 알아내면 바로 알려주세요. 아리스가와 씨를 믿고 있습니다."

"예." 그렇게 대답했다.

7

2월 5일.

긴세이 호텔에서 두 번째 아침을 맞이했다. 에이토 대학 사회학부 입시일이다. 오늘 아침에도 죽을 포함한 가정식으로 호강했다.

　거기까지는 좋았는데, 오늘은 뭘 하면 좋을지 도통 떠오르지 않았다. 쓰유구치 요시호도 히네노야 아이스케도 체크아웃했고, 시카우치 마리카는 도쿄에 가버려 이야기도 들을 수 없고, 있다고 해도 질문이 남아 있지 않았다. 가쓰라기 부부나 종업원들에게 할 질문도 바닥나서 겨우 이틀밖에 묵지 않았는데 여기 머물 이유가 사라진 것처럼 보였다.

　방에 틀어박혀 있는 것도 재미없고 호텔 안을 어슬렁거려도 의미가 없어 일단 밖으로 나왔지만 목적지가 없다. 니와의 말에 따르면 죽음 전날에 나시다가 국립국제미술관에 갔다고 하니 그걸 추체험해보는 것도 조사의 일환이라고 둘러대고 어떤 전시회를 개최하고 있는지도 모르고 지하에 있는 미술관으로 내려갔다. 인상파든 라파엘로 전기파든 뭐든 좋았는데 '피오나 탄—눈빛의 시학'이라는, 그림도 조각도 아닌 영상 작품 전시를 하는 것 같았다.

　특별전 회장은 지하 3층. 입구로 가는 길도 관람 순서도 평소와 달랐다. 영상전이라 레이아웃이 크게 바뀐 것이다.

　피오나 탄은 중국계 인도네시아인 아버지와 오스트레일리아인 어머니 사이에서 태어나 지금은 암스테르담을 거점으로 활동하는 영상 작가로 작년 연말에는 이곳에서 아티스트 대담도 했다고 한다.

바닥에 두거나 선반에 올린 크고 작은 모니터로 요람 안의 아이, 수많은 붉은 풍선에 매달려 하늘 높이 올라가는 작가와 비탈에서 데굴데굴 굴러떨어지는 작가, 행인을 상하 반전시켜 찍은 영상 등 길이가 제각각인 여러 비디오 작품이 반복적으로 나오고 있었다. 딱 봐서는 아름답다거나 몽환적이지 않지만 불안하지 않은 부유감이 있어 흥미로웠다. 어두침침한 관내에서 모니터가 푸르게 빛나는 정경만으로도 가슴이 설렜다.

막다른 공간에는 더 긴 작품이 전시되어 있었다. 어느 방에서는 융단을 깐 바닥에 앉거나 누워서 벽에 비치는 영상을 보도록 되어 있었다. 바닥에 털썩 앉아 준비된 쿠션에 아무렇게나 기대서 미술 감상을 하다니 신선하다. 앞뒤 벽에 다른 영상이 비쳐서 두 개를 동시에 볼 수는 없었다. 『동방견문록』의 발췌가 내레이션으로 나오더니 한쪽 벽에는 마르코 폴로가 여행한 아시아 각국의 시장이, 다른 쪽 벽에는 그 여행으로 수집한 물품들을 소장한 가공의 박물관이 흘러나왔다. 다큐멘터리와 픽션이 교차하는 것이다.

미술관에서 이런 자세를 취할 기회는 앞으로 없겠지. 그런 생각을 하며 그 자리에 한동안 머물렀다. 움직이기 싫을 정도로 쾌적했다. 내가 기대고 있는 이 쿠션에 나시다도 몸을 기댔을지 모른다고 생각하니 그와 몸을 밀착하고 있는 듯한 착각에 사로잡혔다.

'파란만장한 생애를 보내신 것 같더군요. 고생하셨습니다.'

쿠션에서 전해지는 온기는 당연히 내 체온이었지만 나시다의 체온인 것만 같아 말을 걸고 싶어졌다.

'이제 고민도 고통도 없습니다. 전부 지나갔습니다.'

나시다의 대답이 돌아왔다.

'마지막에 또 힘든 경험을 하셨더군요. 저는 그 진상을 조사하고 있습니다.'

'조사해서 뭐가 달라집니까? 무슨 일이 있었는지 조사해달라고 당신에게 부탁한 기억은 없는데요.'

'가게우라 나미코 씨가 부탁했습니다. 가쓰라기 미나에 씨도 진실을 알고 싶어 합니다.'

'진실을 추구하는 게 꼭 옳은 일이라고 할 수는 없습니다. 모르는 게 나았다고 후회하지 않으면 다행인데.'

'두 분은 지금 후회하고 있는 것 같습니다. 당신에게 뭔가 해줄 수 있는 일이 없었을까 하고요.'

'정말입니까? 그건 당신 억측이겠지요.'

'맞을 겁니다.'

'추리소설가인데 무르군요. 만약 제 죽음이 타살이었다면 사건 당일 밤에 바로 곁에 있던 그 두 사람도 용의자가 되는데.'

'범인이라면 자살로 처리될 일에 풍파를 일으킬 리 없습니다.'

'단정해도 되는 겁니까? 추리소설에는 교활한 범인이 잔뜩 나오지요. 언젠가 타살로 발각되리라 예상하고 선수를 쳤을지도 모릅니다.'

'그렇게까지 비딱하게 보지는 않습니다.'

'무르다니까요.'

'출소 후에 어떻게 지내셨습니까?'

'글쎄요, 어디서 뭘 했는지. 옛날 일이라 잊어버렸습니다.'

'긴세이 호텔에서 보낸 날들은 행복했습니까?'

대답이 없기에 질문을 바꿔보았다.

'연초에 함께 장사하셨던 분께 전화를 걸었다더군요. 요로즈 기와코 씨가 그렇게 말씀하셨는데, 사실입니까?'

역시나 대답이 없기에 직접 따져보았다.

'당신의 죽음은 자살이 아니라 타살이었죠?'

'말할 수 없습니다. 죽은 사람이 되었으니 말할 수 없어요.'

'지금 이렇게 말씀하고 계시잖아요.'

'당신이 자문자답하고 있을 뿐이잖습니까. 앞으로 어쩔 겁

니까?'

'조언을 해주시면 큰 도움이 될 텐데요.'

'한 가지만 알려드리지요. 여기서 농땡이를 부려도 아무것도 해결되지 않습니다. 미술 감상을 즐기고 나면 어딘지 모르지만 다음 장소로 가십시오. 제게는 좋은 전시였습니다. 다른 방에서는 두 개의 다큐멘터리 영화를 교차로 상영하는데, 그것만 봐도 두 시간은 걸립니다. 다른 작품도 천천히 감상하려면 반나절은 예술에 빠져 있을 수 있습니다. 시간만은 넘쳐나는 사람에게 고마운 일 아닙니까?'

'시간이 흐르는 게 기뻤습니까? 당신은 긴세이 호텔에서 죽음이 찾아오는 것을 그저 평온하게 기다렸던 겁니까?'

'기다리지 않아도 죽음은 언젠가 누구에게나 찾아옵니다.'

그 말을 끝으로 나시다의 목소리는 더이상 들리지 않았다.

8

이튿날 2월 6일, 맑음.

어제는 별 조사도 하지 않고 흘려보냈다. 미술관에서 네 시간을 때운 뒤에 늦은 점심을 먹고 우메다를 어슬렁거리다가 카페를 찾아다녔다. 완전히 도시의 난민이다. 아무리 그래도 이래서는 안 되겠다 싶어 나시다가 사망한 시간대에 관내나 호텔 주변을 돌아보았지만 그런 걸로 뭘 알 수 있겠나. 두터운 카펫이 발소리를 흡수해 심야에도 몰래 돌아다닐 수 있다는 걸 확인하는 데 그쳤다.

이래서야 체류할 의미가 없다. 오늘 아침에는 죽이 아니라 프랑스식 프티 데죄네를 먹으며 내일쯤 짐을 싸서 여기를 떠날까 하는 고민을 하고 있었다.

카페오레를 마시며 오래 앉아 있었더니 미소와 함께 니와가 슬그머니 다가와 "좋은 아침입니다"라고 했다. 다른 손님들은 다 나가고 가게 안에는 나만 남아 있었다. 주방에서 그릇을 씻는 소리가 작게 들려왔다.

"안녕하세요. 죽 정식도 맛있지만 바게트도 훌륭하군요."

가게우라는 프랑스식 조식은 하나같이 달아서 가끔 먹는 걸로 족하다고 했지만 천만에, 며칠은 먹을 수 있겠다.

"칭찬해주셔서 감사합니다."

떠나지 않는다. 뭔가 하고 싶은 말이 있는 눈치다.

"불편하신 점은 없으신지요?"

그렇게 묻기에 딱히 없다고 대답했다.

"부디 본업에 지장이 없으시길."

"신경써주셔서 고맙습니다."

"주제넘은 말씀인 것 같지만……." 니와가 정중하게 말했다. "나시다 씨 일에 관해서는 이제 새로운 사실은 나오지 않는 것 아닐까요. 아리스가와 씨는 할 수 있는 만큼, 혹은 그 이상의 일을 하신 걸로 보입니다."

이건 배려는 아닌 것 같았다. 단적으로 말해 이제 체면은 차렸으니 조사를 중단하면 어떻겠냐고 권하는 눈치였다. 순수한 친절에서 우러나온 말 같지만 자살이라는 결론을 바꾸지 말아달라는 요청으로도 들렸다. 다카시와 마찬가지다. 솔직히 경영이 어려운 긴세이 호텔 입장에서는 스캔들은 피하고 싶을 것이다.

"아직 해야 할 일이 남아 있는 것 같아서요."

"어떤 일입니까?"

"그건……." 모르겠다. "죄송하지만 비밀이라."

"그러십니까. 저로서는 하루 빨리 영원한 평안이 나시다 씨의 영혼을 감싸주길 기도할 뿐입니다. 지배인도 똑같은 말씀을 하셨습니다."

죽은 자의 입을 열지 말고 그저 조용히 잠들게 하라. 역시 그렇다. 호텔 안의 분위기가 바뀌었다. 그걸 알아차렸으니 조사를 포기하지는 않더라도 일단 체크아웃하는 쪽으로 마음이 기울었다.

여기에 온 두 번째 날에 시카우치와 니시와키까지 가서 나시다의 숨은 과거를 파헤친 게 하이라이트였는지도 모른다. 이제 와서 생각해보면 폭풍 같은 전개라고 해도 될 만한 성과였는데, 그 이후로 일 밀리미터도 전진하지 못했다.

식사를 마치고 그대로 호텔을 나섰지만 어디로 가면 좋을지 몰라 과학관에서 전시실을 돌아보고 플라네타륨을 보았다. 소혹성 탐사기 '하야부사'의 고난과 영광으로 가득한 칠년의 여정은 감동적이었지만 이래서야 게으른 외근 영업 사원이 농땡이를 부리는 꼴이다. 하야부사를 본받아 모래알 같은 사실이라도 회수하고 싶다.

배가 고프지 않아 점심은 거르고 근처 주차장에 세워두었던 차를 몰아 집으로 돌아갔다. 우편물은 광고지가 대부분이고, 부재중 전화에 대답해야 할 메시지는 없었다. 창문을 열고 환기한 다음 냉장고에 있던 먹다 만 요구르트를 점심 대신 먹어치웠다. 소파에 드러누우니 마음이 편했다. 긴세이 호텔은 좋은 숙소지만 수사 목적으로 묵으니 영 편하지가 않다. 그곳에 있을 때는 항상 나시다 일이 머릿속에 있어 좀처럼 일을 할 의욕도 솟지 않았다.

히무라도 "불가능에 가까울지도 모른다"고 말한 난제에 나같은 녀석이 맨몸으로 뛰어들었으니 승산이 없었나. 더 버티고 싶지만 뭘 어떻게 하면 좋을지 모르겠다.

책을 읽거나 텔레비전으로 IS 관련 뉴스를 보는 사이 시간이 흘러 벌써 저녁이 되었다. 5시가 지났는데 창밖이 아직 밝다. 추위는 겨울 한기지만 착실하게 해가 길어지고 있었다.

일단 호텔로 돌아가려고 자리에서 일어났다. 뭐 가져갈 건 없는지 찾아보려다가 내일 체크아웃할 테니 그만두었다. 호텔에서 물러난다고 하면 미나에는 실망할지도 모르지만 다카시와 니와는 기뻐할 것 같다.

차를 원래 주차장에 세워두고 어둠이 진하게 내려온 거리를 걸어 호텔로 갔다. 또 얻어먹으면 미안하니 오늘밤 저녁은 코멧의 아라카르트로 하자.

프런트 카운터에는 다카시가 있었다. "어서 오십시오" 하고 맞아주었다. "다녀왔습니다"라고 대답하고 방으로 돌아가기 전에 라운지 책장을 살펴보는데 미나에가 다가왔다. 체크아웃 예정을 전할 기회지만 낙담할 것 같아 바로 말을 꺼내기가 어려웠다.

"몸은 좀 어떠십니까?"

그렇게 묻자 정중하게 고개를 숙였다. 그 가녀린 어깨 너머로 지배인이 전화 응대를 하는 모습이 보였다.

"염려해주셔서 감사합니다. 병은 아니니 걱정 마세요. 아리스가와 씨야말로 피곤하지 않으신가요?"

"피곤하지는 않지만 벌써 한계를 느끼고 있습니다. 상황을 어떻게 타개하면 좋을지……."

"저희 때문에 고생이 많으십니다."

기분 전환 삼아 호텔에서 벗어나고 싶다는 말을 꺼내려는데 미나에의 뒤에서 벌어지고 있는 이변을 깨달았다. 다카시가 눈을 휘둥그레 뜨고 수화기에 뭐라 호소하고 있다. 심각한 클레임이 들어왔나? 내 태도를 보고 눈치챘는지 미나에가 카운터를 돌아보았다.

"예, 알겠습니다. 그럼 내일 기다리고 있겠습니다. ……예. ……예. ……실례했습니다."

전화를 마친 다카시는 안쪽에 있던 미즈노 유키를 불러 프런트를 맡기고 눈짓으로 미나에와 나를 사무실로 불렀다. 업무상 클레임이라면 내게 말할 리 없다.

"무슨 일이야?"

미나에가 목소리를 낮추어 물었다.

"나시다 씨 지인에게 전화를 받았어."

다카시는 흥분해서 숨을 고르며 말했다.

"자원봉사 동료 말입니까?" 그렇게 물었다.

"아니, 아닙니다. '옛날에 나시다 씨와 함께 일했던 사람입니다'라고."

"엇!" 미나에도 나도 깜짝 놀라 외쳤다.

"정말입니까?" 나는 그렇게 물었다.

"예. 상당히 연세가 있는 듯한 분이었는데 몹시 조심스러운 태도로 전화하셨습니다."

정말로 존재했단 말인가? 나시다가 옛 지인에게 전화를 걸었다지만 요로즈 기와코의 증언밖에 없어 진위 여부를 의심하고 있었는데 지어낸 얘기가 아니었던 것이다. 이건 흥분하지 않을 수 없다.

다카시의 말에 따르면······.

"전화해주셔서 감사합니다. 긴세이 호텔입니다."

"저······."

뭔가 말을 꺼내기 어렵다는 듯이 주저하는, 쉰 목소리였다. 고령의 남성이 익숙하지 않은 호텔을 예약하려는 줄 알았다.

"거기 묵고 있는 나시다 미노루 씨와 통화할 수 있을까요? 묵는다고 해야 하나, 그쪽에 사는 분입니다."

이제 와서 설마 그런 전화가 올 줄은 꿈에도 몰랐기 때문에 다카시는 심장이 쿵쿵 뛰는 것을 느꼈다. 마음을 가다듬으며 차분하게 대답했다.

"실례지만 누구신지요?"

"수상한 사람은 아닙니다. 히로시마에서 걸고 있는데, 네기시 사부로라고 합니다."

이름과 발신자 표시에 뜬 번호를 재빨리 메모했다. 시외 국번은 082. 히로시마 시였다.

"나시다 씨는 계십니까?"

다카시는 작게 심호흡을 하고 나서 안타까운 사실을 알렸다.

"이 호텔에 오래 머무셨지만, 며칠 전에 돌아가셨습니다."

"거짓말!"

네기시 사부로라는 남자가 버럭 외쳤다.

"정말 유감이지만 1월 14일 아침, 묵고 계시던 방에서 돌아가신 것을 발견했습니다."

"정말입니까⋯⋯."

상대는 도저히 믿을 수 없는지 그게 사실이냐, 나시다 미노루가 확실하냐고 거듭 물었다.

"병환이라도 있었습니까?"

이 또한 대답하기 어려운 질문이었다. 목을 맨 상태로 발견되었고 경찰 조사 결과 자살인 것 같다고 말하자 네기시는 완전히 의기소침한 목소리로 말했다.

"속이 터지는군. 어째서 그런 짓을. 왜 좀더 빨리 전화해주지 않았나. 이젠 만날 수 없게 됐나."

네기시는 어지간히 상심한 눈치였다. 다카시는 애도를 표하는 수밖에 없었다.

"마지막 순간까지 댁에서 신세를 졌군요. 고맙습니다."

인사를 하기에 "천만의 말씀입니다"라고 대답했다.

"나시다는 그쪽에서 행복하게 살았습니까?"

속마음까지는 헤아릴 수 없지만 똑똑히 "예"라고 대답했다.

"봉사 활동을 하시면서 음악이나 연극을 보러 자주 외출하셨습니다. 좋아하는 일을 하며 지내셨습니다."

끝끝내 참기 힘들었는지 네기시가 오열을 터뜨렸다. 다카시도 눈시울이 뜨거워졌지만 호텔리어로서 떨리는 목소리를 낼 수는 없었다. 유골을 호텔에서 보관하고 있다고 담담히 전했다.

"연고자가 없다고 했으니. 가엾게도. 그 녀석이 어찌 지냈는지 이야기만이라도 듣고 싶은데 그쪽에 찾아가도 되겠습니까?"

'나시다 씨'가 '나시다'가 되고 '그 녀석'으로 바뀌었다. 상당히 친한 사이였던 모양이다.

"물론 괜찮습니다. 나시다 씨가 묵으셨던 방은 그대로 두었으니 괜찮으시면 그쪽도 살펴보십시오."

"아아, 고맙습니다, 고맙습니다. 꼭 그렇게 하게 해주십시오. 내일 당장 가도 되겠습니까?"

"호텔이니 언제 오셔도 괜찮습니다."

"오전 중에는 도착할 수 있을 테니 잘 부탁드립니다."

연락처를 물으려 했지만 상대가 먼저 끊어버렸다.

다카시는 조금 더 물어봤어야 하지 않느냐고 불만스러워하는 아내를 달랬다.

"내일 오전 중에 오신다니 그때 물어보면 되잖아. 무슨 일이 생겨서 오지 않으셔도 그쪽 전화번호는 적어놨어."

"그게 자택 번호라는 보장이 어디 있어? ……미안해. 조금 동요해서."

"내일 분명 오실 거야. 아리스가와 씨도 동석해주십시오."

"물론입니다."

체크아웃은 중지했다. 이 타이밍에 나시다의 옛친구로부터 걸려 온 전화. 아직 이곳에 머물라고 무언가가 나를 붙잡은 것이다.

(하권에 계속)

옮긴이 **김선영**

한국 외국어 대학교 일본어과를 졸업했다. 다양한 매체에서 전문 번역가로 활동했으며 특히 일본 미스터리 문학에서 왕성한 활동을 하고 있다. 옮긴 책으로는 '소시민' 시리즈, 『이제 와서 날개라 해도』, 『진실의 10미터 앞』, 『왕과 서커스』, 『야경』, 『엠브리오 기담』, 『쌍두의 악마』, 『인형은 왜 살해되는가』, 『살아 있는 시체의 죽음』, 『고백』, 『경관의 피』, 『흑사관 살인 사건』, 『꿀벌과 천둥』 등이 있다.

자물쇠 잠긴 남자(상)

초판 발행 2019년 3월 29일

지은이 아리스가와 아리스
옮긴이 김선영
펴낸이 염현숙

책임편집 지혜림 | **편집** 임지호 이송
디자인 김마리 이원경 | **저작권** 한문숙 김지영
마케팅 정민호 정진아 함유지 김혜연 박지영 김수현 | **홍보** 김희숙 김상만 이천희
제작 강신은 김동욱 임현식 | **제작처** 한영문화사

펴낸곳 (주)문학동네
출판등록 1993년 10월 22일 제406-2003-000045호
임프린트 엘릭시르

주소 10881 경기도 파주시 회동길 210
문의 031-955-1901(편집) 031-955-8896(마케팅) 031-955-8855(팩스)
전자우편 editor@elmys.co.kr | **홈페이지** www.elmys.co.kr

ISBN 978-89-546-5565-1 04830
        978-89-546-5564-4 (세트)

엘릭시르는 출판그룹 문학동네의 임프린트입니다.